Sans laisser de traces

MARIAH STEWART

Sans laisser de traces

Traduit de l'américain par Florence Svarzas

J'AI LU
POUR elle

Titre original :
Voices Carry
Published by Pocket Books,
a division of Simon & Schuster, Inc., New York

À Bonnie Bricker Almquist,
ma très chère cousine, qui m'emmena
un jour dans un endroit
où cette histoire aurait pu se dérouler.

1

Le cauchemar commençait toujours de la même manière.

Dehors, le chant monotone des cigales montait dans l'air étouffant de la nuit. L'ampoule qui pendait à l'extérieur, au-dessus de la porte, projetait une vague lueur dans un coin de la pièce. Les rideaux miteux étaient grands ouverts, de façon à laisser entrer le plus possible l'air immobile. Les fenêtres étaient garnies de moustiquaires, pour faire barrage aux insectes qui pullulaient la nuit.

Elle était étendue sur sa couchette, ses fins cheveux de petite fille en désordre autour de son visage, plongée dans un sommeil qui avait été long à venir. Ce jour-là, elle avait sciemment désobéi : elle s'était échappée pendant la séance de méditation afin d'aller cueillir des fleurs pour sa sœur, cloîtrée à l'infirmerie du camp à cause d'une des nombreuses migraines dont elle était affligée cet été-là. L'un des moniteurs avait rapporté cette transgression à frère Michael, qui l'avait sermonnée – quoique sans la nommer – devant tout le monde, à la fin des prières du soir, répétant à l'envi que l'une des jeunes pensionnaires du camp avait besoin d'être purifiée. Elle était là, debout avec les autres, dans le cercle de prière. Mais elle n'avait pas réussi à voir son visage. D'ailleurs, elle n'avait pas aperçu son visage une seule fois de tout l'été. En tout cas, c'est à elle qu'il faisait allusion, elle le savait, comme tout le monde savait que c'était elle qui avait commis une faute en allant cueillir des fleurs dans le jardin.

À sa grande surprise, elle s'en était sortie avec quelques remontrances publiques. C'était finalement peu cher payer pour le sourire avec lequel sa sœur avait accueilli les quelques marguerites et les jolis cailloux, des cailloux qui portaient chance si on les caressait et qu'elle cacherait sous son oreiller jusqu'à ce que sa migraine disparaisse.

Cependant, lorsqu'elle avait regagné le chalet, les regards de compassion de certaines des filles qu'elle avait croisées l'avaient troublée. Longtemps après l'extinction des feux, elle était restée éveillée sur sa couche, à essayer de comprendre ce que signifiaient ces regards. Après plusieurs heures de vaines interrogations, elle avait finalement sombré dans le sommeil.

Elle dormait si profondément qu'elle n'entendit même pas la porte du chalet s'ouvrir. Elle ne sentit pas non plus qu'on lui retirait sa fine couverture, ni qu'on la soulevait de son lit, avant de l'emmener à pas prudents en dehors du chalet.

C'est seulement lorsqu'il trébucha qu'elle se réveilla. Elle n'avait aucune idée de l'endroit où elle était, ni de ce qui se passait.

— Qu'est-ce qui…

— Chut !

— Mais où est-ce que vous…

Elle tentait en vain d'échapper à son étreinte.

— Je t'ai dit de te taire.

— Mais je ne veux pas…

Il la déposa sur l'herbe mouillée, puis, un bras serré autour de son cou, une main plaquée sur sa bouche, il continua de l'entraîner à la lueur du clair de lune à travers les bois touffus, toujours vêtu de la fine chasuble blanche qui ne laissait voir que ses mains.

Prise de panique, elle se débattait.

— Je t'ai bien observée, Genevieve. Tu es entêtée, désobéissante, et tu as besoin d'être purifiée, disait-il.

Il n'avait plus besoin de chuchoter, car ils étaient déjà loin des chalets.

— Il est de mon devoir de consacrer ton corps afin de chasser l'impiété qui souille ton esprit.

— Lâchez-moi !

En ruant, elle le frappa au genou de son pied nu. Il gémit de douleur, avant de répondre d'un coup de poing derrière la tête.

— Je vois que tu as besoin d'une sanctification plus poussée que les autres.

Il parlait doucement, calmement, tout près de son oreille.

— Au secours ! Au sec…

De nouveau, il plaqua la main sur sa bouche, la réduisant au silence, et l'entraîna plus loin dans les bois. Le cœur battant à tout rompre, elle continua de lutter contre ses bras puissants.

Tout le monde savait qu'une chose malfaisante habitait au fond des bois, au-delà des pins. Le bruit courait, parmi les filles, que c'était un endroit hanté et que parfois, la nuit, on entendait des voix qui venaient de là-bas, portées par le vent. Comme toutes les autres fillettes, elle avait juré de ne jamais s'aventurer au-delà de la barrière de pins qui bordait le terrain de football. Elle fermait les yeux, pour ne pas voir les spectres qui devaient hanter ces lieux.

Finalement, ils débouchèrent dans une clairière où brillaient des bougies disposées par terre en arc de cercle. D'une prise rapide, il la fit tomber et la coucha sur le dos, à même le sol. Puis il s'allongea sur elle, ferma les yeux – ces yeux noirs qui brillaient d'un éclat surnaturel sous la capuche de sa chasuble – et commença à prier, tout en déchirant de haut en bas la chemise de nuit de la fillette.

Il ne s'attendait certes pas qu'elle lui envoie un bon coup de pied dans l'entrejambe, avec l'énergie du désespoir et de la colère.

Avec un hurlement de douleur, il roula sur le côté. Elle en profita pour se relever tant bien que mal et disparaître dans la nuit.

Serrant contre elle les pans de sa chemise déchirée, elle courut à l'aveuglette, étouffant ses cris lorsque des pierres, des épines, des brindilles écorchaient ses pieds nus. Pas une seule fois elle ne s'arrêta, pas une seule fois elle ne se retourna. Elle courait et courait encore dans le bois touffu. Son cœur battait comme les ailes d'un oiseau minuscule caché dans sa poitrine, et elle haletait, malgré tous ses efforts pour ne pas faire de bruit. Sous ses pieds, des choses invisibles craquaient. Au-dessus de sa tête, un cri retentissait parfois dans la nuit. Mais elle continuait à courir, sans autre idée en tête que d'échapper à frère Michael et aux autres démons qui habitaient ces ténèbres.

À l'orée du bois, à quelques mètres de la route, elle s'arrêta. Accroupie derrière un gros chêne, elle tendit l'oreille, en serrant contre elle les restes de sa chemise de nuit. Une légère brise s'était levée. Peu à peu, son cœur se calma, le sang battit moins fort à ses tempes. Aucun bruit de pas derrière elle. Était-il possible que frère Michael ait renoncé à la retrouver ? Craignant que lui ou toute autre créature également démoniaque ne l'attende au bout du chemin, elle se tapit dans l'ombre, surveillant tour à tour la route et les bois.

Les phares d'une voiture éclairèrent soudain la route, avant de disparaître aussi brusquement.

Quelque part, tout près de là, il y avait un lac, elle le savait. Et autour du lac, des maisons. C'est là qu'elle avait le plus de chances de trouver un endroit sûr où se cacher. Mais de quel côté exactement était situé le lac ?

Elle essayait de se rappeler : que leur avait conseillé Mme Allen, son institutrice, au cas où il leur arriverait de se perdre ? Cette même Mme Allen leur avait aussi expliqué que, lorsque quelqu'un tentait de vous toucher à des endroits où vous sentiez que ce n'était pas bien, il fallait s'échapper par tous les moyens et chercher de l'aide. Un conseil qui lui avait bien rendu service, ce soir.

L'autre avertissement de Mme Allen était que si l'on se perdait, il fallait essayer de revenir sur ses pas.

Ça, il n'en était pas question, étant donné que frère Michael rôdait quelque part dans les bois.

Elle se concentrait de toutes ses forces pour visualiser le chemin qu'elle avait parcouru.

Frère Michael l'avait emmenée au-delà des courts de tennis, puis il lui avait fait traverser le terrain de football – elle se rappelait avoir vu les poteaux des buts au clair de lune. Ensuite, ils avaient pris un sentier qui partait légèrement sur la droite et s'enfonçait dans les bois, jusqu'à la clairière avec les bougies. Après cela, elle avait l'impression d'avoir couru vers le bas de la colline.

Une fois, perchée tout en haut des gradins du terrain de foot, elle avait vu le lac juste en face d'elle. De ce côté-là, il était bordé d'une fine bande de plage qu'un grillage isolait du reste du monde. Mais au-delà de ce grillage s'élevaient de petites maisons. Or, étant donné qu'elle avait traversé les bois en se dirigeant vers la droite, le lac et les chalets devaient maintenant se trouver juste en face d'elle, de l'autre côté de la route.

Elle se redressa doucement, sans faire de bruit, puis s'élança à toutes jambes et traversa la route. Telle une ombre furtive, elle se cacha dans un massif d'églantiers, l'oreille aux aguets. Enfin convaincue que personne ne la suivait, elle se fraya un chemin à travers les buissons épineux, avant de gagner le lac et les quelques résidences secondaires qu'elle savait trouver juste après le virage de la petite route.

Elle ne cherchait qu'un endroit où se cacher et se reposer quelques heures durant. Ce qu'elle ferait ensuite... elle y réfléchirait le matin venu.

Épuisée, elle se reposa un instant contre la boîte aux lettres plantée au bout d'une allée, près de la première maison. Puis, effrayée par un chien qui aboyait sous le porche, elle s'enfuit de nouveau dans la nuit, en essayant d'oublier ses pieds meurtris, jusqu'à la maison voisine.

La lumière qui brillait sur le perron éclairait le chemin qui menait vers l'arrière de la maison, où une terrasse donnait sur une vaste pelouse descendant vers le lac. Cherchant l'ombre, elle monta sur la terrasse et se pelotonna dans un coin. Elle avait froid, tout à coup, bien que la nuit fût chaude et moite. Le corps secoué de frissons, elle serra contre elle sa chemise en lambeaux et se mit à chanter, le plus bas possible, pour lutter contre le sommeil :

— Jésus m'aime, je le sais...

Elle répéta ce cantique jusqu'à ce que, finalement, la fatigue triomphât de ces paroles pourtant réconfortantes.

Elle avait à peine neuf ans.

Genna Snow se réveilla en nage, tremblante, perdue, le drap emmêlé dans ses doigts. Elle s'assit brusquement contre la tête de lit et remonta la couverture jusqu'à son menton. Elle resta ainsi un long moment, haletante, à grelotter de tout son corps, le cœur affolé.

Enfin, son pouls reprit un rythme normal, les suées disparurent et ses mains se détendirent. Elle étira devant elle ses jambes douloureusement engourdies pour être restées repliées pendant... combien de temps au juste ?

Dans une rue voisine, une cloche sonna 1 heure du matin. L'écho se répercuta dans son appartement, où régnait un calme impressionnant.

1 heure du matin. Le cauchemar avait commencé juste après minuit.

Rien de très nouveau, songea-t-elle en s'asseyant au bord de son lit. Elle faisait toujours ce rêve à peu près à la même heure. Cependant, il n'était pas venu la hanter depuis si longtemps qu'elle croyait presque avoir réussi à le chasser définitivement. Troublée de constater qu'elle s'était trompée, elle se rendit dans la salle de bains. Là, elle s'aspergea longuement le visage d'eau fraîche, comme pour laver les derniers résidus du cauchemar. C'est seulement après s'être séchée qu'elle affronta son reflet dans le miroir.

Ses cheveux châtains, mouillés et ébouriffés par le sommeil, bouclaient autour de son visage, un visage qui scrutait le monde d'un air méfiant. Ses yeux ressortaient sur son teint dépourvu de ses couleurs habituelles, des yeux immenses au regard hanté.

— Pas vraiment la tête d'un agent du FBI hyper sûr de lui, commenta-t-elle en s'observant.

Puis elle retourna dans sa chambre et retendit les draps avant de se glisser de nouveau dans son lit. Les yeux fixés au plafond, elle essaya de comprendre pourquoi ce rêve avait refait surface. Elle avait pourtant tout fait pour laisser ces vieux souvenirs derrière elle, avec son passé. Or, voilà qu'ils resurgissaient dans ce rêve, à un moment où elle avait déjà suffisamment de sujets de préoccupation.

« Ce doit être à cause de ça, se dit-elle. Parce qu'on est submergé de boulot en ce moment, parce qu'on a des tonnes de dossiers à traiter. » Pour couronner le tout, Steven Decker, le responsable de l'antenne du FBI à laquelle elle avait été rattachée au début de l'année, l'avait appelée en fin d'après-midi pour lui demander de se présenter dans son bureau à 10 heures le lendemain. Inutile de demander pour quel motif : Decker adorait faire durer le suspense, obliger les gens à deviner ce qui les attendait. Un des nombreux petits jeux auxquels il aimait se livrer avec les agents sous son commandement.

« Il a peut-être inventé un nouveau formulaire à nous faire remplir », se dit Genna, qui commençait enfin à se détendre. Decker adorait les formulaires...

À 6 heures, elle éteignit la sonnerie de son réveil. Elle répéta l'opération à 6 h 15 et à 6 h 30. À 6 h 45, elle se traîna jusqu'à la douche, contrariée d'avoir dormi aussi tard.

Elle était toujours de mauvaise humeur en arrivant au bureau, quelques minutes avant 8 heures. Après avoir enjambé les piles de dossiers qui jonchaient le sol, elle déposa sa mallette sur son fauteuil, alluma son ordinateur et alla chercher un café. Puis elle consulta ses e-mails et y trouva les réponses à des demandes de renseignements concernant des individus soupçonnés d'appartenir à un réseau de pornographie enfantine sur la côte est des États-Unis – elle s'occupait principalement d'affaires de kidnapping ou impliquant l'exploitation d'enfants.

Le dossier sur lequel elle travaillait actuellement était une source de migraines. Un pas en avant, trois pas en arrière. Quand pourrait-elle enfin prendre les vacances dont elle avait tant besoin ? Jusqu'à présent, dans cette affaire, elle n'avait rien découvert de solide. Elle imprima les renseignements reçus, bien qu'ils soient peu consistants, avant de les faire suivre par e-mail à quelques-uns de ses collègues. Puis elle relut ce qu'elle venait d'imprimer en sirotant son café. La police pourrait-elle garder les suspects sous les verrous jusqu'à ce qu'un agent du FBI – elle, de préférence – vienne les interroger ?

Après avoir appelé les trois expéditeurs de ces e-mails et établi de nouvelles notes, elle reprit un café, lissa sa jupe et se dirigea vers le bureau de Decker avec cinq minutes d'avance. On lui avait appris que la ponctualité était une vertu.

Sharon, la secrétaire de Decker, était au téléphone quand Genna passa devant son bureau.

— Il a dit que vous seriez probablement en avance et que vous pouviez entrer, dit Sharon en masquant le combiné de sa main.

Genna frappa discrètement et entra.

Decker, qui regardait par la fenêtre, la salua sans même se retourner.

— Bonjour, Genna.

— Bonjour, monsieur.

Elle s'assit devant le bureau et glissa un dessous de verre sous sa tasse de café en attendant qu'il commence par sa formule habituelle : « Vous vous demandez sans doute pourquoi je vous ai fait venir ce matin… »

— Vous vous demandez sans doute pourquoi je vous ai fait venir ce matin, dit-il en se retournant enfin.

— Oui, monsieur.

— Vous avez, si je ne m'abuse, passé une grande partie de votre enfance dans l'ouest de la Pennsylvanie. Près de la ville d'Erié, c'est bien cela ?

— Oui.

Où voulait-il en venir ?

— Votre mère adoptive vit-elle toujours là-bas ?

— Patsy habite près de Pittsburgh, mais elle possède un chalet près de Bricker's Lake, à une trentaine de kilomètres au sud-est d'Erié.

— Diriez-vous que vous connaissez bien ce secteur, agent Snow ?

Lorsque Decker cessait subitement de vous appeler par votre prénom, il y avait de la mission officielle dans l'air. Or, Genna n'avait vraiment pas besoin qu'on l'arrache au dossier sur lequel elle travaillait.

— Oui, dit-elle. Je connais bien ce secteur.

— Je crois savoir qu'il y a de plus en plus d'amish dans ce coin-là.

— Les amish habitent là depuis des décennies. En tout cas, je les y ai toujours vus.

Decker vint s'asseoir sur le coin de son bureau, en face de Genna. Jamais elle ne l'avait vu atteindre ce stade de décontraction. Sans doute était-ce le signe qu'il allait enfin en venir au fait.

— Vous aviez beaucoup de contacts avec ces amish lorsque vous étiez enfant ?

— Très peu. La plupart des amish ne se mêlent pas au reste de la population. J'ai vaguement fait la connaissance de quelques enfants amish lorsque j'avais treize ou quatorze ans. Patsy connaissait leur grand-mère, Granny Frick, à qui elle achetait chaque semaine des produits de la ferme. Elle continue à le faire, d'ailleurs. Je l'accompagnais, la plupart du temps, mais je me sentais toujours gênée chez eux. J'avais l'impression d'être une bête curieuse, une étrangère.

Decker se mit à déambuler dans le bureau, les mains dans les poches de sa veste. Finalement, il regagna son fauteuil derrière le bureau.

— Nous avons des petits soucis là-bas.

— À Bricker's Lake ?

— Tout près de là. À Wick's Grove. Vous connaissez, bien entendu ?

— Évidemment. C'est la ville la plus proche du lac. Un endroit hors du temps. Toujours la même épicerie, la même station-service avec le même étal de journaux, les mêmes familles de commerçants que quand j'étais petite. Wick's Grove est la seule ville que je connaisse où il n'y ait ni teinturerie, ni pizzeria, ni vidéoclub.

— L'influence des amish, sans doute ?

— Ce sont eux qui possèdent la plus grande partie des terres dans la région depuis des générations. Wick's Grove est tout juste un carrefour amélioré sur la route d'Erié. C'est un endroit sur lequel le temps ne semble pas avoir de prise.

— Eh bien, la communauté amish est en train de se faire rattraper par le temps, je le crains.

— Que voulez-vous dire ?

— Il semblerait que trois jeunes amish – tous cousins, d'après ce que nous savons – soient impliqués dans le blanchiment d'argent sale en provenance du Canada.

— Comment ? C'est grotesque !

— Peut-être, mais nos informations indiquent qu'il existe des liens entre la communauté amish et un club de motards qui se fait appeler les Junk Yard Dogs.

Genna, stupéfaite, ouvrit l'enveloppe qu'il lui tendait. Un paquet de photos en noir et blanc s'en échappa, qu'elle examina rapidement.

— Qui sont ces motards, exactement ?

— Certains sont canadiens, d'autres américains. Tous des anciens détenus condamnés pour usage de drogue, attaque à main armée, agression sexuelle… Rien de bien original. Leur participation à un trafic de drogue n'est pas surprenante non plus. Ce qui est étonnant, en revanche, c'est qu'ils aient réussi à attirer certains de ces jeunes amish dans leur réseau.

— C'est tout bonnement impossible. Je vous rappelle que ces gens n'ont pas l'électricité et pratiquent encore l'agriculture à l'ancienne. Visiter l'une de leurs fermes, c'est se retrouver au moins cent ans en arrière.

— C'est précisément ce que je voudrais que vous fassiez : visiter une ferme. Et plus précisément cette ferme-là. Je crois que vous y êtes déjà allée, dit Decker en lui tendant une photo.

— La ferme des Frick ? C'est une plaisanterie ?

— Je crains que non.

— Mais... les Frick... Ils sont les piliers de la communauté amish, là-bas. Ma mère adoptive connaît Granny Frick depuis... depuis l'enfance...

— C'est précisément pour cela que j'aimerais vous envoyer là-bas quelque temps, afin d'enquêter.

Genna coinça une mèche folle derrière son oreille. Comment rappeler à son supérieur qu'elle n'était pas censée enquêter sur le crime organisé, ni sur le trafic de drogue ?

— Mais, monsieur... Je m'occupe actuellement d'un réseau de pornographie enfantine... En outre, les amish n'ont jamais été impliqués dans le moindre délit. Comme je vous l'ai dit, ils se mêlent rarement au reste de la population, même pour des activités légales. Je n'arrive pas à imaginer un individu originaire de cette communauté – en particulier un membre de la famille Frick – impliqué dans ce genre d'affaire.

— Il y a des maillons faibles partout, Genna. Même au sein de la communauté amish. En fait, je doute que les trois jeunes gens que nous surveillons sachent vraiment à quoi ils sont mêlés. Je soupçonne l'un d'entre eux de s'être laissé attirer par l'organisation et d'y avoir entraîné les deux autres.

— Par quel moyen ?

— La drogue. Le crack.

— Vous croyez que ces gosses dealent ?

— Non : ils consomment.

— Vous en êtes certain ?

— C'est le scénario le plus probable.

Genna éclata de rire.

— Le plus improbable, au contraire ! Excusez-moi, mais je n'y crois pas un seul instant !

— Les photos parlent d'elles-mêmes.

Elle examina de nouveau les photos.

— Avec tout le respect que je vous dois, ces photos de motards achetant des produits de la ferme sur un stand en bordure de route ne prouvent rien du tout.

— Ils font ça trois fois par semaine. À jour fixe, à heures fixes. Toujours les mêmes gars sur les mêmes motos. Notez les grosses sacoches de cuir à l'arrière des motos.

— Justement : ils sont en train d'y ranger des tomates et des poivrons. Ils ont peut-être l'intention de cuisiner.

— À moins qu'ils ne soient venus faire de la monnaie. Nous pensons qu'ils viennent sur ce stand déposer de gros billets, que les jeunes amish blanchissent. En échange, ceux-ci reçoivent de la drogue. Nous avons pensé vous envoyer là-bas quelques semaines, afin de fouiner un peu et de voir ce que vous pouvez faire pour aider la police de Pennsylvanie.

— Ils vous ont demandé de l'aide ?

— Il y a quelques jours, j'ai reçu un coup de fil du lieutenant Mallon, qui dirige cette enquête. Lui et ses hommes savent qu'il se passe quelque chose, mais ils n'ont pour l'instant aucune preuve significative et ne peuvent donc pas obtenir de mandat de perquisition. Ils n'arrivent pas à approcher suffisamment de la ferme pour voir ce qui se passe là-bas.

— La ferme des Frick est immense et est située à près d'un demi-kilomètre en retrait de la route. C'est de loin la plus grosse ferme des environs. Au moins quatre générations de la même famille y vivent et, la dernière fois que j'y suis allée, ils étaient en train de construire un nouveau bâtiment pour l'un des arrière-petits-fils de Granny Frick qui venait de se marier. Quant à leurs terres, elles s'étendent sur des hectares.

— Croyez-vous que vous pourriez vous y rendre sans éveiller les soupçons ?

— Je pense que je pourrais aller à la ferme. Mais je me vois mal fouiller à l'intérieur des granges. D'ailleurs, que serais-je censée chercher ?

— Je n'en sais rien. Mais, bonne enquêtrice comme vous l'êtes, et étant donné que vous connaissez ces gens depuis longtemps, je pense que s'il y a quelque chose de bizarre, vous le remarquerez tout de suite et pourrez au moins aider la police locale à obtenir un mandat.

Genna se mit à tambouriner sur le bureau. Cette mission n'était-elle pas une totale perte de temps ?

— Depuis quand n'avez-vous pas pris de vacances ? demanda Decker.

— Un certain temps.

Elle n'en avait pas pris depuis ce voyage au Mexique, deux ans auparavant, avec l'homme qu'elle aimait à l'époque... Mais mieux valait ne pas réveiller ce souvenir, de peur de se rappeler les dix jours merveilleux qu'elle avait passés là-bas.

— Et votre mère – votre mère adoptive, je veux dire –, passe-t-elle toujours l'été au bord du lac ?

— Elle y vient tous les étés depuis cinquante ans. Elle dit toujours qu'elle mourra au bord de ce lac et qu'elle voudrait que ses cendres y soient jetées.

— J'imagine qu'elle serait ravie que vous veniez passer une semaine ou deux avec elle.

— Elle sera aux anges. Quand dois-je partir ?

— Dès que vous aurez fait vos bagages.

— Et le dossier sur lequel je travaille actuellement ? Nous venons juste d'avoir nos premières pistes valables...

— L'agent Liddy prendra votre suite. Expliquez-lui le dossier avant de partir.

— Parfait. Je termine la paperasse que j'ai commencée ce matin et je contacte Liddy.

Genna se leva et sourit sans entrain.

— Merci pour ces vacances inattendues.

— Je vous en prie, dit Decker en se levant à son tour. J'avertis le lieutenant Mallon que vous serez sur place demain après-midi. Vous savez, je doute sérieusement que ces jeunes amish aient la moindre idée de ce à quoi ils sont mêlés – même si, jusqu'à présent, personne n'a réussi à découvrir le rôle exact qu'ils jouent dans cette affaire.

— Je ne peux pas vous promettre que je découvrirai quoi que ce soit d'utile.

— Tout ce que nous vous demandons, c'est d'aller évaluer la situation. Nous verrons bien sur quoi cela débouchera.

Genna regagna son bureau. D'un côté, elle était furieuse de devoir abandonner ne fût-ce qu'une semaine le dossier sur lequel elle travaillait actuellement. D'un autre côté, Patsy allait être ravie d'apprendre qu'elle venait la rejoindre à Bricker's Lake. Évidemment, Patsy n'avait pas besoin de connaître les véritables raisons de cette visite. Après tout, moins elle en savait, moins elle risquait d'être contrariée.

Genna contacta Paul Liddy pour lui apprendre qu'il allait devoir la remplacer pendant au moins une semaine. Après lui avoir expliqué l'affaire et discuté avec lui près d'une heure, elle prépara quelques dossiers qu'elle voulait lire depuis longtemps, tout en tâchant d'ignorer le calendrier, qui lui rappelait avec insistance que c'était l'anniversaire de sa sœur. Cette dernière avait trente ans aujourd'hui. Elles ne s'étaient pas vues depuis dix-huit ans.

Refoulant les images qui menaçaient de la submerger, elle referma sa mallette, quitta son bureau et sortit dans la chaleur de l'été.

2

La minuterie du four venait de sonner quand le téléphone et la sonnette de la porte retentirent simultanément.

Genna éteignit le four d'une main, s'empara du téléphone sans fil de l'autre et, avant qu'on ne sonne une seconde fois, alla ouvrir, sans lâcher la pomme de terre qu'elle avait l'intention de faire cuire.

— Non, merci, dit-elle au démarcheur à l'autre bout du fil. Je n'ai pas besoin de faire hydrofuger mon sous-sol. Je n'ai d'ailleurs pas de sous-sol et...

Par le judas, elle vit un homme brun, aux cheveux courts, vêtu sobrement d'un costume sombre et d'une chemise blanche. Dans une main, il tenait un sac qui portait le nom d'un de ses traiteurs préférés ; dans l'autre, un bouquet de roses corail. Elle lui ouvrit tout en lui bloquant le passage, mit fin à l'appel et dévisagea son visiteur sans rien dire.

— Je suis ravi de te revoir, moi aussi, fit la voix grave qu'elle connaissait si bien. Et pour répondre à ta question, je serais ravi de dîner avec toi. Merci pour cette invitation.

— Je ne me rappelle pas t'avoir invité à dîner.

— Certes, mais tu allais le faire.

Il lui mit sous le nez le sac de chez *Gagliardi*.

— Salade de tomates au basilic, espadon grillé pour toi, escalope de veau pour moi. Pommes de terre nouvelles au beurre, à l'ail et à l'aneth pour nous deux. Et un fabuleux assortiment d'amuse-gueule.

Elle sourit malgré elle et, résignée, accepta les roses corail, ses fleurs préférées. Personne ne la connaissait aussi bien que John Mancini, ancien instructeur à l'académie du FBI, agent spécial du FBI et ex-homme de sa vie.

— Ça, c'est le tiramisu, chuchota-t-il en lui mettant sous le nez un second sac, plus petit.

Cette fois, elle rit pour de bon et s'effaça pour le laisser entrer.

— J'ai toujours entendu dire que si on voulait séduire un homme, il fallait s'adresser à son estomac, reprit-il. Mais toi et moi, nous savons bien à quoi nous en tenir, pas vrai ?

Avec un clin d'œil, il passa devant elle et se dirigea vers la cuisine, comme s'il y avait ses habitudes.

— Moi, je peux manger à peu près n'importe quoi, poursuivit-il. Mais je sais qu'il n'y a rien de tel pour attirer ton attention qu'un bon repas.

Il sortit deux assiettes du placard.

— Terrasse ou salle à manger ?

— Puisque tu as apporté tout ce qu'il fallait et que tu t'apprêtes visiblement à faire le service, pourquoi ne choisirais-tu pas toi-même ?

Elle abandonna la malheureuse pomme de terre qui aurait dû lui servir de dîner et sortit un vase.

— Tu devrais toujours être aussi agréable, dit John.

Il lui sourit, et elle eut un coup au cœur. Mais, feignant l'indifférence et refusant d'admettre qu'elle était contente de le voir chez elle, elle entreprit d'arranger les roses dans le vase pour mettre un peu de distance entre eux. Puis elle alla ouvrir la porte-fenêtre qui menait au balcon. Ce n'était pas vraiment une terrasse, contrairement à ce que John avait dit : on ne pouvait y mettre qu'une table, deux chaises et la grande jardinière qu'elle oubliait de fleurir depuis trois ans. Elle avait aussi oublié de remplir la mangeoire à oiseaux accrochée à la balustrade. Quant à la jardinière suspendue au rebord de la fenêtre, elle ne contenait plus que de la terre et les restes des pétunias et géraniums plantés l'année précédente par Patsy.

La table avait besoin d'être nettoyée, tout comme les chaises, couvertes de feuilles mortes. Voilà qui l'occuperait et lui permettrait de repousser la conversation sérieuse qu'ils finiraient nécessairement par avoir. De retour dans la cuisine, elle trouva John planté juste devant le rouleau d'essuie-tout.

— Pardon, dit-elle en se penchant pour l'attraper.

Au moment où elle saisissait le rouleau, il la prit par le poignet. Elle attendit qu'il dise quelque chose. Son cœur s'emballait, comme chaque fois qu'il s'approchait un peu trop près d'elle.

— Est-ce que tu vas bien ? demanda-t-il d'une voix douce. Tout va comme tu veux ?

— Ça va. Et toi ?

— Ça va. Tout va très bien, même. Enfin, presque tout.

— Tu m'en vois ravie.

Elle se dégagea, incapable de le regarder en face une seconde de plus. À sa grande surprise, il la laissa faire.

— Il faut que j'aille nettoyer la table et les chaises sur le balcon.

— Nous pouvons manger à l'intérieur, si tu préfères.

Genna hésita. Tout bien réfléchi, être dehors avec lui lui semblait moins intime, et donc préférable.

— Ce ne sera pas long, dit-elle.

— Bien. Je m'occupe du couvert.

Elle sortit sur le balcon dans la chaude soirée de juin.

— Tout va très bien, tout baigne, marmonna-t-elle en commençant son nettoyage.

— Tu disais ? demanda John en la rejoignant, muni d'une bougie jaune.

— Je disais que je n'en avais plus pour longtemps.

John se mit à rire et, après avoir déposé la bougie sur la table, la prit par la taille et la serra tendrement contre lui.

— Ah, Genna, comme tu m'as manqué ! Laisse-moi te serrer un instant contre moi, je t'en prie.

— Non, dit-elle en le repoussant.

— Je n'ai jamais vu quelqu'un d'aussi rancunier.

— John, je n'ai pas envie de parler de ça. Tu es venu pour manger ou pour ressasser cette vieille histoire ?

— Pour manger, bien sûr. Assieds-toi, je vais tout apporter.

Mais tôt ou tard, avant la fin de la soirée, nous reparlerons de cette vieille histoire...

— Alors, quelles sont les dernières nouvelles ? demanda-t-il en apportant les amuse-gueules. Quelle est la dernière grosse affaire en date ?

En réalité, il le savait déjà : il avait passé près d'une heure dans le bureau de Decker cet après-midi-là.

— Un truc sordide. Un réseau de pornographie enfantine qui s'élargit et prospère chaque mois un peu plus. Plus écœurant, tu meurs. Je n'aime pas me mêler de ces trucs-là de trop près. Mais j'aime l'idée de pouvoir empêcher ces gens-là de nuire.

Elle partit chercher deux verres d'eau à la cuisine.

— Decker m'a dit que tu allais prendre de petites vacances impromptues chez Patsy, dit John quand elle revint.

— Dans ce cas, je suppose qu'il t'a parlé des jeunes amish et des motards ?

— En effet. Je trouve cette histoire vraiment bizarre.

— Moi aussi. Il est difficile de croire que quelqu'un ait pu s'infiltrer dans un cercle aussi fermé que la communauté amish et entraîner l'un de ses membres dans des activités non seulement illégales, mais immorales.

— Decker m'a dit que tu devais seulement aller fouiner un peu là-bas.

— Et que t'a-t-il dit d'autre ?

— Que tu travaillais sept jours sur sept depuis neuf mois et qu'il était bien content d'avoir trouvé un prétexte pour t'envoyer te reposer chez Patsy.

— On voit bien qu'il ne la connaît pas...

John éclata de rire.

— C'est exactement ce que je lui ai répondu ! Elle est toujours aussi survoltée ?

— Plus que jamais. C'est une sorte de tornade humaine. Je n'ai jamais connu personne comme elle. Rester sans rien faire lui est tout simplement impossible, tout comme faire une seule chose à la fois. Si elle téléphone, elle se débrouille pour cuisiner et vider le lave-vaisselle en même temps. Elle en fait plus en une semaine que la plupart des gens en un mois.

— Tu as été à bonne école.

— Oui, c'est vrai.

Patsy m'a aussi offert un foyer quand mes parents m'ont abandonnée. Elle m'a accueillie quand je ne savais plus où aller, elle m'a offert un refuge quand tout s'écroulait autour de moi. Elle m'a rendu la foi que j'avais perdue. Et elle m'a donné son amour à un moment où j'avais fini par croire que plus personne ne m'aimerait. Oui, Patsy a été un merveilleux exemple...

— Et toi, reprit Genna, tu travailles sur quoi, en ce moment ?

Elle essayait simplement d'être aimable. Cette conversation l'avait mise mal à l'aise. Leurs genoux se touchèrent sous la table, et elle croisa les jambes.

— Bof, toujours la même chose. Seuls les personnages changent. Tu devrais goûter ces amuse-gueules, même s'ils sont froids, maintenant. Ceux-ci sont aux crevettes, ceux-là aux coquilles Saint-Jacques...

— Je suis allergique aux fruits de mer...

— Je n'ai pas oublié. Je te les montrais pour que tu les évites.

Je n'ai absolument rien oublié, figure-toi.

— Ceux-ci, en revanche, sont au poulet. Les petits triangles, là, sont aux champignons.

— Merci, dit-elle en se servant. Qu'est-ce qui t'amène à Woodside Heights ?

Toi, évidemment.

— Je rentrais en Virginie et j'ai pensé que je pourrais venir te dire bonjour en passant.

Ce qu'il ne disait pas, c'était que s'il avait pris un vol direct, il serait déjà rentré chez lui, à Washington, depuis des heures.

— D'où viens-tu ?

— De Boston. J'y ai passé les deux dernières semaines.

— À l'université ?

— Oui.

Inutile de demander laquelle, étant donné que les cinq meurtres qui avaient été perpétrés là-bas au cours des cinq semaines précédentes avaient eu un retentissement national. John, enquêteur au taux de réussite exceptionnel et à l'instinct remarquable, avait été appelé sur les lieux après la disparition de la troisième jeune femme. Au grand soulagement de toute la ville, un suspect venait d'être appréhendé.

— J'ai entendu parler de l'arrestation de mardi, dit Genna. J'ai pensé que c'était bien ton style : travail rapide, soigné, sans esbroufe et sans bavure.

— Merci du compliment, répondit John, que ces louanges comblaient.

L'admiration professionnelle n'était pas ce qu'il recherchait chez Genna, mais il faudrait bien qu'il s'en contente pour le moment.

— Que va-t-il se passer maintenant ? reprit-elle avant qu'il n'ait le temps de changer de sujet.

— Retour au bureau, où m'attendent environ vingt-cinq affaires que j'ai dû mettre en veilleuse pendant que j'étais dans le Massachusetts.

Elle faillit lui demander s'il était sage de se replonger ainsi dans un travail qui lui avait coûté si cher et à cause duquel il avait dû se mettre aux abonnés absents, y compris pour elle, un an auparavant.

— Tu te demandes si c'est bien raisonnable de ma part de m'occuper de ce genre d'affaires après ce qui s'est passé, n'est-ce pas ? dit-il.

— J'avoue que la question m'a effleuré l'esprit.

— Les circonstances ne sont plus les mêmes. L'affaire à laquelle tu penses, l'affaire Woods, ne ressemblait à aucune des affaires dont je m'étais occupé auparavant. Sheldon Woods incarnait à lui seul toutes les perversités, toutes les monstruosités dont l'homme est capable. Et puis, je le reconnais, je suis resté trop longtemps sur l'affaire. Je ne m'en suis pas rendu compte, à l'époque. J'aurais dû laisser tomber quand j'ai senti que cette histoire commençait à me déstabiliser. J'ai vu trop de ses crimes, et pendant trop longtemps. Peu à peu, j'ai laissé Woods contrôler les événements, l'enquête. Et pour finir, je l'ai laissé me contrôler, moi.

Genna promenait un morceau de pomme de terre dans son assiette. Elle connaissait l'histoire et savait comment elle s'était terminée. Cela ne servait à rien d'y revenir.

— Nous ne sommes pas obligés de parler de ça, John.

— Bien entendu. Car parler de Woods pourrait nous conduire à parler de certaines autres choses qui pourraient à leur tour et très probablement nous conduire à parler de nous... Combien de fois devrai-je te dire que je regrette ce qui s'est passé, Genna ? Que faut-il que je fasse pour me racheter à tes yeux ?

— Je ne te demande pas de te racheter. Ce qui est fait est fait, John. Quand c'est fini, c'est fini.

— Genna, tout le monde peut commettre une erreur.

— Ton départ n'était pas une erreur. C'était une action mûrement réfléchie. Tu as choisi de partir.

— Ce n'était pas aussi simple.

— Eh bien, si c'était compliqué, cela venait uniquement de toi.

— Je ne te demande pas d'excuser ma conduite, mais tu aurais dû être la première à comprendre que j'étais complètement dépassé. Je buvais trop, j'étais en train de sombrer. Quand j'ai compris ce qui m'arrivait, c'était trop tard. Il fallait que je laisse tout tomber un moment, Genna, pour pouvoir reprendre le contrôle de ma vie. J'étais à deux doigts de me détruire et, surtout, de t'entraîner en enfer avec moi.

— J'aurais pu t'aider. Tu aurais dû me laisser te suivre.

— Mais tu étais présente dans mon esprit à chaque instant.

— Tant mieux pour toi. L'ennui, c'est que moi, je ne savais même pas où tu étais. Je ne savais pas non plus ce qui n'allait pas chez toi, ni ce que j'avais pu faire pour que tu...

— Tu n'avais rien fait. Si tu n'avais pas existé, je n'aurais peut-être jamais trouvé la force de me battre. Je te jure que sans toi...

— C'était trop dur, John.

— J'aurais bien aimé que ça se passe autrement. Mais ça ne tournait plus très rond chez moi après l'arrestation de Woods. Si je n'étais pas parti comme je l'ai fait, je crois que j'aurais... Je crois que tout serait fini pour moi aujourd'hui.

— Chaque fois que nous essayons de discuter, ça se termine toujours de la même façon.

— Ça ne changera pas tant que nous n'aurons pas tiré les choses au clair et que tu ne m'auras pas pardonné.

— Je t'ai pardonné, soupira Genna. Mais franchement, je crois que j'ai peur que tu recommences. J'ai eu trop mal. Nous pouvons rester amis. Moi, je serai toujours ton amie et j'aurai toujours pour toi le plus grand respect, professionnellement parlant. Mais ça s'arrête là. On reste copains, collègues. Rien de plus.

— Si c'est tout ce que tu m'offres, il faudra bien que je m'en contente. Provisoirement, du moins. Mais sache que je ne renoncerai jamais à toi.

John se leva et enfonça les mains dans ses poches.

— Je t'aimais suffisamment à l'époque pour préférer te quitter plutôt que de prendre le risque de te détruire. Je t'aime toujours autant et je suis prêt à tout pour regagner ton amour. J'attendrai le temps qu'il faudra.

— John...

— Ces quelques mois en tête à tête avec moi-même ont été les pires de toute ma vie. Woods ne ressemblait à aucun des criminels qu'il m'avait été donné d'étudier. Cette affaire m'a affecté à un point que je n'aurais jamais soupçonné. J'ai approché le monstre de trop près... J'ai fini par avoir peur que sa personnalité ne déteigne sur moi. Il commençait à s'immiscer en moi. J'avais appris à penser comme lui, à anticiper ses désirs, à prévoir sa manière d'obtenir ce qu'il voulait.

— C'est toujours comme ça, pour tous les agents.

— Tu as raison. Mais la différence, dans cette affaire, c'est que je n'arrivais plus à me détacher de Woods. Il me poursuivait partout. Je ne pouvais lui échapper nulle part. Qui aurait cru qu'un meurtrier pédophile flasherait sur moi ?

— Je suis désolée de ce qui t'est arrivé, John. À ta place, je ne m'en serais sûrement pas aussi bien sortie. Mais je ne t'aurais certainement pas quitté sans te dire pourquoi.

— Si j'avais eu les idées plus claires, à l'époque, je n'aurais pas agi ainsi. Mais j'étais terrorisé par ce qui risquait d'arriver et par l'idée de te faire du mal.

— Eh bien, tu m'en as fait. De la manière la plus cruelle qui soit.

Un ange passa, comme chaque fois qu'ils en arrivaient à ce point de la conversation. Et comme chaque fois, la douleur de Genna se raviva. Le départ de John avait ressuscité ses blessures les plus profondes, ses souvenirs les plus cuisants. Abandon, trahison... Enfant, elle avait déjà vécu cela. Adulte, elle avait essayé d'oublier et d'aller de l'avant.

John, lui, croyait avoir bien agi en disparaissant comme il l'avait fait. Vivre dans l'intimité de Woods le sanguinaire trois mois durant avait failli avoir raison de lui. Cet individu, qui avait mutilé et assassiné quatorze jeunes enfants, l'avait contacté, lui, John Mancini, et personne d'autre. Avant de se faire arrêter, Woods était devenu tellement sûr de lui qu'il allait jusqu'à appeler John pendant qu'il torturait une victime, l'obligeant à assister, révolté, impuissant, au meurtre de l'enfant.

Lorsque Woods avait enfin été arrêté, John Mancini était un homme détruit. L'attaque ou la fuite étaient ses deux seules issues. N'ayant aucun adversaire en face de lui, il avait pris la fuite, avec l'espoir de chasser tous les démons qui s'étaient infiltrés en lui et d'en ressortir plus fort. Il avait réussi à s'en tirer, après de longs mois de solitude et de travail avec un psychiatre choisi par le FBI. Il s'était enfin retrouvé, après s'être perdu au cours de ces douze semaines passées dans la tête du tueur le plus immonde auquel il ait eu affaire. Il s'était débarrassé de toute cette noirceur et avait triomphé de cette épreuve. Mais il n'avait pas compris tout de suite que le prix à payer pour ne pas sombrer dans la folie, c'était la perte de la seule femme qu'il ait jamais aimée.

Quoi qu'il en soit, cette conversation ne les mènerait nulle part. Laisser le silence s'installer ne valait guère mieux. Il revint s'asseoir à table et s'attaqua à son veau. La viande avait refroidi et était passablement caoutchouteuse, mais au moins, cela lui donnait une contenance.

— Ma sœur Tess t'embrasse et voudrait savoir quand tu souhaites profiter de sa maison au bord de la mer, qu'elle t'avait promis de te prêter.

— Ah, oui ? C'est vraiment adorable de sa part. J'ai hâte de la voir au baptême du fils d'Angela. C'est très gentil de la part de ta sœur et de son mari d'avoir pensé à m'inviter.

— Tout le monde est ravi de cette occasion de te revoir.

— Tess sort toujours avec Nate ?

— Elle le fréquente depuis l'âge de quinze ans. Elle ne l'a quitté que le temps de son mariage avec Adam qui, comme chacun sait, a été la plus grosse bêtise de sa vie.

John se détendit, soulagé d'être entré dans des eaux sûres.

— Elle a tout de même eu un fils avec lui...

— La seule chose qu'Adam Conti ait réussie dans sa vie, c'est son fils. Jeff est vraiment un chouette gamin.

— Comment va-t-il ? s'enquit Genna, tout aussi soulagée que lui de parler d'autre chose que de ce qui s'était passé entre eux.

— Plutôt pas mal. Il se débrouille bien à l'école et encore mieux sur un terrain de foot. Il va faire des stages de football américain cet été. Il se prend pour une future star du foot. Il a un lancer du tonnerre. Il pense avoir des chances d'être pris comme attaquant dans l'équipe universitaire lorsqu'il entrera à la fac, à l'automne. Mais je n'arrête pas de lui dire de ne pas trop compter là-dessus. Il est hautement improbable qu'on confie ce poste à un nouveau.

— Si tu le dis. Je ne connais absolument rien à ce jeu.

— Désolé, je me laisse parfois emporter quand je me mets à parler de mon neveu.

— Cela ne me dérange pas. Il a l'air d'être un gamin sensationnel. Je trouve ça bien que tu sois aussi fier de lui.

— Il revient de loin, tu sais. Il a très mal vécu le divorce de ses parents, et lorsque son père s'est remarié, l'an dernier, il a dû admettre que ses parents ne se remettraient jamais ensemble. Je crois que tous les enfants de divorcés passent par là, et on ne sait jamais quelles traces cela peut laisser chez eux. Enfin, pour l'instant, Jeff a l'air d'avoir les pieds sur terre.

— Bien. Ça me fait plaisir pour lui. Tu prendras du café ?

— Oui. Tu veux un coup de main ?

— Je peux me débrouiller toute seule.

Lorsqu'elle tendit le bras vers lui pour débarrasser son assiette, John faillit lui prendre la main. Mais il s'était déjà fait repousser une fois et il n'avait pas envie de recommencer. Il y avait si longtemps qu'il n'avait pas eu l'occasion d'être assis en face d'elle et de regarder son visage adoré, si longtemps qu'il n'avait pas entendu sa voix autrement qu'en souvenir, ni contemplé son sourire de lutin… Après son départ, tout à l'heure, il se rappellerait ces moments, et il faudrait bien qu'il s'en contente tant qu'il n'aurait pas trouvé le moyen d'arranger les choses entre eux.

Après avoir apporté le café, Genna alla chercher le tiramisu.

— Hum… ça m'a l'air délicieux. C'était vraiment une très bonne idée. Merci, John.

— Je t'en prie.

Tout en savourant leur dessert, ils parlèrent de tout et de rien tandis que le soleil se couchait derrière eux et que les lueurs des premières lucioles de la saison clignotaient dans la pelouse, en contrebas. Ils auraient pu passer pour de vieux amis se racontant leur vie après une longue séparation. Mais tous deux savaient ce que cachaient les apparences, et tous deux en souffraient.

Quand la dernière goutte de café fut bue, John se leva pour prendre congé et Genna ne fit aucun effort pour le retenir. Elle le suivit et s'immobilisa derrière lui quand il s'arrêta pour regarder les photos qui ornaient le mur du salon.

— Ç'aurait été bien que tu accroches aussi une photo de nous. Ne serait-ce que pour prouver qu'il y avait au moins un bon souvenir de ce temps-là qui valait la peine d'être conservé.

Puis, sans se retourner, il quitta l'appartement.

Après son départ, elle resta là un long moment, adossée contre la porte. Enfin, elle s'en détacha et, tel un automate, alla éteindre la bougie sur le balcon, débarrasser la table et remplir le lave-vaisselle. Puis, après avoir fermé le verrou de la porte d'entrée, elle se rendit dans sa chambre, s'assit au bord de son lit et s'empara de la photo encadrée posée sur la petite table, sous la fenêtre.

La lumière du couloir lui permettait juste de deviner l'image de John, debout au sommet d'une pyramide maya envahie par les lianes. Il serrait Genna contre lui ; elle riait. De sa main libre, il saluait les touristes français qui les prenaient en photo.

Comment croire qu'il ne s'était passé que deux ans depuis ce moment de bonheur ?

C'était John qui avait organisé ce voyage, après qu'elle lui avait dit un jour, en passant, qu'elle avait toujours rêvé de voir les ruines de la civilisation maya dans la péninsule du Yucatán. Ils avaient passé une semaine dans la jungle, puis quelques jours sur les plages de Cancún. Ç'avait été leur première et, malheureusement, leur dernière escapade à deux. À leur retour, Sheldon Woods venait d'enlever sa troisième victime. Les mois suivants, Genna ne les avait pas vus passer.

Elle n'avait connu de bonheur comparable ni avant, ni après ces dix jours avec John. La vie lui réserverait-elle encore d'autres moments aussi magiques ?

Sans se rendre compte que des larmes coulaient sur ses joues, elle reposa doucement le cadre sur sa table de nuit, alluma la lumière et se mit à faire ses bagages.

3

Lorsque Patsy Wheeler ouvrit ses volets, ce matin-là, sa maison était dans les nuages. Nullement découragée par ce brouillard, elle se rendit dans sa salle de bains, où elle se déshabilla en sifflotant et se doucha en fredonnant. Elle en était à *Don't cry for me, Argentina* lorsqu'elle se sécha les cheveux et passa à *Just you wait, Henry Higgins* pour préparer le café. Ce n'était pas un petit brouillard matinal qui allait avoir raison de son optimisme naturel !

Vêtue d'un short blanc et d'un pull vert, elle alla observer le lac depuis le pas de sa porte. Les premiers pêcheurs étaient déjà sortis. Ils glissaient en silence sur leurs barques à quelques mètres du ponton, à travers les derniers lambeaux de brouillard chassés par le lever du soleil. Satisfaite de voir que tout allait bien par ce beau mercredi d'été, Patsy alla se servir une tasse de café, détendue et heureuse.

Aujourd'hui âgée de soixante-trois ans, Patsy ne s'était jamais mariée. « Je suis mariée à mon métier », répondait-elle souvent aux membres de sa famille qui s'étonnaient de son célibat. Et c'était bien vrai. À la rentrée suivante, elle allait fêter ses quarante ans d'enseignement dans l'école où elle avait fait ses débuts aussitôt après avoir obtenu son diplôme – la même école que ses sœurs et elle avaient fréquentée petites filles.

La vie de Patsy avait beau refléter une certaine monotonie, un manque d'imprévus, elle n'en était pas moins enrichissante. Après la mort de ses parents, elle avait racheté les parts de ses sœurs afin de continuer à habiter la maison familiale. Elle ne s'imaginait pas vivre ailleurs et éprouvait la même chose pour le petit chalet au bord de Bricker's Lake. Ses parents l'avaient construit peu après leur mariage, et la famille y avait passé tous les étés à nager, à canoter et à pêcher depuis le petit ponton. Chaque année, sans faute, comme ses parents autrefois, Patsy rouvrait le cottage pour la belle saison le week-end du Memorial Day[1], et elle le fermait pour l'hiver le premier week-end d'octobre. Bien sûr, elle avait aussi voyagé. Elle avait parcouru l'Europe et avait adoré se promener dans la campagne française, boire de la Guinness dans les pubs irlandais et explorer les châteaux allemands. Mais jamais elle ne s'était lassée de ce chalet face au lac, ni de ses voisins – encore que la plupart de ses voisins d'origine soient partis, désormais, et que leurs petites résidences d'été aient changé de main. Depuis quelques années, de plus en plus de ces chalets étaient loués, du jamais vu à Bricker's Lake. Mais cela ne la dérangeait pas. C'était un plaisir de voir de nouvelles têtes, de se faire de nouveaux amis.

Comme cette femme qui loue la maison des Palmer, juste à côté. Machinalement, Patsy jeta un coup d'œil derrière les rideaux en direction du chalet voisin. *Une personne très bien, apparemment, mais il serait nettement plus facile de faire vraiment connaissance si elle était là la semaine, et pas seulement le week-end. Il paraît qu'elle voyage beaucoup à cause de son travail, mais qu'elle a hâte de pouvoir passer plus de temps ici.*

Comment s'appelait-elle déjà ? Nancy. Et que faisait-elle dans la vie, exactement ? Quelque chose dans l'informatique…

Patsy fredonna quelques mesures de la comédie musicale *Camelot* tout en sirotant son café. Comme ce serait bien d'avoir une amie ici, cet été… Non qu'elle se sentît seule ou qu'elle manquât d'amis. Elle avait d'excellents

---

1. Memorial Day : dernier lundi de mai, jour férié aux États-Unis (*NdT*).

voisins à Tanner, une petite bourgade au nord de Pittsburgh, sans compter ses collègues et ses anciens élèves. Elle n'était vraiment pas à plaindre. Si on lui avait posé la question, elle aurait répondu qu'elle s'estimait heureuse et comblée, surtout depuis ce matin humide d'août, presque dix-neuf ans auparavant, où elle avait trouvé sur sa terrasse une petite fille roulée en boule dans un coin, dormant à poings fermés.

Sûrement une des filles des Cotter, ses voisins, avait-elle d'abord songé. Peut-être la fillette était-elle sortie en pleine nuit et n'avait-elle pas su retrouver son chemin.

Elle avait posé son café et s'était approchée de l'enfant. Mais dès qu'elle lui avait effleuré l'épaule, cette dernière avait ouvert des yeux apeurés en criant : « Non ! » dans la sérénité du matin.

— Chut... Tout va bien, ma chérie. Tout va bien. Tu n'as aucune raison d'avoir peur.

Les grands yeux noisette de la petite fille s'étaient emplis de larmes, et elle s'était mise à sangloter.

— Non, ma mignonne, tout va bien.

En voulant la prendre dans ses bras pour la réconforter, Patsy avait aperçu la chemise de nuit de la fillette : elle était entièrement déchirée sur le devant, et même dans son sommeil, l'enfant avait continué à la tenir fermée contre elle.

Et ses pieds ! Ils étaient recouverts de terre et de sang séché, comme si elle avait parcouru des kilomètres sans chaussures.

En la tournant doucement vers elle, Patsy avait découvert le reste – les égratignures sur son cou et sur l'une de ses joues, le bleu qui s'étalait de l'autre côté de son visage, de l'œil jusqu'au menton.

— Ma chérie, mais qui t'a fait ça ?

La fillette s'était remise à pleurer en serrant ses petits poings sales. Des larmes muettes roulaient par vagues sur ses joues et tombaient sur l'encolure déchirée de sa chemise.

— Tout va bien, maintenant, ma chérie. Personne ne te fera de mal ici, je te le promets.

Et Patsy avait bercé l'enfant contre son cœur jusqu'à ce qu'elle cesse de pleurer.

— Comment t'appelles-tu, mon petit cœur ? avait-elle demandé quand la petite avait retrouvé une respiration normale.

— Genevieve Snow, avait répondu une toute petite voix.

— Tu as un très joli prénom.

— Mes amis m'appellent Genna.

— J'aime bien aussi. Lequel préfères-tu ?

— Genna, avait répondu l'enfant après un instant de réflexion.

— Alors, c'est ainsi que je t'appellerai.

Puis, prudemment, redoutant presque la réponse, Patsy avait demandé :

— Veux-tu me dire ce qui t'est arrivé, Genna ?

La fillette avait alors levé vers Patsy son petit visage tuméfié.

— C'est frère Michael. Il a déchiré ma chemise de nuit.

Patsy avait gardé son calme, de peur que l'enfant ne s'effraie de sa réaction et ne se mure dans le silence.

— Frère Michael ? C'est ton frère ?

— Non. Le frère Michael. Au camp.

La fillette avait tendu le doigt en direction de la route et des bois.

— Tu veux parler du camp religieux sur la colline ? Celui qui s'appelle La Voie du Berger ?

L'enfant avait hoché la tête.

— Frère Michael est-il un enfant comme toi, ou l'un des moniteurs ?

— C'est lui le berger.

— C'est lui le berger, avait répété Patsy, interdite.

Ce n'était certes pas la première fois qu'elle entendait parler d'adultes qui abusaient de leur position et de leur autorité pour exercer leur violence sur les enfants qui leur étaient confiés.

Devait-elle continuer à interroger Genna et, si oui, comment tourner ses questions ?

— Il t'a fait du mal ?

Genna avait hoché la tête.

— Oui, quand il m'a donné un coup sur la tête, et aussi quand il s'est allongé sur moi. Et aussi quand je me suis cogné la tête contre le sol… Mais je l'ai repoussé, et il est tombé en arrière, et je lui ai donné un coup de pied dans le ventre et il est tombé sur le côté. Et alors je me suis levée et j'ai couru, couru, couru dans la forêt. Je croyais qu'il me suivait, mais il ne m'a pas retrouvée… Pas vrai ?

Une lueur de triomphe avait éclairé le visage de l'enfant et un vague sourire avait frémi sur ses lèvres.

— Non, Genna. Non, il ne t'a pas retrouvée, avait répondu Patsy en refoulant sa colère.

— Est-ce que je vais avoir des ennuis parce que je me suis sauvée ? s'était inquiétée la petite.

— Non, tu n'auras pas d'ennuis. Rentrons. Je vais m'occuper de tes pieds et te donner à manger. Pendant ce temps-là, nous réfléchirons à ce que nous allons faire ensuite.

Une fois à l'intérieur, Patsy avait fermé la porte à clé, par mesure de précaution. Puis elle avait aidé Genna à grimper sur l'un des tabourets du comptoir de la cuisine. Cette petite avait besoin d'une bonne toilette. Mais la laver, c'était détruire des preuves…

Patsy avait servi à la fillette un verre de jus d'orange et un autre de lait. Intérieurement, elle hésitait. Que faire ? Qui appeler en premier ?

Bien évidemment, il fallait avertir les autorités. Mais Genna avait peur, et elle était blessée. Or, si son expérience d'enseignante et de mère adoptive occasionnelle avait appris une chose à Patsy, c'était qu'un enfant avait besoin, avant toute chose, de se sentir en sécurité.

— Est-ce que tu as faim ? avait-elle demandé.

— Oui, madame.

— Qu'aimes-tu manger le matin ?

Fallait-il avertir la police ?

— Ça, avait répondu la fillette en désignant une boîte de céréales. Merci.

— Je t'en prie.

Appeler la police semblait tout de même un peu… un peu rude. Cela ne risquait-il pas d'effrayer de nouveau cette enfant ?

— Tu veux une pêche ?

— Comment ?

— Veux-tu une pêche coupée en petits morceaux dans tes céréales ?

Valait-il mieux appeler Brian, son neveu, qui était procureur adjoint du comté ? Ou bien Pamela, sa nièce, qui était assistante sociale ?

— Je n'en ai jamais mangé comme ça.

— Tu aimerais essayer ?

— Oui, madame. Merci.

Cette gamine est trop polie. Comment se fait-il qu'elle soit aussi calme après ce qu'elle vient de subir ?

— Quel âge as-tu, Genna ?

— J'ai eu neuf ans à mon dernier anniversaire.

— Tu sembles plus jeune.

— C'est parce que je suis petite.

Après avoir servi la fillette, Patsy, qui n'avait pas le cœur à manger, l'avait regardée vider son bol de céréales.

— Écoute, ma chérie, je crois que nous devrions prévenir quelqu'un que tu es ici. Je pense qu'il faut avertir tes parents.

— Pourquoi ?

— Ce que t'a fait frère Michael n'est pas bien du tout. C'est même très mal. Il faut qu'on le dise à tes parents. D'ailleurs, ils vont s'inquiéter lorsque le directeur du camp les appellera pour leur annoncer que tu as disparu.

— Mais je n'ai pas disparu : je suis ici.

— Oui, mais tu ne devrais pas être ici. Connais-tu le numéro de téléphone où on peut joindre tes parents ?

Genna l'avait dévisagée comme si elle faisait un effort pour rester patiente.

— Évidemment que je connais leur numéro. Mais je ne veux pas les appeler.

— Et pourquoi ça ?

— Parce qu'ils vont se mettre en colère et que je serai battue, avait expliqué la fillette avec un calme déconcertant.

— Mais tu n'as rien fait de mal.

— Si. J'ai désobéi à frère Michael.

Des larmes s'étaient remises à couler sur les joues de l'enfant.

— Mais si frère Michael essayait de te faire du mal...

— Jésus a dit : « Obéissez aux moniteurs. »

Genna avait pâli. Le doute et la confusion se lisaient de nouveau dans ses yeux.

— Genna, quand Jésus a dit ça, il ne pensait sûrement pas à des choses comme celles qu'a essayé de faire frère Michael. Je pense que tu as eu raison de t'enfuir : c'est ce qu'il fallait faire.

Patsy s'était tue. Elle ignorait ce qu'avait fait exactement frère Michael, bien que la fillette semblât réellement terrorisée et que sa chemise de nuit déchirée démontrât que Jésus n'aurait sûrement pas approuvé les intentions ni les actes de ce « berger ».

— Genna, je vais appeler quelqu'un qui va nous aider à arranger tout ça...

Une demi-heure plus tard, une Mustang bleu nuit se garait devant le cottage, et un grand jeune homme entrait après avoir brièvement frappé à la porte.

— Tante Patsy ?

— Je suis dans la cuisine, Brian.

En entrant dans la cuisine, Brian Henderson avait découvert sa tante préférée en train de siroter un café et de nourrir une petite fille aux cheveux châtain clair et aux immenses yeux noisette.

— Genna, je te présente Brian, mon neveu. Il est avocat. Brian, je te présente Genna. Elle a une histoire à te raconter.

Un peu réticente au début, Genna avait fini par comprendre qu'elle devait la raconter, son histoire. C'était donc ce qu'elle avait fait, sans omettre un seul détail, depuis le moment où elle s'était réveillée dans les bras de frère Michael jusqu'à celui où elle était arrivée chez

Patsy. Brian, visiblement choqué, avait appelé la police et, moins de dix minutes plus tard, deux policiers se garaient derrière sa Mustang.

À midi, le camp de La Voie du Berger était sens dessus dessous.

Et à partir de ce moment-là, la vie de Patsy n'avait plus jamais été la même.

Elle sourit. Pourtant, Dieu sait qu'elle aurait fait n'importe quoi pour épargner à Genna ce qui avait suivi. Il ne pouvait théoriquement rien lui arriver de pire que cette tentative de viol. Mais avec le recul, elle se disait que les événements qui avaient suivi avaient peut-être laissé plus de traces encore chez la fillette. Au fil du temps, Patsy avait tout fait pour compenser cette terrible période, tout en sachant qu'elle ne pourrait jamais l'effacer. Elle s'était tenue aux côtés de l'enfant à chaque instant, et finalement, avec la bénédiction du tribunal, l'avait ramenée chez elle pour l'élever.

— Et je ne l'ai pas regretté un seul instant, dit-elle à haute voix, en s'avançant sur la terrasse. Non, pas une seconde.

Elle traversa la pelouse en se remémorant le coup de fil que lui avait passé Genna la veille. Cette dernière avait décidé de prendre un peu de vacances et de venir lui tenir compagnie une semaine au bord du lac, si toutefois Patsy n'y voyait pas d'inconvénient.

Patsy rit toute seule. Au contraire, rien ne pouvait lui faire plus plaisir que d'avoir Genna à la maison. Que ce soit pour une journée, un week-end ou une semaine, elle se réjouissait toujours de la voir. Genna n'était pas sa fille biologique, mais cela n'était qu'un détail. C'était son enfant. Un jour, Genna, alors interne à l'université, lui avait écrit une lettre dans laquelle elle lui disait que la meilleure période de sa vie avait commencé le jour où le destin l'avait amenée devant sa porte. Depuis, chaque fois que Genna lui manquait trop, Patsy relisait cette lettre. Et chaque fois, ses yeux s'emplissaient de larmes et son cœur se gonflait de fierté.

Et ce soir, elle sera là pour dîner.

Patsy s'avança jusqu'au bout du ponton.

Ce soir, pour le dîner, ma chère petite fille sera à la maison.

À chacun de ses retours à Wick's Grove, Genna éprouvait des émotions contradictoires. Depuis qu'elle savait conduire, elle faisait toujours un détour de dix minutes par les petites routes afin d'éviter de passer près de l'ancien camp. Chaque été, elle se promettait que, cette année, elle passerait devant le camp désert. Mais chaque année, elle finissait par faire un détour. Et à la fin de chaque été, elle se jurait que l'année suivante, elle tiendrait sa promesse. Elle n'avait jamais réussi.

Sans doute certains fantômes étaient-ils plus difficiles à exorciser que d'autres, se dit-elle en s'arrêtant à l'intersection entre Freedom Road et Tolliver Road. C'était le croisement où elle devait faire un choix : continuer tout droit ou tourner pour éviter le camp.

Alors, tout droit ou pas ?

Comme un conducteur impatient la klaxonnait, elle tourna, déconcentrée, comme elle finissait toujours par le faire pour une raison ou une autre.

Mais la prochaine fois, je continue tout droit, c'est décidé.

Quelques instants plus tard, elle songea que Tolliver Road passait justement devant la ferme des Frick. Donc, inutile de se blâmer pour son manque de courage, puisqu'elle avait un travail à faire par là.

Un peu plus loin, elle aperçut le stand où les Frick vendaient les produits de leur ferme et ralentit. Des voitures étaient garées des deux côtés de la route, juste avant le bosquet de vieux chênes sous lesquels étaient disposées des tables en bois chargées de la cueillette du matin.

Elle se gara à son tour et, son sac à main sous le bras, s'avança nonchalamment le long du champ bordé de pissenlits et de chardons. Six ou sept clients faisaient leur choix parmi les tomates bien alignées, les pyramides de courgettes et les bottes de betteraves encore maculées de terre séchée. Genna prit tout son temps, choisissant ici un melon, là quelques tomates. Elle attendit que les autres clients rejoignent leurs voitures pour s'approcher de la jeune fille qui tenait la caisse.

— Je crois que ce sera tout pour aujourd'hui, dit-elle en déposant ses emplettes sur les cagettes retournées qui servaient de comptoir.

La jeune fille lui répondit sans quitter des yeux le bout de papier sur lequel elle notait les achats de Genna.

— Les melons sont très sucrés cette semaine. Les courgettes sont excellentes également. Et aussi les haricots.

— Je n'ai pas vu les haricots.

— Mon frère devait pourtant en rapporter...

La jeune fille mit sa main en visière pour protéger ses yeux du soleil et regarda en direction du chemin de terre qui les séparait de la ferme.

— Il arrive, mais il prend tout son temps.

— Ce n'est pas grave, je ne suis pas pressée. Servez les autres clients d'abord.

En effet, une femme et sa fille étaient en train de composer un bouquet avec les fleurs coupées disposées au bout de l'étal.

Voilà qui allait donner l'occasion à Genna de s'attarder un peu et d'observer ce qui se passait. Non qu'elle s'attendît à voir surgir une horde de motards sur leurs Harley dans un grand nuage de poussière. Mais, n'étant pas venue depuis longtemps à la ferme des Frick, quelques instants pour retrouver ses repères lui seraient bien utiles.

À l'autre bout du bosquet, trois fillettes de onze ou douze ans essayaient d'occuper et de tenir éloignés de la route une demi-douzaine de tout-petits. Le chemin était bordé de maïs, et là-bas, derrière la grange, sur la gauche, elle se rappelait qu'il y avait une mare.

Les bras croisés, adossée contre l'une des tables, elle fit semblant de ne pas regarder les deux garçons qui s'approchaient. Chacun d'eux portait un panier. C'étaient deux grands adolescents, vêtus du traditionnel pantalon noir et de la chemise bleue à manches courtes des amish. Ils ne portaient pas de barbe, comme c'était l'usage parmi les célibataires de leur communauté. Celui de gauche marchait d'un bon pas, tandis que celui de droite trébuchait à chaque instant, obligeant l'autre à l'attendre. De quelle infirmité pouvait-il souffrir ? se demanda Genna.

Ce fut seulement quand ils arrivèrent à sa hauteur qu'elle vit ses yeux, cernés et injectés de sang. Il reniflait beaucoup, et toute personne connaissant les symptômes de la cocaïnomanie pouvait déceler de discrètes traces de poudre blanche sur ses narines.

Sans dire un mot, il vida le contenu de son panier sur la table. Genna choisit des haricots tout en l'observant du coin de l'œil, puis plaça les légumes dans un sac de papier brun qu'elle tendit à la jeune fille.

— Je ne vous les fais pas payer, puisque vous avez dû les attendre.

— Oh, mais cela ne m'a pas dérangée du tout...

— Ta mère t'attend, déclara le garçon aux yeux injectés de sang, comme si Genna n'était pas là.

— C'est ta faute si elle m'attend, répliqua la jeune fille.

— C'est bon, on est là maintenant, Lydia, intervint l'autre garçon.

Tout en facturant les achats de la cliente suivante, il poursuivit :

— Ta sœur a dit de ramener les petits et de les laver pour le dîner.

— Je ne risque sûrement pas de les laisser seuls avec vous deux, répliqua la jeune fille.

Puis, regardant de plus près l'autre garçon, elle demanda :

— Qu'est-ce qui ne va pas, Eli ?

— Rien, marmonna l'intéressé.

— Allez, vas-y, insista l'autre garçon. On a besoin de toi à la maison. Je m'occupe du stand.

— Mais Eli...

— T'inquiète pas pour ton frère. C'est à cause de la poussière de la grange que son nez coule.

« Et aussi à cause de la cochonnerie qu'il fourre dans ses narines », faillit ajouter Genna. Mais elle se contenta de saluer les jeunes amish et emporta ses achats vers sa voiture. Elle ne s'attendait pas à avoir autant de chance dès son arrivée. Tout en faisant marche arrière, elle observa les garçons dans le rétroviseur. Celui qui souffrait d'une « allergie à la poussière » était en train de s'étendre sous un arbre, tandis que son camarade attendait le chaland. Genna partit en direction du lac, tout en essayant de se rappeler les photos que lui avait montrées Decker. Elle se rappelait y avoir vu trois garçons du même âge que ceux qu'elle venait de rencontrer, mais leurs visages n'étaient pas suffisamment clairs sur les clichés. En outre, les photos ne montraient ni la jeune fille ni les bébés sous les arbres. Mais les ombres étaient moins longues, ce qui indiquait qu'elles avaient été prises plus tôt dans la journée. Peut-être en fin de matinée, lorsque les petits faisaient un somme et que les femmes préparaient le déjeuner.

Dans combien de temps Eli aurait-il besoin d'une nouvelle dose, et quels services rendait-il en échange à ceux qui lui procuraient sa cocaïne ?

4

Genna tourna dans Coldstream Road, qui passait devant l'épicerie et le seul restaurant gastronomique du coin, *Sally's Lakeside*, où l'on vous servait littéralement à volonté. L'étroite chaussée d'asphalte qui contournait Bricker's Lake obligeait à conduire lentement : deux tout-terrain pouvaient à peine s'y croiser. Ici, dans le secteur le plus peuplé, le macadam avait fait son apparition quelques années auparavant. Dans le coin où vivait Patsy, en revanche, la route était encore en terre bien tassée, ce qui pouvait poser des problèmes durant les périodes trop pluvieuses. Mais la plupart des voisins de Patsy étaient des gens âgés qui n'avaient pas les moyens de financer la pose d'un revêtement.

Tout en ralentissant pour regarder trois adolescentes qui mettaient leur catamaran à l'eau, Genna sourit, se rappelant les étés où elle avait fait la même chose. Mais jamais avec des amies. Elle n'en avait jamais eu beaucoup. Lorsqu'elle voulait naviguer, c'était Patsy qui l'accompagnait.

À la sortie du dernier virage, elle aperçut Patsy, au bout de l'allée, en train de couper de longues tiges de Queen Anne qui envahissaient la boîte aux lettres. Reconnaissant la Ford Taurus, Patsy se redressa, rangea son sécateur, retira le casque de son baladeur et déposa les fleurs par terre. Les mains sur les hanches, le sourire aux lèvres, elle regarda Genna se garer.

— Avance encore un peu, ma grande. Ton coffre dépasse sur la route.

Genna s'exécuta pendant que Patsy se lançait dans un bavardage effréné.

— ... et pourtant, ce n'est pas faute de lui avoir dit cent fois : « Wayne, ne roulez donc pas si près du bord de la route... »

— Tu n'as pas encore fini de harceler ce pauvre facteur ?

— Ce pauvre facteur, comme tu dis, a renversé la boîte aux lettres de Mme Parker, il y a deux semaines.

Le temps de l'embrasser, et Patsy reprit :

— Je lui ai pourtant dit, et Nancy aussi...

— Qui est Nancy ?

— La personne qui loue la maison des Palmer pour l'été. Juste à côté.

Pendant que Genna ouvrait son coffre, Patsy passa le bras par la vitre ouverte de la voiture pour récupérer le sac à main de la jeune femme.

— Tu n'allais tout de même pas le laisser dans ta voiture ? Tu sais, les temps changent, ici.

— Comme partout, j'imagine. Mais rassure-toi : je serais revenue le chercher.

Quand Genna déposa sa valise par terre, Patsy la jaugea comme si elle pouvait déduire la durée de son séjour de la taille de son bagage. De toute façon, Genna ne restait jamais assez longtemps à son goût.

— Je me suis arrêtée chez les Frick en venant.

Elle sortit ses emplettes et les montra à Patsy pour inspection. Celle-ci approuva et s'empara de la valise.

— Je vais la prendre, protesta Genna.

— Je m'en charge.

— Non, prends plutôt les légumes. Et n'oublie pas tes fleurs.

— Tu ne me crois pas capable de porter ta valise ? Je suis solide comme un roc, tu sais. Je serai encore vaillante pour emmener tes enfants faire leur premier tour en kayak sur le lac.

— J'ai bien l'intention d'y faire moi-même quelques tours pendant que je suis ici.

— J'espère que tu prendras aussi le temps de souffler. Je vois bien à tes yeux que tu ne te reposes pas suffisamment, ces temps-ci. Tu travailles trop, Genna.

— Possible.

En entrant dans la maison, elle inspira à fond, machinalement, pour s'imprégner de l'odeur hospitalière des lieux. Chaque fois qu'elle passait cette porte, elle éprouvait la même sensation de bienvenue, de soulagement. L'impression de pénétrer dans un sanctuaire.

— Ça alors ! Tu ne m'avais pas dit que tu avais acheté de nouveaux tapis ! s'étonna-t-elle en s'arrêtant à l'entrée du salon.

— Ils datent de la semaine dernière. J'ai pensé que ce serait une agréable surprise pour toi. Il était temps d'en changer. Les précédents tapis, je les avais achetés quand tu avais quinze ans, tu te rappelles ?

— Bien sûr. Tu m'avais laissée choisir la couleur.

— Ce qui explique que nous ayons eu, des années durant, un tapis bleu, blanc, rouge dans la salle de bains.

— Je le trouvais très patriotique.

— Il l'était. Mais j'avais toujours envie de me mettre au garde-à-vous avant d'aller faire pipi.

Genna éclata de rire, puis déclara en regardant le nouveau tapis du salon :

— Ce coloris beige est très joli.

— Ça s'appelle taupe. C'est ce que m'a dit le vendeur, répondit Patsy en disparaissant dans la cuisine.

— En tout cas, il s'accorde à merveille avec le canapé.

— Je suis contente qu'il te plaise.

Patsy revint avec un énorme vase dans lequel elle avait arrangé ses fleurs.

— Si tu allais t'installer dans ta chambre, ma chérie ?

— J'allais le faire.

Genna ouvrit la première porte à gauche après le salon et s'arrêta un instant sur le seuil pour admirer le décor. Le grand lit en bois d'érable était recouvert de la même courtepointe en patchwork bleu et blanc que la première fois où elle y avait dormi. Cette nuit-là, elle avait trouvé cette courtepointe rassurante et elle n'avait jamais pu s'en séparer depuis, bien qu'elle soit maintenant usée. La vieille commode en chêne était toujours là, dans l'angle, avec son grand miroir incliné pour mieux capter la lumière. Les murs étaient du même jaune pâle qu'autrefois – ils avaient été repeints plusieurs fois, mais toujours dans la même teinte –, et la gravure représentant des marguerites dans une jarre en pierre était toujours accrochée au-dessus du lit. Combien de fois ne s'était-elle pas endormie en comptant les pétales des fleurs ?

Ils m'aiment un peu, beaucoup... pas du tout.

Enfin, il y avait le petit fauteuil tapissé de chintz qui décorait autrefois la chambre de la plus jeune sœur de Patsy, à Tanner. Rien n'avait changé au fil des années, en dehors du nouveau tapis, le même que celui qui ornait le salon, et sans doute aussi la chambre de Patsy.

Ici, dans cette chambre, plus qu'en tout autre lieu, Genna se sentait chez elle.

— J'ai pensé que nous pourrions dîner vers 18 heures, annonça Patsy depuis le salon.

Comme si elles avaient jamais dîné à une autre heure ! Patsy, réglée comme une horloge, se mettait toujours à table à 18 heures précises.

— Tu crois qu'on a le temps d'aller faire un tour sur le lac ? demanda Genna.

— Le temps, peut-être. Mais il n'y a pas assez de vent. Enfin, si ça ne te gêne pas de pagayer, on peut sortir le canoë. Ou bien les kayaks.

— Je choisis le canoë. Je suis prête dans deux minutes.

— Je t'attends au lac.

Quelques minutes plus tard, Genna avait troqué sa jupe étroite et son chemisier contre un short, un grand tee-shirt et des nu-pieds. Quand elle sortit de la maison, le parfum des lys que Patsy et elle avaient plantés quelques années auparavant vint lui chatouiller les narines. Un peu plus loin, elle passa devant les hortensias plantés, selon les dires de Patsy, par ses parents l'année où ils avaient construit le chalet. Tout ici était merveilleusement familier et cher à son cœur.

Patsy lui fit signe depuis le canoë amarré au ponton.

— Tu es prête ?

— Affirmatif !

— Alors, grimpe pendant que je largue les amarres.

Genna entra dans l'eau tiède et peu profonde et monta dans le canoë. Patsy et elle se mirent à pagayer, retrouvant rapidement leur bon vieux rythme synchrone, et firent le tour du lac. Patsy s'arrêtait de temps en temps pour lui montrer les nouveautés.

— Le nouveau ponton des MacDonald...

Ou encore :

— Le nouveau catamaran des Clausen. Enfin, ils l'ont racheté aux Taylor, donc il n'est pas vraiment nouveau...

Et ainsi de suite, jusqu'à ce qu'elles rejoignent leur point de départ.

— Il est temps de préparer le dîner, dit Patsy en tirant le canoë hors de l'eau.

— Je vais t'aider.

— Non, reste assise ici et détends-toi. Je t'appellerai quand ce sera prêt.

— Demain, j'aurai tout le temps de rester assise au bord de l'eau, à regarder les libellules et écouter les poissons sauter. Mais ce soir, j'ai envie de t'aider à préparer le dîner.

Et de m'asseoir au comptoir de notre petite cuisine et d'être dans tes jambes. J'ai envie d'écouter le son de ta voix et le silence, quand il y en a. J'ai envie de disposer sur la table les assiettes que je t'ai achetées pour ton anniversaire, la première année où j'ai gagné ma vie. J'ai envie de profiter de ta chaleur, celle qui m'a sauvée il y a bien longtemps et qui me fait toujours tant de bien. Et Dieu sait si j'ai besoin de chaleur humaine, ces temps-ci...

Le lendemain matin, à son grand soulagement, Genna constata en se réveillant qu'elle n'avait pas fait de cauchemar. Elle craignait toujours que la proximité du camp ne ravive ses souvenirs avec une acuité décuplée. Il lui était arrivé de rester éveillée des heures durant, dans sa petite chambre sur le lac, de peur que, à la faveur du sommeil, les démons de la nuit ne reviennent la hanter. Mais cette nuit, elle avait dormi comme un loir et se réveillait fraîche et dispose.

En entrant dans le salon, elle découvrit Patsy en train de regarder par la fenêtre.

— Bonjour.

— Bonjour, Gen. Je crois que tu as battu ton propre record.

— Quel record ?

— Ton record de sommeil ici.

— Quelle heure est-il ?

— Presque 9 heures.

— 9 heures ? J'ai dormi jusqu'à 9 heures ?

— Tu te rends compte ? Je me demande si le ciel ne va pas nous tomber sur la tête ! Tu devais vraiment avoir besoin de sommeil, ma chérie.

— Je ne sais même pas si j'ai déjà dormi un jour jusqu'à 9 heures. Et je n'ai pas entendu un bruit.

— Va donc prendre ta douche pendant que je te prépare quelque chose de bon.

— Miam ! Une surprise ?

— Certainement.

Les bras croisés, Patsy regarda Genna s'éloigner vers la salle de bains, au bout du couloir.

— Elle est beaucoup trop maigre, marmonna-t-elle en regagnant la cuisine. Elle mange n'importe comment, évidemment. Pas le temps de faire la cuisine, pas le temps de manger, pas le temps de dormir.

Tout en râlant, elle avait rassemblé les derniers œufs, une poêle et du lait.

— Mais pas de ça chez moi. Quand ma grande fille est à la maison, elle doit manger et dormir. Soleil, nourriture saine et sommeil. Nous allons la remettre sur pied. Pas vrai, Kermie ?

Le chat miaulait de l'autre côté de la porte.

— Entre donc. Je suppose que tu as faim, toi aussi.

Elle lui ouvrit la porte et se baissa pour le caresser sous le menton. Il la remercia d'un coup de patte de velours. Elle lui répondit en agitant sa spatule, qu'il attrapa avec ses deux pattes avant.

— Non, nous n'avons pas le temps de jouer maintenant. Va voir ce qui reste dans ta gamelle. Je dois préparer à manger pour Genna.

Après avoir reniflé sa gamelle, Kermie se dirigea vers le salon d'un pas hautain.

— Dois-je en conclure que tu as déjà mangé ? J'espère que ce n'était pas un oiseau. Tu sais bien que je n'aime pas que tu fasses ça. Mais si tu ne manges pas ta pâtée, comment puis-je avoir la certitude que tu as mangé ? Je ne peux te donner ton insuline que si tu as quelque chose dans l'estomac...

— À qui parles-tu ? demanda Genna en sortant de la salle de bains.

— À ton vieux matou diabétique. Il est sorti courir la gueuse, et maintenant, je ne sais pas s'il a mangé quelque chose. Or, monsieur n'a pas pris son insuline depuis hier soir, et tu sais ce qui se passe quand il ne reçoit pas son injection à intervalles réguliers.

Patsy frémit au souvenir du dernier malaise de Kermie. Elle avait failli le perdre, ce jour-là.

Genna rejoignit le chat, qui se prélassait dans une flaque de soleil, dans le salon.

— Te voilà, toi. Tu comptais me faire croire que tu n'étais pas sorti de la nuit, hein ?

Elle se baissa pour le caresser et entendit un déclic derrière elle.

— Patsy, veux-tu me ranger cet appareil ?

— Non. C'est une jolie photo : Kermie et toi par terre...

— Surtout que je suis vêtue en tout et pour tout d'une serviette et couverte de poils hirsutes, vu que je n'ai pas encore eu le temps de m'épiler.

— Ne t'inquiète pas : je n'avais pas mis le zoom.

Genna rit de bon cœur.

— Allons, va t'habiller et viens déguster ce délicieux pain perdu.

— Je sens que je vais prendre au moins cinq kilos.

— Tu ne t'en trouveras pas plus mal. D'ailleurs, tu n'es jamais restée suffisamment longtemps pour prendre cinq kilos depuis que tu as quitté le lycée.

— Touché ! J'arrive dans cinq minutes. Mais avant d'aller m'habiller, je boirais bien un café.

— Hors de question. Je vais te mettre au pas, moi. Tu prendras ton café avec ton petit déjeuner.

— Tyran ! lança Genna en regagnant sa chambre.

Lorsqu'elle revint après s'être habillée, le couvert était mis pour deux sur le comptoir de la cuisine.

— Tu crois qu'on pourra faire un tour sur l'eau ?

— Peut-être. Les nuages sont un peu suspects, mais ça va sans doute se lever.

Patsy apporta une assiette couverte de tranches de pain perdu saupoudré de sucre.

— Hum... tout simplement divin... Et je ne regrette pas une seconde toutes ces calories, tout ce cholestérol, tous ces lipides...

Patsy sourit.

— Entre le pain perdu et le gâteau d'hier soir, j'ai utilisé mes derniers œufs.

— Si j'avais su, j'en aurais pris chez les Frick hier.

— Ce n'est pas grave. J'y passerai ce matin. Je me disais que je ferais bien un soufflé au citron pour le dessert.

— Comment va Mme Frick ?

— Eh bien, elle a l'âge de Mathusalem, comme tu le sais. Plus de quatre-vingt-dix ans. Mais toujours alerte. Elle continue à élever ses poules, à vendre ses œufs et à fabriquer ses patchworks, même si elle en fait moins qu'autrefois et que cela lui prend plus de temps.

— J'irai peut-être avec toi. Cela fait des années que je ne l'ai pas vue.

— Tu sais, la plupart du temps, je ne vais pas jusqu'à la ferme. Je fais mes achats au stand, au bord de la route. Sauf si j'ai besoin d'un patchwork.

— À vrai dire, j'y pensais, justement. Je me disais que j'allais lui acheter une couverture en patchwork pour bébé.

À vrai dire, elle venait juste d'inventer ce prétexte.

— Tiens ? Qui attend un bébé ?

— Le bébé est déjà né, en fait. Et il s'agit d'Angela, la sœur de John Mancini.

Genna baissa les yeux vers son assiette pour ne pas voir la lueur d'espoir qui n'allait pas manquer de s'allumer dans les yeux de Patsy. Cette dernière, en effet, adorait littéralement John et ne s'était pas privée de faire savoir où elle espérait que leur liaison les mènerait.

— C'est un garçon, au fait. Carlo Anthony DelVecchio, deuxième du nom.

— Quel joli prénom ! Et comme c'est gentil à toi de faire confectionner un patchwork pour son fils. Si je comprends bien, tu continues à voir Angela ?

— L'enfant doit être baptisé dans moins de quinze jours. Par conséquent, je pense que Mme Frick n'aura pas le temps de lui confectionner une couverture. Mais avec un peu de chance, elle en aura quelques-unes de prêtes. Et avant que tu ne me poses la question : oui, je suis invitée au baptême.

— Qui t'a invitée ? Angela ou John ?

— On ne t'a jamais dit que tu te mêlais de ce qui ne te regardait pas ? Et que tu n'étais pas très subtile ?

— Je ne vois vraiment pas à quoi tu fais allusion, protesta Patsy en feignant l'indignation. Tout ce que tu fais m'intéresse, voilà tout.

— Surtout lorsque cela concerne ce qui me tient lieu de vie sentimentale.

— Angela s'est bien mariée il y a deux ans ? Tu l'as revue depuis ?

— Je ne l'ai pas vue depuis au moins un an. Au fait, vers quelle heure veux-tu aller à la ferme ?

— Nous pourrions y aller après le petit déjeuner, si cela te convient.

— Parfait. À notre retour, nous pourrons peut-être nous tremper dans l'eau, si le ciel s'éclaircit.

Patsy se mit à rédiger une liste de commissions tout en fredonnant *She's got you*, de Patsy Cline.

Une heure plus tard, Genna remontait en voiture le chemin qui menait de Tolliver Road à la ferme des Frick. Depuis combien de temps n'était-elle pas passée par là ? Plusieurs années. Elle ralentit, s'apprêtant à voir apparaître, juste derrière les noyers, la vieille ferme avec ses multiples bâtiments attenants. Elle avait baissé les vitres à cause de la chaleur et la poussière du chemin commençait à voler à l'intérieur de l'habitacle.

— J'avais oublié comme c'était calme, ici.

— Malgré tous les gens qui s'affairent dans cette ferme, il y règne toujours un grand calme, répondit Patsy. Les hommes travaillent aux champs et s'occupent des bêtes tandis que les femmes font la lessive ou rentrent les récoltes. Mais on n'entend pratiquement rien, parce qu'ils n'utilisent aucune machine.

— On a du mal à croire que des gens vivent encore ainsi, sans le confort moderne. C'est sans doute pour cette raison que les amish exercent une telle fascination sur nous – « les Anglais », comme ils disent.

Genna se gara sous un arbre et coupa le moteur. La porte de la ferme s'ouvrit ; une petite fille passa la tête dehors et rentra aussitôt. Quelques secondes plus tard, une femme encore alerte malgré son grand âge sortit et leur fit signe.

— Mademoiselle Wheeler ! C'est toujours un plaisir de vous voir.

La vieille femme s'approcha de la voiture en s'essuyant les mains sur son tablier.

— Qui nous avez-vous amené ?

— C'est Genna. Vous ne la reconnaissez pas ?

— Genna ? Vous semblez bien âgée !

— Mais je suis âgée ! dit Genna en éclatant de rire. Comment allez-vous, madame Frick ?

— Bien. Je me porte comme un charme.

— Nous nous en réjouissons. Et nous serions encore plus contentes s'il vous restait quelques œufs.

— L'ennui, c'est que les garçons sont allés les vendre au marché d'Erié ce matin. Mais il en reste peut-être quelques-uns dans le poulailler.

Mme Frick se tourna vers la maison et lança :

— Rebecca ! Prends un panier et va donc voir s'il ne reste pas quelques œufs dans le poulailler.

Une fillette d'environ sept ans apparut à la porte.

— Allons, prends un panier et vas-y.

La fillette rentra aussitôt, vraisemblablement pour aller chercher un panier.

— Que puis-je faire d'autre pour vous ? demanda Mme Frick.

— Eh bien, une amie de Genna vient d'avoir un bébé et nous nous sommes dit que vous auriez peut-être un joli patchwork pour lui faire un cadeau de naissance.

— C'est une fille ou un garçon ?

— Un garçon, répondit Genna.

Quel prétexte trouver pour aller faire un tour dans les autres parties de la ferme afin d'y jeter un coup d'œil ?

— J'ai quelques patchworks de prêts, reprit Mme Frick. Si cela ne vous dérange pas d'attendre un instant, je vais les chercher et vous les apporter dehors. On y voit plus clair.

— Nous ne sommes pas pressées.

La jeune Rebecca ressortit de la maison, munie d'un panier.

— Veux-tu que je t'aide, Rebecca ? proposa Genna.

L'enfant consulta du regard Mme Frick – qui était probablement son arrière-grand-mère –, comme si elle ne comprenait pas la question.

— Veux-tu que je t'accompagne jusqu'au poulailler ? précisa Genna. Si vous êtes d'accord, madame Frick.

— Bien sûr.

— Alors, allons-y, Rebecca. Tu vas me montrer comment on attrape les œufs.

Tout en bavardant avec la fillette – qui trouvait sans doute bizarre qu'on ait envie d'aller voir le poulailler pour le plaisir –, Genna observa attentivement tout ce qui se présentait à ses yeux. Tout semblait en ordre en cette matinée d'été. Rien n'indiquait la moindre anomalie.

Mais qu'est-ce que tu t'attendais à trouver ? Un groupe d'ados tirant à la courte paille pour désigner celui qui inhalerait la dernière dose de crack ?

— Il faut faire bien attention quand on ouvre l'enclos, sinon les poules se sauvent, expliqua timidement Rebecca.

Les poules se montrèrent parfaitement insensibles à cette intrusion, même quand Rebecca souleva celles qui couvaient pour leur prendre leurs œufs. Quand elle en eut trouvé douze, la fillette leva les yeux vers Genna en disant :

— Et voilà, c'est comme ça qu'on fait.

— Merci de tes explications.

Pendant que Rebecca ramassait les œufs, Genna avait observé les environs immédiats. Sur la droite, la vieille grange avec son silo. Après la grange, des enclos réservés aux vaches, aux cochons et aux chèvres. Les chevaux étaient logés au bout de la propriété, dans une petite écurie derrière laquelle on distinguait encore une autre dépendance abritant les outils et les carrioles. Au loin, sur la gauche, on apercevait une mare entourée de champs de maïs qui s'étendaient à l'infini. Le maïs serait bon à récolter dans un mois. Plus près de la maison, des cultures maraîchères donnaient les produits que les Frick vendaient au bord de la route ou sur le marché. Elles servaient aussi à nourrir la vaste famille qu'abritait la ferme. Dans ces parcelles, quelques longues rangées de fleurs aux couleurs éblouissantes attiraient l'œil.

Mais ce fut un trou au milieu des roses trémières qui retint l'attention de Genna, sur le chemin du retour.

— Rebecca m'a parfaitement expliqué la marche à suivre, annonça-t-elle lorsqu'elle rejoignit la maison avec la fillette.

Mme Frick avait étalé ses patchworks sur la balustrade du porche.

— Alors, tu as trouvé des œufs pour Mlle Wheeler, Rebecca ? Parfait. Va donc les mettre dans une boîte en carton.

— Oui, grand-mère.

L'enfant disparut à l'intérieur de la maison.

— Mme Frick a plusieurs couvertures de prêtes, annonça Patsy.

Genna s'approcha pour les examiner de près. Toutes étaient ravissantes, mais l'une d'elles, qui représentait un chalet dans les tons de bleu, vert et jaune pâle sur un fond blanc, attira son regard. Elle était parfaite pour un petit garçon.

— Elles sont toutes adorables, mais c'est celle-ci que je préfère. Qu'en penses-tu, Patsy ?

— Elle me plaît aussi.

— Alors, adjugé, déclara Mme Frick.

— Vendez-vous toujours des fleurs coupées ? s'enquit Genna.

— Vous voulez parler des fleurs qui poussent là-bas ?

— Oui.

— Vous en voudriez une botte ?

— Je me laisserais bien tenter par ces zinnias.

— Allez donc choisir vous-même les fleurs qui vous plaisent pendant que je vais chercher de la confiture fraise-rhubarbe dont Mlle Wheeler est si friande.

— Merci. Je ne serai pas longue.

Munie de son couteau suisse, Genna fonça vers les rangs de fleurs, laissant les deux femmes bavarder ensemble.

— Prends-moi des zinnias rouges ! lui lança Patsy.

Genna se mit à couper quelques fleurs par-ci, par-là, tout en s'approchant de l'endroit où elle avait remarqué des fleurs couchées. Quand elle fut suffisamment près, elle ne fut nullement surprise de découvrir, derrière un rang de cosmos, un garçon évanoui couché sur les fleurs. Sa chemise bleu foncé portait des traces de poudre blanche. Elle posa ses fleurs et lui tâta le pouls. Son rythme cardiaque normal indiquait qu'il avait sniffé sa dernière dose depuis un certain temps déjà. C'était le garçon qu'elle avait aperçu la veille, le dénommé Eli. Et le fait qu'il soit dans cet état aujourd'hui alors qu'il avait déjà sniffé la veille donnait une idée assez précise de son degré de dépendance.

Quel contraste avec la beauté qui les entourait ! songea Genna. Comme il semblait incongru, ce jeune homme bourré de cocaïne, au milieu des fleurs, des abeilles et des papillons !

Par quoi s'était-il fait avoir ? Comment l'avait-on appâté ? Un membre de sa famille avait-il remarqué quelque chose d'anormal dans son comportement ? Et si oui, pouvait-il seulement en imaginer la cause ?

Et surtout, que faisait ce jeune amish en échange de cette substance qui l'éloignait de la vie simple qu'il menait à la ferme pour l'entraîner dans le monde des substances illicites et Dieu sait quoi encore ?

Il était temps d'alerter la police locale et d'annoncer aux responsables de l'enquête que leurs soupçons étaient fondés. Mais auparavant, elle devait avertir Decker, bien sûr.

Patsy bavardait allégrement avec Mme Frick lorsque Genna revint, chargée de zinnias de toutes les couleurs et de quelques gracieuses tiges de cosmos.

— Combien vous dois-je pour la couverture et les fleurs ?

— Quarante dollars pour le patchwork. Les fleurs, je vous les offre, à vous et à Mlle Wheeler.

— Merci beaucoup. Où est passée ma grande amie Rebecca ? J'aimerais la remercier avant de partir.

— Elle est allée aider son frère au stand.

— Dans ce cas, remerciez-la de ma part, s'il vous plaît.

Genna rangea la couverture et les fleurs dans sa voiture tandis que Patsy faisait ses adieux à sa vieille amie. Cet endroit ressemblait au paradis, songea-t-elle en s'éloignant sur le chemin de terre. Et comme au paradis, un serpent s'y était glissé.

Il faudrait donc l'en chasser. Cela allait être terrible pour les Frick qu'une telle chose se produise dans leur famille. Et Genna regrettait profondément d'être celle qui allait faire éclater l'affaire.

Au moment où elle atteignait la route, elle perçut des grondements de moteurs. Quatre motos se garaient devant le stand.

Elle s'arrêta quelques instants pour les observer.

— Genna ? fit Patsy, perplexe.

Genna lui répondit, sans quitter les motards des yeux :

— Je me disais que nous devrions peut-être reprendre un melon et des tomates. Tu ne m'as pas dit que tu voulais inviter ton amie, celle qui loue la maison à côté de chez toi ?

— Nancy.

— Oui. Tu ne voulais pas inviter Nancy un soir, ce week-end ?

— Si, mais il me reste encore largement de quoi...

Genna descendit brusquement de voiture et se mit à choisir des légumes tout en observant à la dérobée les tatouages des motards. Ils représentaient de gros chiens bleus ouvrant de larges gueules affamées et écumantes. En rentrant, elle comparerait ces tatouages à ceux qui ornaient les biceps des individus sur les photos que Decker lui avait remises.

Elle s'approcha ensuite de la caisse, munie de ses légumes choisis au hasard, tout en cherchant son portefeuille dans son sac. Derrière ses lunettes noires, elle ne quittait pas des yeux les motards en jeans et tee-shirts aux manches coupées. L'un d'eux essayait de jongler avec des poivrons. Les autres clients commençaient à échanger des regards inquiets, mais aucun des tatoués ne sembla le remarquer.

En déposant ses légumes près de la caisse, Genna aperçut Rebecca.

— Merci encore de m'avoir appris à ramasser les œufs, Rebecca.

— Je vous en prie, fit timidement l'enfant.

Genna allait remettre un billet au jeune homme chargé de la caisse quand la fillette demanda :

— C'est quoi, un FBI ?

Tout le monde se figea, y compris le jongleur et le caissier.

Un ange passa.

— Où as-tu entendu ce mot-là, Becky ? demanda enfin le caissier.

— Grand-mère a dit que la fille de Mlle Wheeler était une FBI, répondit la fillette en montrant Genna du doigt.

— Le FBI est une sorte de police, Rebecca, répondit calmement Genna. Les gens qui y travaillent enquêtent sur des crimes.

Le jeune caissier posa un regard angoissé sur les motards. Feignant de ne rien remarquer, Genna poursuivit :

— Vous ne me rendez pas la monnaie ?

Le jeune homme lui tendit quelques billets en bredouillant. Elle regagna sa voiture en faisant mine de les compter, consciente que tout le monde la regardait. Elle tremblait presque à force de se retenir de hurler de rage.

— Quelque chose ne va pas, ma grande ? lui demanda Patsy quand elle s'installa au volant.

— Pourquoi cette question ?

— Je ne sais pas. Tu as un drôle d'air.

— Tout va bien.

— Tu as pu acheter tout ce que tu voulais ?

— Oui.

Il faudrait qu'elle appelle Decker pour lui apprendre la bonne, mais aussi la mauvaise nouvelle.

Quelques kilomètres plus loin, sur la route, un peu avant de tourner vers le lac, elle aperçut deux des motards dans son rétroviseur. Ils s'approchèrent à vive allure, puis se mirent à rouler à sa hauteur, l'un près de l'aile arrière gauche, l'autre du côté droit.

Patsy se retourna vers eux d'un air inquiet.

— Ils essaient juste de se rendre intéressants, dit Genna. Ignore-les.

— Ils nous suivent ?

— Non, évidemment. Pourquoi veux-tu qu'ils nous suivent ?

— Genna, tu ne me cacherais pas quelque chose, par hasard ?

— Non.

À quoi bon mêler Patsy à tout cela ? D'autant que son rôle à elle, Genna, dans l'enquête, venait de prendre fin abruptement. Elle mit son clignotant et ralentit. Les deux motards la dépassèrent dans un rugissement d'enfer.

Était-ce un avertissement ? Étant donné que Patsy était le plus souvent seule dans sa maison au bord du lac, Genna espérait qu'elle se trompait.

5

John Mancini s'adossa contre la tête de lit en faux rotin, les bras croisés derrière la tête. Il était descendu au *Cozy Nook Motel*, le long de la route 13, dans le Delaware, à deux pas de la frontière avec le Maryland. Il était fatigué, de mauvaise humeur et regrettait amèrement d'avoir répondu au téléphone le mercredi matin. S'il avait laissé la standardiste répondre à sa place, il n'aurait pas eu Calvin Sharpe au bout du fil. Et s'il n'avait pas eu Calvin Sharpe au bout du fil, il ne se trouverait pas là maintenant, dans ce coin perdu du Delaware, avec une bière tiède, une pile de photos représentant des femmes décapitées et une sensation de malaise diffus dû à une mauvaise digestion et au manque de sommeil.

Mais il avait bel et bien répondu au téléphone. Une vraie demande implique que vous ayez le choix entre au moins deux réponses. Mais lorsque votre patron vous ordonne de tout laisser tomber pour aller donner un coup de main à son gendre sur le point de faire capoter une enquête de la plus haute importance, vous n'avez pas vraiment le choix.

Une femme retrouvée décapitée dans un parc, cela signifiait qu'un dangereux tueur se baladait quelque part.

Trois femmes décapitées en trois semaines, cela signifiait qu'il s'éclatait comme un malade. Or, le gendre de Sharpe, un dénommé Kurt Fraser, était le chef de la police de la tranquille petite bourgade où ces cadavres commençaient à s'accumuler. Et comme Sharpe soupçonnait son gendre d'avoir complètement bâclé l'enquête sur le premier crime, et partiellement bâclé celle sur le deuxième, il avait plus que hâte d'envoyer l'un de ses hommes donner un coup de main sur place.

En l'occurrence, donner un coup de main revenait à aider Fraser – et donc Sharpe – à sauver la face.

Lorsqu'il était allé voir le jeune chef de la police, dans la matinée, John avait tout de suite compris que, bien que Fraser ne fût pas totalement idiot, il manquait d'expérience et était intimidé par le haut poste qu'occupait son beau-père au sein du FBI. La première des trois scènes de crime avait été rendue complètement inexploitable par les scouts qui avaient découvert le corps par hasard. Ils avaient couru partout, détruisant les empreintes de pas et les infimes indices qui auraient pu être recueillis. Quant au deuxième crime, ce n'était pas la faute de Fraser si, à cause de pluies torrentielles, le ruisseau près duquel le deuxième corps avait été abandonné avait débordé, nettoyant la scène de crime et déplaçant le corps par la même occasion. Fraser – il fallait lui reconnaître ce mérite – avait été suffisamment futé pour évaluer l'endroit où le ruisseau était sorti de son lit et en déduire que le corps avait probablement été déposé cinq cents mètres en amont de l'endroit où on l'avait retrouvé. La commune n'ayant pas les moyens de se payer des spécialistes, il avait lui-même relevé sur le corps les détails que John était en train d'étudier.

La découverte du troisième corps remontait à la veille. C'est une femme âgée qui l'avait trouvé en promenant son chien. John avait lu sa déposition au moins trois fois.

Jelly et moi, nous venons nous promener ici deux fois par semaine. Toujours dans ce coin du parc. J'amène Jelly ici depuis qu'il est tout petit. Il a maintenant huit ans : vous pensez s'il connaît bien le coin. Je le détache, il marche devant moi, puis il revient, repart, et ainsi de suite. Nous revenions vers le parking quand il a disparu. J'ai eu beau l'appeler, il ne voulait pas revenir. Pour finir, je l'ai entendu aboyer et je suis allée voir. Je me disais qu'il avait peut-être trouvé un daim ou quelque chose de ce genre. C'est déjà arrivé, vous savez. Ou peut-être ce couguar dont les gens d'ici parlent tout le temps. Et c'est là que j'ai aperçu Jelly près de cette femme. Évidemment, au début, je n'étais pas sûre que ce soit une femme. Le corps était là, allongé par terre...

— Qu'en pensez-vous ? avait demandé Fraser lorsque John était arrivé sur la scène de crime. Vous avez déjà vu quelque chose de semblable ?

— Quelque chose d'approchant, oui, avait répondu John en s'agenouillant près du cadavre.

— À votre avis, où se trouve la tête ?

— Pour le moment, Dieu seul le sait.

— Je n'arrive pas à me faire à l'idée que des gens soient capables de ça. C'est vraiment ce qu'on peut faire de pire.

John aurait pu répondre que « ça » – cette femme sans tête abandonnée dans un parc et qu'une vieille dame avait retrouvée par une belle matinée d'été – avait beau être horrible, obscène, c'était loin d'être ce qu'on pouvait trouver de pire. À côté des victimes de certains meurtriers qu'il avait pourchassés, cette femme décapitée avait même connu une mort plutôt douce. Le corps ne portait aucune trace de violence, aucune blessure, aucune mutilation autre que la décapitation. À l'heure actuelle, John avait sur son bureau plusieurs dossiers où la victime avait connu une fin bien plus atroce.

Il examina encore une fois les photos. Le corps avait été retrouvé couché sur le dos, les bras croisés sur la poitrine, les chevilles croisées également, bien comme il faut, entièrement habillé. Le processus de décomposition n'avait pas encore commencé. Qui sait si cette pauvre Mme Turner n'avait pas croisé l'assassin sur le départ en promenant Jelly ?

Le téléphone sonna.

— Mancini à l'appareil.

— « Mancini à l'appareil » ? En voilà une façon de répondre au téléphone !

— Salut, Angela. Comment ça va ?

— Comment ça va ? Je vais te le dire : maman est furieuse. Elle a appris au journal télévisé de midi que son fils était dans les parages et pourrait venir dîner à la maison.

— Je comptais l'appeler en rentrant au motel, mais j'ai fini tard et...

— Justement, encore une chose qui la contrarie énormément. « Il est à moins d'une heure de route de chez sa mère et il prend une chambre à l'hôtel ? Mais que vont penser les gens ? »

John se mit à rire.

— Si j'ai bien compris, j'ai intérêt à l'appeler sans faute demain matin.

— Si tu as deux sous de jugeote, tu n'appelles même pas : tu rappliques ici ventre à terre dès demain matin.

— Je ne peux pas, Angela. Je suis coincé encore au moins une journée ici. Mais je te promets que je vais lui téléphoner.

— Je te conseille de te dépêcher, mon vieux. Parce que en attendant, c'est nous qui l'avons sur le dos.

— Comment vont les autres ?

— Viens dimanche au baptême et tu le verras par toi-même.

— J'ai bien l'intention de venir. Comment va mon jeune neveu ?

— Il est adorable. Un vrai chérubin, je t'assure.

— J'ai hâte de le revoir.

— Tu n'as pas oublié que Genna devait venir ? Elle vient toujours, j'espère ?

— Quand je lui en ai parlé, il y a quelques jours, elle m'a dit qu'elle serait là.

— Tant mieux. Je l'aime beaucoup. Toute la famille l'aime beaucoup.

— Je sais, Angela.

— Bon, que dois-je dire à maman ?

— À quel sujet ?

— Viens-tu dîner demain soir, oui ou non ?

— Ça me paraît mal parti.

— Je lui dirai que tu es occupé avec ce cadavre. C'est la seule excuse qu'elle acceptera.

— Merci de m'avoir averti.

— Je t'en prie. Nous bavarderons dimanche. Et n'oublie pas d'appeler maman. Bon, il faut que je te laisse. Carlo vient de rentrer.

— Salue-le de ma part et dis-lui…

John sourit : Angela avait déjà raccroché.

— … qu'on se verra dimanche.

Angela était tout le portrait de sa mère : petite, fine, brune, la langue bien pendue, cent pour cent italienne et fière de l'être. Tout le contraire de Tess, la benjamine des trois enfants Mancini, qui ne la ramenait pas et avait un caractère mesuré et doux. John était le deuxième de la fratrie.

Sa mère, Rita Theresa Esposito Mancini, était une force avec laquelle il fallait compter. Le lendemain, avant toute chose, il l'appellerait.

Il savait déjà ce qu'elle allait lui dire en premier :

— Tu es dans l'État voisin et tu ne peux pas venir dîner à la maison ?

Il savait aussi comment la conversation allait se terminer :

— Et n'oublie pas de retirer ton arme avant de venir au baptême. Tu sais que les DelVecchio sont toujours un peu nerveux quand tu es dans les parages, vu que tu es du FBI et tout ça.

On prétendait que les frères DelVecchio entretenaient d'obscurs liens avec la mafia de Philadelphie. Sauf Carlo DelVecchio, bien sûr, puisqu'il avait épousé la sœur d'un agent du FBI à la réputation légendaire dans le quartier. John était toujours amusé de voir que certains membres du clan DelVecchio étaient immanquablement sur le départ lorsqu'il venait pour des réunions de famille.

Il rangea ses documents et se coucha. Genna dormait-elle ? Malgré l'obscurité, il distinguait le cadran du réveil sur sa table de nuit. Presque minuit. Trop tard pour l'appeler. Patsy était du genre couche-tôt, lève-tôt.

Il tourna le dos au réveil en regrettant de ne pas avoir appelé Genna plus tôt. Il aurait dû le faire avant d'étudier les photos et les rapports. Une fois plongé dedans, il n'avait pas vu le temps passer. Sans le coup de fil d'Angela, il serait probablement encore en train d'étudier les circonstances de la mort de cette inconnue. Il avait fallu cette interruption pour qu'il se rende compte de son état de fatigue. Il était resté sur la scène de crime depuis la veille, en fin d'après-midi, jusqu'au lever du jour. Puis il avait passé toute la journée au poste de police et était rentré bien après l'heure du dîner.

Il espérait que Genna profitait bien de cette semaine en compagnie de Patsy et que le temps leur permettait de canoter, de nager et de pêcher, toutes choses dont elles raffolaient. Toutes choses dont les gars de la ville, comme lui, ignoraient tout. Il songea aux quelques semaines qu'il avait passées au bord du lac, deux ans auparavant, avec Genna et Patsy, toujours hyperactive.

Lorsqu'elles lui avaient annoncé qu'elles allaient à la pêche à la perche, il avait déclaré :

— Sans moi. Je vais prendre une chaise longue et lire à l'ombre.

— Il n'y a pas de chaise longue ici, avait répliqué Patsy. Derrière elle, sur le ponton, Genna avait l'air de s'amuser énormément.

— Eh bien, il y a sûrement une chaise pliante ?

— Désolée.

— Sur quoi vous asseyez-vous quand vous voulez lire dehors ?

— Je ne lis pas dehors. Je lis à l'intérieur, uniquement le soir ou lorsqu'il pleut. Jamais quand le soleil brille et que la perche mord, ou que l'eau est bonne, ou qu'il y a assez de vent pour naviguer, ou qu'il fait assez beau pour aller marcher. Et à l'heure où je vous parle, le soleil brille et les perches frétillent. Posez-moi ce livre et allez vous déchausser. Nous allons sortir le bateau. Vous allez adorer.

Adorer était peut-être un terme un peu fort, mais John n'avait pas détesté, ce qui avait plus ou moins contenté

Patsy. Néanmoins, quand, plus tard dans la journée, elle avait proposé une balade autour du lac, il était parti en voiture jusqu'à Wick's Grove, où il avait acheté deux chaises pliantes. De retour au cottage, il avait planté une des chaises sur le ponton et avait ouvert son livre. Patsy, bonne joueuse, lui avait apporté un thé glacé avant de partir se promener avec Genna.

Allongé sur son lit, dans sa chambre d'hôtel, il contemplait le plafond. Comme il avait aimé ces jours au cottage avec Genna ! Quel bonheur de voir la complicité entre les deux femmes, le visage de Genna lorsqu'elle plaisantait avec Patsy, la tendresse qu'elle avait pour elle, l'autre femme qu'était Genna dans cet endroit où elle se sentait chez elle... À Bricker's Lake, le côté le plus vulnérable de Genna refaisait surface, et John était totalement sous le charme de cet aspect de sa personnalité.

D'autres images défilèrent dans son esprit. Genna en short, au bout du ponton, en train de scruter un brouillard matinal à couper au couteau. Genna en plein soleil, la tête renversée en arrière, riant à cause d'une chose qu'il venait de dire. Genna au clair de lune, le soir où ils étaient allés en canoë jusqu'à la plage située à l'autre bout du lac, où ils s'étaient bagarrés dans le sable.

— Genna...

Les yeux fermés, il imagina sa vie sans elle.

Le résultat n'était pas beau à voir.

Pour le moment, ils étaient amis. Mais ils ne pouvaient pas s'arrêter là. Non, ils ne s'arrêteraient pas là. Genna l'avait aimé autrefois, et il n'aurait de cesse de partager de nouveau sa vie.

Il trouverait bien un moyen de la reconquérir, de regagner son cœur. Il fallait qu'il y arrive à tout prix. Il n'avait tout simplement pas le choix.

Il ne lui restait plus qu'à trouver une idée.

Le lendemain, il l'appellerait, ne fût-ce que pour entendre sa voix.

Ensuite, il appellerait sa mère.

Depuis le seuil de la porte qui donnait sur le ponton, Genna regardait Patsy enseigner à sa nouvelle amie et voisine, la fameuse Nancy, les subtilités de la fixation d'une mouche sur un hameçon. Pêcheuse à la ligne impénitente, Patsy ne pouvait résister à la tentation de convertir une nouvelle personne à son passe-temps favori. Aussi, lorsque Nancy avait déclaré qu'elle n'avait jamais pêché de sa vie, Patsy avait-elle aussitôt décidé d'aller taquiner la perche.

— Bien entendu, nous relâchons nos prises, disait Patsy.

— Comment ça ? demanda Nancy en haussant ses sourcils impeccablement dessinés.

— Après avoir attrapé le poisson, nous lui retirons soigneusement l'hameçon de la bouche sans le blesser et nous le relâchons.

— Mais pourquoi faites-vous cela ?

— Afin de protéger l'espèce.

Nancy secoua ses beaux cheveux blonds.

— Où est l'intérêt de pêcher, dans ce cas ?

— Pour le sport.

— En voilà une idée ! Si je veux du sport, je vais parier aux courses. Si je passe une journée entière à traquer un poisson, j'aimerais au moins pouvoir le manger le soir venu.

Genna rentra en souriant à l'intérieur du cottage. Dehors, le débat continuait à faire rage. Heureusement. Quelle bonne chose que Patsy ait trouvé une amie de son âge ici ! Cela dit, il n'était pas tout à fait sûr que Nancy et elle soient sur la même longueur d'onde.

Pour commencer, les deux fois où elle l'avait vue, Genna avait trouvé Nancy beaucoup plus féminine que Patsy, et ce malgré sa constitution plus athlétique. Elle soignait son apparence et était toujours impeccablement maquillée. Ensuite, Nancy semblait affectionner les longues jupes fluides, alors que Patsy passait son temps en short ou en pantalon. Patsy mesurait un peu plus d'un mètre soixante-cinq et était légèrement enveloppée. Nancy, elle, mesurait au moins un mètre soixante-quinze et avait un corps svelte et musclé. Enfin, alors que Patsy pouvait s'activer frénétiquement des journées entières, Nancy, qui semblait avoir un tout autre rythme de vie, préférait travailler sur son ordinateur portable, tranquillement installée sur la terrasse de la maison qu'elle louait.

« Pourtant, elles ont vraiment l'air de bien s'entendre, et c'est le principal », songea Genna, tout en composant un numéro sur son téléphone portable. Elle avait vaguement l'impression d'avoir déjà vu Nancy. Quelque chose en elle lui semblait familier. Sa démarche, peut-être ? Impossible de mettre le doigt dessus.

En tout cas, je suis contente qu'elle tienne compagnie à Patsy. Dommage qu'elle ne soit là que le week-end…

— Decker à l'appareil.

— Bonjour. C'est Genna Snow.

— Je viens juste d'avoir le lieutenant Banks, de la police de Pennsylvanie.

— Et il vous a dit que j'avais été démasquée par une fillette de sept ans ?

— Oui. Dommage. Cela dit, Banks pense que les informations que vous lui avez fournies sont suffisantes pour obtenir un mandat de perquisition.

— J'espère qu'ils vont pouvoir avancer sur cette affaire… Écoutez, il faut que je vous dise une chose : je suis inquiète pour Patsy. Ces motards pourraient très bien découvrir son nom de famille et la retrouver si l'envie leur en prenait. Ce serait un jeu d'enfant pour eux.

— J'en ferai part à Banks et lui demanderai de la surveiller, ainsi que sa maison, même après l'arrestation de ces individus.

— Merci beaucoup. Si quelqu'un cherchait à me faire du mal… Eh bien, Patsy est sans aucun doute mon point faible. Sans compter qu'elle est pratiquement toujours seule ici, en dehors des week-ends, où sa voisine est là.

— Je vois. Je rappelle Banks immédiatement… Vous devriez profiter de ce que vous êtes là-bas pour prendre tout de même cette semaine de vacances. Vous y avez droit. À votre retour, vous vous attaquerez à ce réseau de pornographie enfantine. Liddy a trouvé des pistes intéressantes. Je crois qu'il vous a déjà envoyé tout ça par e-mail.

— J'ai mon ordinateur portable : je vais regarder.

— Faites donc... Ah, il faut que je vous laisse. Mon rendez-vous de 11 h 30 vient d'arriver. Reposez-vous bien, Genna. À la semaine prochaine.

Après avoir rangé son téléphone portable, elle alluma son ordinateur et consacra une bonne demi-heure à lire et envoyer des e-mails. Quand elle eut terminé, elle entendit des rires retentir à l'extérieur. Celui de Patsy tintait comme une clochette. Celui de Nancy, plus guttural, n'en était pas moins joyeux. Elles étaient en train d'admirer un parterre d'hémérocalles le long du chalet de cette dernière. Genna sortit les rejoindre.

— On dirait que vous avez renoncé à aller pêcher, dit-elle.

— Pas du tout, répondit Patsy. Nous faisions juste une petite parenthèse pour admirer ces hémérocalles. Nancy connaît une foule de choses sur l'hybridation et la manière de les cultiver. Beaucoup plus que moi.

— Mais, Patsy, songez à tout ce que vous m'avez déjà appris sur les mouches.

— Nancy est très douée pour attacher les mouches. Ses doigts sont tellement longs ! Les petits doigts potelés comme les miens ne sont pas faits pour ces travaux de précision.

— Ne soyez pas dupe de cette fausse modestie, Nancy : avec ses petits doigts potelés, Patsy a attaché des milliers de mouches.

— Je ne suis pas dupe. N'importe qui verrait tout de suite que Patsy est une véritable experte en matière d'appâts.

— C'est mon téléphone qui vient de sonner ? s'inquiéta l'intéressée.

— Oui, dit Genna. J'y vais.

— Merci, ma chérie... Vous savez, Nancy, je dis toujours que je vais m'acheter un répondeur, mais chaque fois que je vais en ville, j'oublie de le faire...

Quand Patsy et son amie rejoignirent Genna, celle-ci faisait les cent pas entre la cuisine et le salon, aussi loin que le lui permettait le cordon du téléphone. Elle parlait à voix basse, un léger sourire aux lèvres.

Comme Patsy lui jetait un regard interrogateur, Genna couvrit le combiné en chuchotant :

— C'est John.

— Oh, fit Patsy, ravie. Nancy, un thé glacé ?

— Excellente idée, merci.

Patsy prépara trois verres de thé glacé en fredonnant, tout en feignant de ne pas écouter ce que disait Genna au téléphone. Puis elle tendit son verre à Genna et rejoignit Nancy dans le salon, où les deux femmes bavardèrent à voix basse afin de ne pas déranger Genna. Mais à la seconde où la jeune femme raccrocha, Patsy lui lança :

— Comment va John ?

— Bien.

— Il appelait du bureau ?

— Il est dans le Delaware.

— Oh, pour cette affaire de femmes décapitées ? J'ai vu ça au journal télévisé, l'autre jour. Ils disaient qu'ils avaient fait venir le FBI.

— Oui, il est sur place.

— Patsy m'a dit que votre fiancé était une sorte d'inspecteur au FBI, intervint Nancy. Comme c'est impressionnant…

— Ce n'est pas mon fiancé.

— En tout cas, c'est impressionnant de connaître quelqu'un qui connaît quelqu'un comme lui. J'ai vu une émission, il y a quelque temps, où on montrait comment les spécialistes du FBI établissaient les profils des tueurs en série. C'est incroyable ce qu'ils arrivent à découvrir sur quelqu'un à partir de presque rien. Et souvent, ils mettent en plein dans le mille !

— C'est vrai que ça peut paraître incroyable, mais cette méthode ne doit rien au hasard. Il ne s'agit pas de devinettes.

— Et que fait votre fiancé lorsqu'il n'y a pas d'affaires de tueurs en série ?

— Il y en a toujours une. La plupart de ces tueurs ne sont jamais retrouvés. Ils voyagent, bougent sans arrêt. Certains ont de la chance, d'autres sont particulièrement habiles. Ils peuvent mourir de leur belle mort sans avoir jamais été retrouvés, sans qu'on ait découvert qui ils étaient vraiment. La plupart d'entre eux ne sont pas repérés, jusqu'au jour où ils commettent une erreur.

— Racontez-moi ! supplia Nancy, tout ouïe.

— Pas question, décréta Patsy. Je refuse d'entendre parler une seconde de plus de tueurs en série et de détraqués.

Elle se leva et, chassant d'un geste toutes ces sombres histoires, demanda :

— Qui est partant pour une petite partie de pêche ?

6

Les lumières du parking venaient juste de s'allumer quand l'ombre se profila en haut des marches. Cet escalier en béton conduisait à un chemin qui servait de raccourci pour traverser le jardin public. Ensuite venait un lotissement. Sur la droite coulait une rivière, et après la rivière s'étendait un golf. L'homme qui se tenait en haut de l'escalier connaissait le moindre brin d'herbe, la moindre pierre entre le parking et le lotissement, entre le jardin et le golf.

Qui a dit un jour qu'un homme bien informé était un homme en route vers le succès ?

L'homme sourit. Il avait fait tout ce qui était en son pouvoir et s'était aussi bien préparé que possible. Pendant plusieurs jours, il l'avait suivie – toujours à distance respectable, bien entendu – pour connaître ses habitudes. Dès qu'il avait su quel chemin elle empruntait chaque jour, il s'était arrangé pour qu'elle le croise à plusieurs reprises, toujours dans les circonstances les plus anodines. Chaque fois, il rencontrait son regard et lui adressait un sourire machinal. Quant à l'itinéraire, il ne pouvait rêver plus parfait : il n'y avait pratiquement aucun passant à cette heure de la journée. Les gens qui se garaient le long de la rue étaient rentrés chez eux depuis longtemps, tout comme cinq des six habitants du lotissement, qui travaillaient tous à l'université. Il les avait observés pendant les trois derniers jours, eux aussi. À cette heure-ci, en dehors de sa banale camionnette bleu foncé, aucun véhicule n'était garé le long du bois.

Et la sixième des six personnes qui travaillaient à l'université était d'ores et déjà habituée à le voir, à ne plus faire attention à lui.

Aussi ne s'inquiéterait-elle pas quand il s'approcherait d'elle.

Il avait si souvent répété son plan dans sa tête qu'il ne pouvait pas rater son coup. La clé du succès, avait-il entendu dire, c'était de se visualiser en train d'accomplir les actes qu'on voulait mener à bien. Et Dieu sait s'il s'était représenté la scène !

En imagination, il la croisait dans la rue en rencontrant brièvement son regard, comme les jours précédents. Il avait l'allure de monsieur tout le monde, les mains dans les poches de son jean (où il dissimulait un cran d'arrêt – mais ça, évidemment, elle l'ignorait). Il ne marchait ni trop vite ni trop lentement, d'un pas décidé, mais sans avoir l'air trop concentré, de façon qu'elle n'ait pas d'impression bizarre. Puis, dès qu'il l'avait dépassée, il faisait demi-tour, l'attrapait par-derrière et l'assommait avant qu'elle ait le temps de crier.

Il ferma les yeux et inspira lentement, profondément. Le film continuait à se dérouler dans sa tête. Il se vit en train de la transporter vers la rivière, de traverser le cours d'eau et de la hisser sur la berge, côté golf, puis de jouer avec elle jusqu'à ce que l'envie lui en passe.

Ce soir, Darlene Myers allait payer pour ce qu'elle avait contribué à lui faire subir toutes ces années durant. Et ce ne serait qu'un commencement pour elle.

7

Genna se sentait mal à l'aise quand elle songeait au rôle qu'elle avait joué dans l'arrestation des jeunes Frick pour détention et trafic de drogue. Cette affaire créait un précédent : c'était la première fois depuis que la communauté amish était venue s'installer dans cette partie de la Pennsylvanie qu'un de ses membres était accusé d'une infraction aussi grave. On n'avait jamais constaté parmi les amish la moindre délinquance juvénile, à moins de ranger dans cette catégorie les courses de chariot le samedi soir ou les baisers volés derrière les granges.

Quant à Patsy, bien entendu, elle comprit tout de suite que Genna était derrière toute cette affaire. Le mercredi soir, après avoir vu au journal télévisé de 17 heures des fourgons de police se dirigeant vers la ferme des Frick, elle se retourna vers Genna en déclarant :

— Je crois que tu ne pourras plus jamais regarder Mme Frick en face.

— Je regrette, Patsy, mais ces jeunes étaient allés trop loin. Maintenant, ils doivent payer. Je sais que c'est malheureux, mais ce sont eux qui ont fait ce choix.

— Comment penses-tu que ces motards leur ont monté la tête ? Comment ces jeunes amish ont-ils pu franchir le pas et goûter à la drogue ?

— J'imagine que nous le découvrirons un jour ou l'autre. J'ignore les détails de l'affaire, Patsy : je n'y ai joué qu'un rôle d'observatrice.

— Le jour où nous sommes allées chercher des œufs et où tu as acheté cette couverture pour bébé…

Genna hocha la tête.

— Enfin, j'imagine qu'il fallait bien que quelqu'un mette fin à leurs agissements, soupira Patsy. Mme Frick m'a raconté un jour que lorsqu'elle s'était installée ici avec son mari, elle était jeune mariée et avait deux enfants en bas âge. Ils étaient venus ici pour échapper au monde moderne et protéger leurs enfants des influences néfastes. Je me demande ce qu'elle doit penser aujourd'hui…

— Je regrette d'avoir fait de la peine à ton amie, Patsy, mais je n'avais pas le choix.

— Ma chérie, je ne t'en veux pas. Mais je sais que Mme Frick va être profondément affectée par tout ce qui va arriver maintenant. Il va y avoir un procès, et si ces gamins sont reconnus coupables, ils feront de la prison. Ce n'est vraiment pas un endroit pour de jeunes amish…

Patsy eut un léger frisson, puis elle poursuivit d'une voix neutre :

— C'est donc pour cela que tu es venue passer une semaine ici. Ce n'étaient pas seulement des vacances. Et maintenant qu'on les a arrêtés, tu vas repartir.

— Decker sait que je viens ici dès que je le peux. Il m'a dit de prendre quelques jours et d'aller jeter un coup d'œil à la ferme. Officieusement, bien sûr. C'est ce que j'ai fait. Je crois que tu devrais envisager de retourner à Tanner un moment. Au moins jusqu'à ce que la police ait la certitude d'avoir appréhendé toutes les personnes impliquées dans cette affaire.

Patsy la dévisagea comme si elle parlait chinois.

— Que me chantes-tu là ?

— Les motards m'ont vue, au stand des Frick. Il ne leur serait pas difficile de trouver cette maison, ou de me retrouver, moi.

— Mais pourquoi ferait-on le rapprochement entre toi et cette affaire ?

— Parce que l'adorable petite Rebecca a dit devant eux que j'étais un agent du FBI.

— Oh… C'est bien fâcheux. Elle devait être sous le porche quand Mme Frick m'a demandé ce que tu faisais dans la vie et que je lui ai répondu. Mais quel est le rapport avec moi ?

— Nous sommes plutôt isolées, de ce côté du lac. En dehors du vieux M. Corbin, qui est sourd comme un pot, et des MacKenzie, tu es seule durant la semaine.

— Et alors ?

— Ne fais pas semblant de ne pas comprendre, Patsy.

— Tu penses que quelqu'un pourrait venir et me prendre pour toi ? Ça m'étonnerait !

— Ne plaisante pas avec ça, s'il te plaît.

— Je ne plaisante pas. Mais ces individus étant derrière les verrous, je ne vois pas qui pourrait venir te chercher ici.

— Ce ne serait l'affaire que de quelques semaines, Patsy. Jusqu'à ce que nous sachions s'ils sont libérés sous caution ou pas.

— Ils ne le seront pas. Ils viennent juste de dire, à la télé, que le juge fixerait un montant très élevé.

— Il n'empêche que je serais plus tranquille si tu n'étais pas ici toute seule.

— Si cela peut te rassurer, je vais appeler ma sœur Connie et lui demander de prendre quelques jours de congé pour venir passer une semaine ici. En attendant, tu es là, au moins jusqu'à l'arrivée de Nancy, qui revient vendredi. Mais sache que je ne suis absolument pas inquiète, ma chérie. Alors, ne t'inquiète pas de ton côté.

— Je ne peux pas m'en empêcher, Patsy. Je tiens trop à toi.

Patsy lui pressa la main et la garda un instant dans la sienne.

— Moi aussi, je tiens à toi, Genna. Tu es l'enfant de mon cœur.

Patsy avait encore beaucoup à dire, mais une boule s'était formée dans sa gorge, l'empêchant de parler. Genna le savait, le lisait dans ses yeux.

— Et toi, tu es ma bonne fée, dit-elle en effleurant la joue de Patsy. Je ne supporterais pas qu'il t'arrive quelque chose.

— Il ne m'arrivera rien. Bon, assez parlé de choses sinistres. Allons dîner en ville. La paroisse méthodiste de Parson organise ce soir sa friture annuelle. Je ne manquerais ça pour rien au monde. Tu as un quart d'heure pour te préparer, pas une minute de plus.

Pendant que Genna, qui avait passé l'après-midi à barboter dans le lac, prenait une douche, Patsy rangea machinalement sa cuisine. Il n'était pas question qu'elle aille se réfugier à Tanner. Depuis toujours, elle passait l'été ici, à Bricker's Lake, et ce n'étaient pas de petits motards arrogants qui allaient changer ses habitudes. D'ailleurs, Genna se faisait trop de souci.

Bien sûr, elle appellerait Connie, comme elle l'avait promis à Genna. Mais c'était surtout pour la sécurité de cette dernière qu'il fallait s'inquiéter. Après tout, c'était elle qui avait fourni les informations nécessaires aux arrestations des amish et des motards. C'était Genna qui, comme chacun le savait maintenant, travaillait pour le FBI. C'était donc Genna qui risquait d'être la cible de représailles.

Après un instant d'hésitation, Patsy décrocha le téléphone. Genna était en train de se sécher les cheveux. Patsy avait donc largement le temps d'appeler son neveu Brian, qui travaillait à présent pour le procureur général de Pennsylvanie et avait gardé des contacts avec la police locale. Cela ne coûtait rien de le mettre au courant. Et si Brian estimait que Patsy ou Genna avaient besoin d'une protection particulière, il ne se gênerait pas pour le leur dire. Il prendrait lui-même les dispositions adéquates. Pourquoi n'avait-elle pas pensé à lui plus tôt ?

Elle tomba sur son répondeur, mais raccrocha néanmoins avec un sentiment d'intense satisfaction. Voilà, elle avait fait le nécessaire. Il n'y avait pas de quoi s'inquiéter. Brian se chargerait de tout.

Elle nettoya le comptoir de la cuisine pour la cinquième fois en songeant que l'affaire qui venait d'éclater expliquait sans doute l'étrange pressentiment qui l'obsédait depuis le début de l'été : une impression bizarre qui n'avait cessé de planer sur elle, exactement comme les brouillards matinaux, épais et nébuleux, planaient au-dessus du lac. Elle n'avait pas réussi à analyser cette impression et ne parvenait pas à se rappeler quand elle avait commencé à éprouver ce malaise. Mais il était là en permanence, ce sentiment confus que quelque chose allait se passer.

Pourtant, l'été était tranquille et agréable. La pêche était bonne, sinon abondante, et elle avait beaucoup plus de compagnie que les étés précédents. Elle avait sans aucun doute passé plus de temps avec Genna durant cet été que pendant tout l'hiver et le printemps.

« Peut-être que je me fais vieille, tout simplement », se dit-elle en essuyant la cuisinière pour la énième fois.

— Prête, Patsy ? Je n'ai plus qu'à mettre mes sandales, annonça Genna en sortant de la salle de bains.

À moins que ce ne soit le contrecoup de toutes ces années où je me suis fait du souci pour ma Genna.

Patsy soupira.

Dealers, pornographes pédophiles, proxénètes… Pas étonnant qu'elle éprouve un certain malaise après toutes ces conversations sur les tueurs et autres déséquilibrés qu'elles avaient eues pendant le week-end. Ces sujets captivaient Nancy, et Patsy n'y avait pas vu de mal, sur le coup. Mais à présent, à la lumière des événements du jour, elle regrettait d'avoir laissé Genna s'étendre aussi longuement dessus.

Elle regrettait également de n'avoir pas plus insisté pour que Genna reste dans l'enseignement, à l'époque où c'était encore possible.

Respirer lui faisait presque mal.

C'était la troisième fois depuis son arrivée à Bricker's Lake qu'elle se réveillait en sueur, les mains crispées sur les draps, la mâchoire serrée, le cœur battant. Elle se redressa lentement dans son lit et ramena ses genoux contre sa poitrine en regardant autour d'elle. Lorsqu'elle reconnut l'endroit où elle était, elle fut heureuse de ne pas avoir crié pendant son cauchemar. Il ne fallait surtout pas réveiller Patsy, lui apprendre qu'elle faisait toujours les mêmes rêves, que ses vieux démons continuaient à la hanter.

« C'est seulement parce que je suis près du camp, songea Genna. J'ai déjà fait ce rêve ici. »

Oui, mais pas plusieurs nuits de suite. Et chaque fois, elle se réveillait en sentant ce regard perçant posé sur elle.

Sans doute était-ce à cause du souci qu'elle se faisait pour Mme Frick, pour toute la famille Frick et la façon dont ils allaient supporter cette affaire, y compris les jeunes qui allaient se retrouver en prison.

Sans parler du souci qu'elle se faisait pour Patsy…

C'était surtout cela : elle s'inquiétait pour Patsy. Il est vrai qu'elle avait été soulagée d'apprendre que cette dernière avait contacté Brian. Il ferait sûrement en sorte qu'on veille soigneusement sur sa tante jusqu'à ce que cette affaire soit terminée. Brian était capable de s'installer chez Patsy s'il pensait qu'elle était en danger, et même de faire venir l'armée s'il l'estimait nécessaire. Elle regrettait ne pas avoir pensé à l'appeler elle-même.

Elle se rendit sur la pointe des pieds jusqu'à la cuisine, où elle se servit un verre d'eau. Après avoir bu à petites gorgées pour se calmer, elle sortit sur la terrasse. Au bout du lac, derrière les arbres, des nuages effilochés passaient devant le gros croissant de lune. Comme un moustique prenait ses aises sur son bras, elle l'aplatit d'un geste énergique. Quelque part, sur la route qui passait au-dessus du lac, des adolescents faisaient ronfler le moteur de leurs voitures avant de se lancer dans une course sur la longue ligne droite. Ce bruit familier la rasséréna.

« C'est seulement parce que je suis près du camp, se répéta-t-elle. Ces cauchemars disparaîtront dès que je serai rentrée chez moi. »

Mais les cauchemars persistèrent, même lorsqu'elle fut rentrée chez elle.

Le vendredi soir, la première chose qu'elle fit en entrant dans son appartement fut d'ouvrir en grand toutes les fenêtres, dans l'espoir de chasser l'air chaud et l'odeur de renfermé. Puis elle écouta ses messages sur son répondeur et nota le nom des personnes à rappeler. Elle ouvrit sa valise, rangea ses vêtements, chercha une boîte pour emballer la couverture de bébé et explora le congélateur, en quête de quelque chose à se mettre sous la dent. N'ayant rien trouvé à son goût, elle prit son sac et sortit.

Dans une galerie marchande, elle trouva un joli emballage cadeau, ainsi qu'une carte pour le bébé. Elle fit les soldes dans son magasin préféré et s'acheta à manger à l'épicerie. Sur le chemin du retour, elle loua une vidéo.

Elle dut aussi appeler une dépanneuse, sa Ford Taurus refusant de redémarrer sur le parking devant le vidéoclub.

Une heure plus tard, elle était chez elle et se demandait si sa voiture serait réparée à temps pour qu'elle puisse aller au baptême à Philadelphie, le dimanche suivant. Cette panne de voiture n'était-elle pas une sorte d'avertissement, le signe qu'il fallait qu'elle cesse de fréquenter le clan des Mancini ? Peut-être devrait-elle saisir ce prétexte pour ne pas se rendre au baptême et s'épargner une journée entière en compagnie de John Mancini et de son adorable et accueillante famille.

Le destin ne cherchait-il pas à lui faire comprendre qu'elle avait eu tort d'accepter l'invitation d'Angela ?

À moins qu'il n'ait simplement voulu lui montrer, une fois de plus, que sa Ford Taurus était au bout du rouleau.

Songeuse, elle s'approcha de la fenêtre. Et si elle prenait le train ?

S'il y a un train dimanche matin, cela voudra peut-être dire que je dois y aller.

Elle appela la gare. Il y avait un train de bonne heure le dimanche à destination de Philadelphie. Il arriverait largement à temps pour qu'elle rejoigne l'église en taxi. Si toutefois elle décidait de le prendre.

Mais n'était-il pas plus sage de ne pas y aller ? À quoi cela rimait-il qu'elle se rende à ce baptême, après tout, puisqu'elle ne sortait plus avec John ? Quelle mouche avait piqué Angela de l'inviter ? Et Genna, quelle mouche l'avait piquée d'accepter l'invitation ?

Tout bien réfléchi, il valait mieux ne pas y aller. Ne pas y aller, c'était éviter de créer une situation gênante, et cela valait mieux pour tout le monde.

Elle pourrait toujours envoyer le cadeau par la poste.

Néanmoins, elle appellerait tout de même Angela pour lui présenter ses excuses.

Elle farfouilla dans son sac, à la recherche du bout de papier où elle avait griffonné un jour le numéro de téléphone d'Angela DelVecchio. Elle aurait pourtant juré l'avoir rangé dans son portefeuille...

Il était peut-être resté dans sa valise...

À moins qu'elle ne l'ait laissé dans un tiroir de son bureau.

Vingt minutes plus tard, elle se dit qu'il serait plus simple d'appeler John et de lui laisser un message pour lui dire qu'elle était désolée, mais qu'elle ne pourrait se rendre au baptême.

Cette décision prise, elle se surprit à chercher une occupation susceptible de la distraire des cauchemars qui l'avaient tourmentée toute la semaine, la laissant fatiguée et nerveuse à l'idée de... de quoi au juste ?

La veille, Brian était passé au chalet. Tout en admettant qu'il serait plus rassuré si sa tante rentrait à Tanner, il avait promis de faire en sorte que Connie, sa mère, vienne tenir compagnie à Patsy quelques semaines. Il avait aussi contacté le propriétaire de la maison située de l'autre côté de la route pour lui demander de leur louer sa maison, afin qu'un agent de sécurité vienne y loger. Le propriétaire, qui avait connu Brian tout petit, avait volontiers accepté.

Donc, Patsy ne risquait rien.

« Moi non plus, se dit Genna en s'apprêtant à visionner la comédie romantique qu'elle avait louée. Tout ce dont j'ai besoin, c'est de retrouver le sommeil et mes petites habitudes. Le plus tôt sera le mieux. »

Elle interrompit le film pour aller chercher un verre de lait et une part du gâteau au chocolat que Patsy l'avait forcée à emporter. De retour dans le salon, elle lécha le chocolat sur sa fourchette tout en regardant vaguement les horaires de train qu'elle avait notés au dos d'une enveloppe. Il était encore temps de changer d'avis.

Elle appela John chez lui, en Virginie, et laissa un message sur son répondeur pour lui demander de la rappeler. Était-il encore dans le Delaware, ou avait-il bouclé l'affaire et s'était-il rendu tout droit chez sa mère ? De toute façon, il consulterait sûrement ses messages.

À la réflexion, elle aurait plaisir à revoir la famille de John. Une tribu un peu bruyante, mais agréable et drôle. Le baptême devait avoir lieu dans l'église où Angela et Carlo s'étaient mariés moins de deux ans auparavant. La mère de John avait profité de ce mariage pour expliquer à Genna que chez les Mancini, tous les grands événements familiaux avaient eu lieu dans cette église. Du baptême au mariage, son défunt mari – paix à son âme – et elle y avaient reçu tous les sacrements. On y avait aussi célébré les funérailles du père de John. Tous leurs enfants les avaient imités, sauf Tess, qui était allée se marier ailleurs en cachette – et Dieu sait où cela l'avait menée ! À entendre Mme Mancini, on eût dit que cette entorse à la tradition familiale expliquait l'échec du mariage de Tess. Genna avait eu l'impression que la mère de John cherchait à la mettre en garde, juste au cas où elle aurait envisagé d'épouser un Mancini et d'aller se marier ailleurs que dans cette église.

Chez les Mancini, on avait, semblait-il, beaucoup spéculé sur sa liaison avec John. Genna commençait tout juste à s'y habituer quand John avait soudain disparu.

Peut-être était-il invité quelque part, ce soir.

Peut-être sortait-il avec une femme.

Genna mordit furieusement dans son gâteau.

Puis elle posa son assiette et se mit à zapper.

Peut-être avait-il fini par renoncer à elle et cherchait-il – à moins qu'il n'ait déjà trouvé – quelqu'un d'autre.

Peut-être allait-il tomber amoureux d'une autre. Cette idée lui fit l'effet d'une gifle. Elle eut beau faire semblant de l'ignorer, elle n'y parvint pas.

Après tout, cela vaut peut-être mieux pour lui. Nous accordons une telle place à notre travail, que nous resterait-il à donner à l'autre ?

Genna se tortilla dans son fauteuil. Ce genre de raisonnement n'était pas son fort.

Elle se rappelait très bien ce qu'ils s'étaient apporté l'un à l'autre. Elle savait qu'elle n'avait jamais connu de telles émotions avec personne d'autre et qu'elle ne ressentirait sans doute plus jamais rien de semblable. Elle savait aussi qu'il ne cesserait jamais de lui manquer. Peut-être même ne cesserait-elle jamais de l'aimer.

Jamais elle n'avait connu un homme comme lui. La première fois qu'elle l'avait vu, à Quantico, devant la salle de cours, son cœur s'était emballé. Depuis, aucun autre homme n'avait eu de place dans ses pensées, dans son cœur ou dans son lit. John était un homme grand et baraqué. Il avait les yeux aussi noirs que ses cheveux, un sens de l'humour dévastateur et une étincelle irrésistible dans le regard. Ce jour-là, Genna avait cessé de trouver ridicule la notion de coup de foudre. John était brillant et ses cours très courus, pas seulement à cause de leur contenu – l'analyse comportementale –, mais aussi à cause de la personnalité fascinante du professeur et de son beau sourire. En cours, elle n'osait même pas ouvrir la bouche, de peur de dire des bêtises ou de se retrouver sans voix et de passer pour une midinette, et non pour un futur agent du FBI. Finalement, elle avait réussi à assister à tous ses cours sans avoir un seul échange verbal avec lui.

John avait pourtant essayé d'engager la conversation, du moins au début. Voyant qu'elle ne l'encourageait pas, il avait fait machine arrière. C'était du moins ce qu'elle avait pensé en voyant qu'il n'essayait plus de croiser son regard à la moindre occasion. Mais à la fin des cours, il avait rattrapé le temps perdu.

Le soir du dernier cours, il était entré dans le bar où les futurs agents du FBI s'étaient réunis pour fêter la fin de leur formation. Genna était assise entre Claire, sa copine de chambrée, et Dennis, un autre étudiant. John avait pris une chaise et s'était assis à gauche d'elle. Il avait offert une tournée générale et, pendant que tout le monde se faisait servir, l'avait discrètement invitée à dîner le lendemain soir. Une fois remise de sa surprise, elle avait accepté. Après leur première soirée ensemble, ils ne s'étaient plus quittés, jusqu'à ce que John soit victime d'une dépression, après l'arrestation de Sheldon Woods.

Parfois, John lui manquait tellement qu'elle se réveillait en larmes. Parfois, elle souffrait tant de l'avoir perdu qu'elle regrettait de l'avoir connu. Mais jamais elle n'avait refusé d'admettre qu'elle l'avait profondément aimé.

Et peut-être l'aimait-elle encore aujourd'hui.

Si seulement elle avait pu l'oublier, aller de l'avant... Mais cela semblait impossible, d'autant plus que John resurgissait sans arrêt dans sa vie.

Genna éteignit la télévision et rapporta son assiette et son verre dans la cuisine.

« Je devrais peut-être aller à ce baptême, songea-t-elle. Ce ne sera peut-être pas si terrible. Peut-être que John et moi pouvons vraiment apprendre à être amis... »

« À d'autres ! répliqua une petite voix intérieure. Tu crois que d'ici là, tu seras capable de faire comme si ton cœur ne s'emballait pas chaque fois que tu le regardes ? Tu crois que tu auras trouvé un moyen d'oublier ce que tu ressentais quand tu l'embrassais, le contact de ses lèvres, la force de ses mains ? Ce que tu ressentais lorsque tu faisais l'amour avec lui ? »

— La ferme ! s'écria-t-elle en éteignant la lumière du salon.

Il y avait des choses qu'elle ne pourrait jamais oublier, malgré tous ses efforts. Avant de s'endormir, ce soir-là, elle songea que l'oubli n'était sans doute pas la bonne voie. Peut-être devait-elle au contraire se rappeler ce qu'elle avait vécu avec John, pour pouvoir lui pardonner. Et peut-être qu'en lui pardonnant, elle parviendrait à tout recommencer avec lui.

Mais n'était-ce pas précisément ce qui l'effrayait ?

8

Le dimanche, à 11 h 10, lorsque le train arriva en gare de Philadelphie, John l'attendait sur le quai. Même s'il n'avait pas dépassé tout le monde de son bon mètre quatre-vingt-dix, elle l'aurait repéré à la joie qui éclaira son visage lorsqu'il l'aperçut.

— Salut ! Tu es pile à l'heure, dit-il en l'embrassant sur la joue.

— Oui, fit-elle en s'éclaircissant la voix.

Pour la énième fois de la matinée, elle se demanda si elle avait eu raison d'accepter qu'il vienne la chercher.

— C'est gentil d'avoir proposé de venir me prendre. Je te remercie.

— Si je t'avais laissée te débrouiller toute seule, je n'aurais pas fini d'entendre la famille ! Chez les Mancini, personne n'arrive à une cérémonie familiale en taxi. En limousine, peut-être, mais sûrement pas en taxi.

Elle le suivit à travers la foule des voyageurs. Dans la salle des pas perdus, ses talons claquèrent sur le marbre. Au-dessus de sa tête, les peintures murales lui parurent tout aussi impressionnantes que les fois précédentes. Elle avait toujours trouvé cette gare magnifique.

— Au fait, tu es ravissante. Cette couleur te va bien. Elle fait ressortir les reflets verts de tes yeux. Comment appelle-t-on cette teinte ?

— Noisette.

John éclata de rire.

— Pas la couleur de tes yeux. Celle de ta robe.

— Oh, c'est turquoise, je crois.

— J'aime beaucoup. Cela va très bien avec ton bronzage, dit-il en lui tenant la porte.

Genna regarda ses bras. À sa grande satisfaction, pour la première fois depuis des années, elle avait passé suffisamment de temps au grand air, chez Patsy, pour bronzer un peu. Et le fait que John l'ait remarqué lui faisait encore plus plaisir.

— Évidemment, à côté de ma sœur Tess, tu fais toujours figure de visage pâle, plaisanta John.

— Tu ne peux pas nous comparer : elle passe tous ses week-ends au bord de la mer.

— Tu es la bienvenue dans sa maison du New Jersey, tu sais. Je suis sûr que tu adorerais. Imagine un peu : le sable doré, les vagues qui viennent s'écraser sur la plage, la brise océane dans tes cheveux, l'air iodé...

— ... l'odeur des corps huilés qui rôtissent au soleil, le sable qui vous fouette le visage chaque fois qu'un gamin passe en courant près de votre serviette...

— Tu as pris de mauvaises habitudes, à trop fréquenter ton lac où personne ne vient empiéter sur ton territoire. Sache que sur les plages du New Jersey, c'est une tradition d'empiéter sur l'espace vital de son voisin.

John s'était garé en double file sous l'espace couvert à l'entrée de la gare. Même là, à l'ombre, la chaleur du soleil estival était déjà pesante. Genna sentit ses jambes coller au cuir brûlant du siège lorsqu'elle s'assit dans la vieille Mercedes de John. John baissa sa vitre un moment pour chasser l'air chaud et alluma la climatisation. Ils traversèrent la rivière Schuylkill et se dirigèrent vers le centre-ville.

— Comment avance ton affaire ? demanda Genna en lissant sa jupe – une jupe pas trop courte, pour ne pas choquer à l'église, mais pas trop longue non plus, pour ne pas faire vieux jeu.

— C'est terminé, répondit John sans quitter la route des yeux. Mercredi après-midi, nous avons trouvé une piste qui nous a menés au coupable.

— Dis donc ! Ça n'arrive pas tous les jours.

— Non. Du moins, pas dans des délais aussi brefs. Dans des affaires comme celle-là, on peut attendre des années avant de tomber sur le bon témoin. Mais cette fois, nous avons trouvé tout de suite.

— Félicitations.

— Je n'ai aucun mérite. Ce Kurt Fraser, le gendre de Sharpe, n'est pas du tout l'abruti que Sharpe semble croire. Dès qu'il a pu organiser les choses, il a fait du très bon boulot. Il a lui-même étudié les différentes pistes qui se présentaient. Il a remarqué un détail dans la déposition d'un témoin et il a retrouvé le coupable. Il nous a pratiquement menés jusqu'à sa porte. Fraser a du flair, et il connaît bien ses concitoyens. Sharpe peut être fier de lui.

— Tu le lui as dit ?

— Bien sûr. Maintenant, il a pu croire que je disais ça pour lui faire plaisir...

Ils étaient arrivés dans Market Street. L'énorme bâtiment de la mairie s'élevait devant eux, surmonté de la statue de William Penn, le fondateur de la Pennsylvanie. Un nombre incroyable de gens encombraient les rues du centre-ville en ce dimanche matin, quelques-uns à bicyclette, d'autres en rollers, tandis que le gros de la foule se déplaçait à pied, sans se presser. De jeunes couples marchaient derrière des poussettes, d'autres traînaient de jeunes enfants derrière eux. Genna avait toujours aimé Philadelphie, elle s'y était toujours sentie à l'aise.

— Nous allons directement à l'église, dit John en dépassant un taxi qui s'était arrêté, sans raison apparente, en plein milieu de la rue. J'espère que tu as mangé quelque chose avant de venir. Nous ne sommes pas près de passer à table.

— J'ai pris un petit déjeuner léger. Je n'ai pas oublié la dernière réunion de famille chez les Mancini : je n'ai pas pu fermer mon jean pendant deux semaines.

— Ah, oui : l'anniversaire de Tess. Ma mère est allée allumer un cierge tous les jours pendant les deux semaines qui ont précédé, en priant pour que Tess annonce ses fiançailles avec Nate ce jour-là.

— Je ne me rappelle pas qu'elle les ait annoncées.

— Elle ne l'a pas fait. Mais ma mère n'est pas du genre à s'avouer vaincue. Pour elle, chaque réunion de famille doit être l'occasion de l'annonce d'une grande nouvelle… Tu sais, d'une certaine manière, les femmes de ma famille sont toutes pareilles : ma mère, mes tantes, mes grands-mères… Elles se ressemblent toutes. Elles portent l'empreinte du quartier sud de Philadelphie. Même Angela est comme elles.

— Mais pas Tess.

— Tess a toujours été différente. Divorcée, sans désir de se remarier, dirigeant sa propre affaire… Non, elle n'est vraiment pas de la même race.

— Pourtant, elle a tenu à rester dans le quartier.

— À vrai dire, elle a habité Queens Village pendant un moment, après s'être séparée de son mari. Puis notre père est tombé malade, et elle a commencé à venir l'aider à l'agence. Tu sais, mon père avait ouvert cette agence d'assurances quarante ans auparavant. Il faisait tout seul, il s'occupait lui-même de ses clients. Mais avec le traitement contre le cancer, il avait de moins en moins d'énergie à consacrer à son travail. Tess a commencé à venir à l'agence le soir, après son travail, pour s'occuper de la paperasse. Quand il est devenu évident que l'affaire ne pourrait pas continuer sans personne pour la gérer à plein temps, Tess a quitté son emploi et est venue travailler avec papa, durant les quelques heures quotidiennes où il tenait le coup. Il lui a appris tout ce qu'il pouvait avant de nous quitter. Une semaine avant de mourir, il a effectué les démarches nécessaires pour lui léguer l'affaire. Tess est revenue habiter dans le quartier avec Jeff. C'était il y a trois ans, et je ne crois pas qu'elle soit près de repartir.

— Ce n'est pas une si mauvaise chose de reprendre une affaire existante. D'autant que je suis sûre que la plupart des clients de ton père sont restés fidèles à l'agence.

— Ils n'avaient pas vraiment le choix.

— Que veux-tu dire par là ?

— Mon père a assuré beaucoup de personnes qui… comment dire… présentaient de gros risques.

— Quel genre de risques ?

— Des types qui avaient de fortes chances de se faire descendre. Des types dont l'espérance de vie se situait nettement en dessous de la moyenne.

— Des types qui… Tu veux dire, des gens de la mafia ? Je croyais que la pègre de Philadelphie n'existait que dans les films !

— Les choses se sont bien calmées ces dernières années. Mais lorsque mon père a ouvert son agence, dans les années soixante, il s'en passait encore de belles.

— Tu veux dire que lorsque quelqu'un se faisait mitrailler sa voiture, ton père déclarait un simple accident ?

— La plupart du temps, ses clients ne faisaient même pas jouer leur assurance pour ce genre d'« accident ».

— Alors, pourquoi prenaient-ils une assurance ?

— Parce que c'est ce que faisaient les gens comme il faut. D'ailleurs, ils s'assuraient surtout pour pouvoir rembourser au cas où ils seraient à l'origine d'un véritable accident de la circulation. Et aussi parce que mon père leur avait déjà vendu une assurance-vie et une assurance professionnelle.

— Une assurance professionnelle ?

— Évidemment. La plupart des clients de mon père avaient aussi des affaires respectables.

John ralentit en arrivant à la hauteur des voitures alignées le long du trottoir, devant l'église.

— Verrais-tu quelque chose qui ressemble vaguement à une place libre ?

— Il y a une voiture qui s'en va, répondit-elle en désignant une Buick.

John s'engouffra dans la place que la Buick venait de libérer.

— Quelle belle église ! dit Genna en descendant de voiture.

Elle contempla un instant l'édifice, dont l'entrée était surmontée d'un magnifique vitrail.

— C'est l'église que fréquente la famille de ma mère depuis un siècle. Tiens, tiens, tante Josephine nous attend sur la plus haute marche. Je te parie cinq dollars que ma mère l'a postée là pour nous guetter et qu'elle va dire : « Johnny, tu es en retard... »

Il lui prit le bras pour gravir l'escalier.

— Johnny, tu es en retard, lui lança sa tante en guise de bienvenue. Ta mère est au bord de la crise cardiaque. Elle m'a envoyée pour guetter ton arrivée.

John adressa un clin d'œil à Genna tout en embrassant sa tante, une femme d'une bonne soixantaine d'années tout de jaune et de violet vêtue. On eût dit un gros œuf de Pâques.

— Ma mère est au bord de la crise cardiaque depuis une semaine rien qu'à l'idée que je puisse être en retard, répliqua John. Tu te souviens de Genna, tante Josephine ?

— Bien sûr, bien sûr. Cette demoiselle du FBI avec laquelle tu travailles. Quel drôle de métier pour une si ravissante personne...

John éclata de rire et conduisit les deux femmes dans la fraîcheur et la pénombre de l'église.

Un groupe de visages familiers se retourna à leur entrée. Rita, la mère de John, courut vers son fils en s'éventant avec une feuille de papier.

— Dieu merci ! J'ai failli avoir une attaque, Johnny. Tu devrais être là depuis une demi-heure !

— Le père Dellisi est-il arrivé ?

— Non, mais s'il était arrivé, il aurait fallu t'attendre. Je t'avais pourtant recommandé d'être à l'heure.

— Je suis à l'heure, maman. Il nous reste encore dix minutes avant le début de la cérémonie. Tu n'as pas salué Genna.

— Bonjour, Genna. Excusez-moi, mais mon fils est systématiquement en retard et nous oblige toujours à attendre.

— Maman, permets-moi de te faire remarquer que Angela n'est même pas encore arrivée avec le bébé.

La mère de John balaya cette remarque d'un revers de la main.

— Détails que tout cela ! Tu aurais pu tomber dans un embouteillage, rester coincé pendant une heure dans Broad Street. Tu aurais dû arriver plus tôt.

Un mouvement près de l'entrée attira son regard.

— Dieu merci, voici ta sœur. Nous allons pouvoir commencer.

Elle empoigna son fils par le bras et l'entraîna vers la porte, où Angela tenait fièrement un petit paquet blanc dans ses bras.

— Angela, ton frère est enfin là. Nous allons pouvoir commencer.

— Salut, John... Genna ! Je suis contente que tu sois venue. Nous parlerons tout à l'heure. Mais où est Mary Anne ? Carlo, où est ta sœur ? C'est elle la marraine. Ah, voici le père Dellisi. Carlo, est-ce que ta mère est là ? Comment veux-tu que nous procédions au baptême si la grand-mère du bébé n'est pas là ? Elle est en retard ? Quelqu'un aurait-il un portable pour appeler la mère de Carlo ?

— Bon, je vais m'asseoir pour profiter du spectacle, chuchota Genna, amusée, à John. Toi, vas-y et fais ton boulot de parrain.

— Cela ne devrait pas être long.

— Peu importe. Je ne suis pas pressée.

Les parents proches, le futur parrain et la future marraine finirent par se rassembler autour des fonts baptismaux tandis que Genna, assise sur un banc au fond de l'église, admirait les boiseries vernies, les statues de marbre et les vitraux colorés. Ses yeux se posèrent sur l'autel, et la voix du prêtre se fondit en un murmure lointain. Une profusion de fleurs fraîches ornait les lieux. Apparemment, les paroissiens soignaient leur église.

Tess, la sœur cadette de John, arriva discrètement, accompagnée de Jeff, son fils, un grand garçon maigre. Ils s'assirent, et Tess se retourna pour adresser un clin d'œil à Genna avant de se concentrer sur la cérémonie.

C'était pour le mariage d'Angela et de Carlo que Genna avait mis pour la première fois les pieds dans une église catholique. Fille d'un prédicateur de campagne qui fustigeait les images et l'idolâtrie, elle n'avait jamais eu le droit, petite, de pénétrer dans de tels lieux. Même à présent, elle préférait s'asseoir au fond, comme pour ne pas être vue.

Elle gardait une immobilité parfaite, comme si elle craignait que la foudre ne transperce la voûte de l'édifice pour la frapper – c'était le châtiment qui l'attendait si jamais elle s'aventurait dans ce genre d'église, lui avait dit son père. Nul éclair ne s'étant manifesté, elle se pencha légèrement en avant pour mieux suivre le baptême.

C'est alors que, du coin de l'œil, elle aperçut une petite silhouette noire qui remontait l'allée latérale et venait s'agenouiller devant une des élégantes statues de marbre. C'était une toute petite femme, coiffée d'un foulard noir et vêtue d'un long manteau de même couleur, malgré la chaleur de ce beau dimanche d'été. Quelques instants plus tard, la petite femme se releva lentement et, après avoir allumé deux petits cierges, s'agenouilla de nouveau, sans remarquer Genna qui, du fond de l'église, l'observait en se demandant pour quoi elle pouvait bien prier.

Soudain, sans crier gare, une prière murmurée tout bas, une prière fervente, affolée, chuchotée autrefois dans un lointain tribunal, rugit dans sa tête, plus dévastatrice que l'éclair dont elle s'était crue à l'abri.

Mon Dieu, je vous en prie, faites que mon papa et ma maman reviennent me chercher. Faites qu'ils ne me laissent pas ici. Je vous en prie, mon Dieu, je serai toujours sage. Plus jamais je ne serai entêtée, plus jamais je n'enfreindrai les règles, je vous le promets. Je ne ferai plus jamais de peine à maman, je ne mettrai plus jamais papa en colère. Je vous en prie, faites qu'ils reviennent me chercher. Je vous en prie, mon Dieu, laissez-moi rentrer à la maison. Je veux seulement rentrer à la maison…

Au souvenir de cette voix – la sienne, qui lui était revenue si claire, si véhémente –, elle se leva d'un bond en regardant autour d'elle, mortifiée, craignant de s'être exprimée tout haut. Mais personne ne s'était retourné pour lui jeter des regards furieux, personne ne lui demandait de se taire. Rouge comme une pivoine, le cœur battant, elle baissa la tête en se mordant la lèvre pour s'empêcher de hurler de douleur – la douleur causée par cette prière longtemps oubliée, qui résonnait de plus en plus fort dans sa tête.

Maman, reviens. S'il te plaît, emmène-moi avec toi. Maman, s'il te plaît. Ne m'abandonne pas. Je ne serai plus jamais vilaine, je te le promets. S'il te plaît, maman...

Le visage en sueur, les mains tremblantes, elle ferma les yeux, et tout lui revint...

La salle d'audience bondée, plongée dans le chaos depuis que le tribunal avait énoncé sa décision. Au premier rang, derrière la longue table où siégeaient l'avocat général et ses deux substituts, Genna était assise entre deux assistantes sociales. L'une d'elles, une jeune femme aux longs cheveux noirs lisses et aux doigts fins, lui avait tenu la main pendant que le président du tribunal réclamait le silence à grand renfort de coups de marteau. En se retournant, Genna avait vu ses parents se lever dans le silence effrayant qui avait envahi la salle. Elle s'était levée à son tour et avait appelé sa mère, qui avait aussitôt détourné la tête. Son père lui avait lancé un regard de dément et, empoignant le bras de sa femme, l'avait entraînée vers la sortie. Bouleversée, Genna s'était mise debout sur son siège et avait de nouveau appelé sa mère, mais celle-ci était restée indifférente à ses pleurs.

Et voilà. C'est ainsi que ses parents lui avaient définitivement tourné le dos, avec le détachement de qui attache son chien quelque part pour l'abandonner.

Même à présent, bien des années plus tard et à sa grande surprise, Genna était prise de nausées à ce souvenir. Elle lutta contre ce malaise, s'efforça de se ressaisir. Mais, oubliant tout ce qui se passait autour d'elle, elle se leva, les jambes tremblantes, et s'enfuit dehors. Là, elle s'adossa contre le mur de pierre de l'église en ordonnant à ses jambes de se raffermir, à ses mains et à ses lèvres de cesser de trembler. Comme elle s'appliquait à respirer profondément, la vieille femme qu'elle avait vue s'agenouiller devant la statue sortit de l'église et s'arrêta sur le perron pour rajuster son foulard. Puis, empoignant la rampe de l'escalier, elle se mit à descendre les marches avec précaution, en chancelant légèrement. À mi-parcours, elle faillit tomber. Sans réfléchir, Genna se précipita vers elle et la rattrapa par le bras.

— *Grazie*, dit la femme sans même lui sourire.

Au bas de l'escalier, Genna la lâcha. Elle s'apprêtait à regagner l'ombre du perron quand la vieille femme la rattrapa par le bras avec une force étonnante. De sa main libre, elle fouilla dans la poche de son vieux manteau. Un vague sourire aux lèvres, elle en sortit un objet qu'elle posa dans la main de Genna, avant de s'éloigner.

Genna attendit d'avoir regagné l'ombre du perron avant d'ouvrir la main. Elle découvrit alors une petite médaille où était gravé un visage un peu gommé par le temps. Puisque ce cadeau inattendu lui avait été offert en guise de remerciement, ce visage représentait sans doute une personne importante aux yeux de sa donatrice. Elle fourra sa main dans sa poche sans lâcher la médaille et retourna dans l'église.

La cérémonie était terminée et les participants formaient de petits groupes dans les allées. John vint la rejoindre à grands pas, l'air inquiet, et lui prit les mains.

— Tu te sens bien ?

— Très bien, dit-elle en s'efforçant de sourire.

Sans rien ajouter, il l'entraîna à l'autre bout de l'église, où ils saluèrent cousins, voisins et amis de la famille en attendant leur tour pour féliciter les parents, radieux, et admirer le bébé, qui s'était endormi. Ce fut seulement lorsqu'ils se retrouvèrent dans la voiture que John demanda :

— Vas-tu me dire maintenant pourquoi tu t'es enfuie tout à l'heure ?

— Je suis juste sortie prendre un peu l'air.

— Par cette chaleur torride ? Dans cet air saturé de dioxyde de carbone ?

— J'avais besoin de respirer.

— Qu'est-ce qui t'étouffait ?

— Des souvenirs, dit-elle en tripotant la médaille au fond de sa poche.

John n'insista pas. Il s'engagea lentement dans de petites rues rendues encore plus étroites par les voitures stationnées de chaque côté. Des auvents croulants protégeaient du soleil les portes d'entrée de maisons en brique jaune toutes mitoyennes. Des petits vieux étaient assis par grappes, dehors, sur des chaises pliantes, et des petites vieilles balayaient des saletés imaginaires sur le perron de leur maison.

Elle ne s'aperçut pas tout de suite qu'il s'était garé et la contemplait depuis un moment.

— Tu disais ? fit-elle en s'éclaircissant la gorge.

Il lui prit la main et découvrit la médaille.

— Où as-tu trouvé ça ?

— Quand j'étais dehors, une vieille dame est sortie. Je l'avais déjà aperçue dans l'église, en train de prier.

— Mme Romanelli.

— Comme elle semblait avoir du mal à descendre l'escalier, je l'ai aidée. Elle m'a donné cette médaille.

John examina la médaille d'un côté, puis de l'autre.

— Tu sais qui est représenté dessus ? demanda Genna.

— Non. Mais il doit bien y avoir quelqu'un là-dedans qui le sait, dit-il en désignant la maison de sa sœur.

Il lui rendit la médaille.

— Allons-y, si tu te sens mieux. Et peut-être que dans un petit moment, tu auras envie de me dire ce qui t'a fait fuir tout à l'heure.

C'est l'enfant que j'ai été qui m'a fait fuir. Au fil du temps, elle avait confié à John des bribes de son histoire, mais jamais toute l'affaire. L'idée qu'elle puisse un jour tout raconter à quelqu'un avait quelque chose d'effrayant.

Angela et Carlo DelVecchio habitaient une petite maison mitoyenne ornée d'un énorme bouquet de ballons bleus et argentés attaché à la rampe de l'escalier. Les nombreux invités, fuyant le salon, commençaient déjà à se répandre sous le porche et sur le trottoir. Les pièces de la maison, qui n'avaient pas été prévues pour accueillir autant de monde, semblaient s'agrandir à mesure que les invités arrivaient. Les hommes avaient quitté vestes et cravates, les femmes leurs talons hauts, et tous passaient par la salle à manger, où un impressionnant buffet était en cours d'installation. Les bavardages, les rires et la musique émanant d'un lecteur de CD placé sur un rebord de fenêtre formaient un joyeux vacarme.

— Tu as faim? demanda John en haussant la voix pour se faire entendre de Genna.

— Un peu. As-tu vu tes sœurs? J'espérais avoir l'occasion de bavarder avec elles.

— Angela et Tess viennent de monter avec le roi de la fête. Le pauvre petit doit être claqué. Mais je peux te garantir que ma mère et mes tantes sont toutes dans la cuisine. Allez, viens. Je vais nous frayer un chemin à travers cette foule.

Il la guida à travers une marée de cousins, de tantes et d'oncles qui discutaient à la fois en anglais et en italien. De jeunes enfants se faufilaient entre les adultes. Certains portaient des assiettes en plastique garnies de toutes sortes de bonnes choses. Il leur fallut dix minutes pour atteindre la cuisine, où Rita Mancini et sa sœur Anna débattaient des mérites des marchands de tissu de la Quatrième Rue.

— C'est Goldberg qui a le plus de choix, naturellement, décréta la mère de John.

Cet énoncé sans appel déclencha l'approbation générale et les hochements de tête de l'auditoire. Apparemment, personne n'avait plus rien à ajouter.

— Genna, avez-vous mangé quelque chose? John, lui as-tu donné quelque chose à manger? Elle n'a que la peau sur les os. Tenez, Genna…

Rita s'empara d'une assiette en plastique et y empila en un clin d'œil lasagnes, saucisses, poivrons et salade.

— Toi, Johnny, tu te serviras tout seul… Non, pas dans la salle à manger. Prends ce que j'ai cuisiné moi-même. Tout est ici, dans la cuisine.

Puis elle ajouta à voix basse :

— Les lasagnes qui sont dans la salle à manger, c'est Mary Giordani qui les a faites. Et là, je ne dirai que trois mots, Genna : tomates en boîte. Goûtez les miennes. J'ai tout fait moi-même. C'est bien meilleur. Johnny, va chercher une fourchette pour Genna… Mais non, elle n'a pas besoin de couteau pour couper mes saucisses. Et repose-moi ce sel. J'ai déjà salé. Maintenant, sortez de là et allez manger.

Elle ouvrit la porte de service, et Genna sortit dans le jardin avec John.

— Mary Giordani utilise des tomates en conserve pour faire sa sauce ? chuchota-t-elle.

— Tout le quartier en parle, fit John en hochant la tête d'un air grave.

Genna prit une bouchée de lasagnes.

— Hum… délicieux. Un jour, quand j'aurai le temps de me mettre à la cuisine, j'aimerais apprendre à faire une sauce tomate comme celle-là.

— Chut ! Si ma mère savait que tu as dit ça, elle serait capable de débarquer demain matin chez toi avec basilic, persil et tomates.

— Ce ne serait pas une si mauvaise façon de commencer la journée.

Des voisins entraient et sortaient par le fond du jardin. Bientôt, l'extérieur de la maison fut aussi surpeuplé que l'intérieur.

— Veux-tu que j'aille te chercher autre chose ? proposa John, voyant qu'elle ne mangeait plus.

— Tu veux rire ? Tu ne vois pas que j'ai mangé la montagne de nourriture que ta mère avait mise dans mon assiette ? J'étais en train de penser que je ferais bien de rentrer à pied pour éliminer.

— Ça fait un bout de chemin d'ici au New Jersey. Mais dès que j'aurai réussi à déposer nos assiettes quelque part, je te propose une petite promenade digestive dans le quartier. Histoire d'être d'attaque pour le dessert. Car personne n'a le droit de quitter une fête chez les Mancini avant d'avoir goûté le gâteau de tante Concetta.

John repartit vers la cuisine. Au moment où il ouvrait la porte, Tess sortit de la maison, et ils bavardèrent quelques instants. Puis il disparut à l'intérieur.

— Je suis contente de te voir, Genna, dit Tess en la rejoignant. J'espérais bien trouver un moment pour bavarder avec toi. Ça fait un bail.

— C'est vrai. Comment va Nate ?

— Bien. Il est de l'autre côté de la maison, en train de parler voitures de collection avec l'oncle Vinnie.

Tess se mit à jouer avec une boulette de viande dans son assiette.

— J'ai été vraiment heureuse d'apprendre que tu serais là aujourd'hui. Je te dois des excuses.

— Des excuses ? Pourquoi ? s'étonna Genna.

— Pour avoir pensé que tu étais responsable des problèmes que John a eus l'an dernier. Je regrette sincèrement. En fait, je n'avais pas compris grand-chose. Les gens comme John et toi sont obligés de se frotter à des réalités dont le reste de la population n'a heureusement jamais l'occasion d'entendre parler. Je me demande comment vous faites pour affronter des horreurs pareilles tout en continuant à évoluer dans le monde réel, celui de monsieur et madame tout le monde. Il y a de quoi devenir fou.

Genna croisa les bras. Où Tess voulait-elle en venir ?

— Cela a été vraiment dur pour John de remettre les pieds sur terre après tout ce que ce tueur lui a fait subir l'an dernier. Personne de la famille ne pouvait le joindre. Nous ne l'avions jamais vu comme ça. Cela ne lui ressemble vraiment pas de fermer la porte aux gens qu'il aime et dont il est aimé. Cela a dû être terrible pour toi.

— Alors, il t'a raconté…

— Pratiquement tout. J'aurais préféré qu'il me le dise plus tôt. Malheureusement, il n'adressait plus la parole à personne. En tout cas, pas à moi, et à toi non plus, apparemment. Je regrette de ne pas avoir su, à l'époque.

Genna se sentait bizarrement rassurée d'apprendre qu'elle n'avait pas été la seule que John avait laissée dans l'ignorance.

— Je n'ai eu aucune nouvelle de lui pendant des mois.

— Si j'avais su ce qu'il te faisait subir... Tu sais, nous pensions tous que tu... enfin, que tu avais rompu avec lui et que c'était pour cela qu'il était aussi... distant. C'était la seule explication que nous avions trouvée. Nous ne voyions pas pour quelle autre raison il aurait eu envie de rester seul pendant des mois.

— Seul ? Je ne sais pas pourquoi, mais j'avais cru comprendre que Jeff et toi lui teniez compagnie.

Tess secoua la tête.

— Il logeait dans ma maison du New Jersey, mais il ne voulait pas que nous restions avec lui. Il nous a seulement dit qu'il avait besoin de réfléchir et d'être seul. C'est seulement récemment que j'ai appris qu'il craignait d'être en train de sombrer irrémédiablement. Il avait peur que la personne qu'il pensait être en train de devenir ne contamine quelqu'un de cher. Tu dois comprendre que, pour des gens comme nous, seuls une maladie mortelle ou un chagrin d'amour peuvent pousser quelqu'un à se conduire de la sorte. Et comme John nous avait juré qu'il n'était pas malade...

— Vous avez pensé que j'avais rompu avec lui.

— J'ai compris trop tard que les choses étaient beaucoup plus compliquées que cela. Voilà pourquoi je tenais à te présenter mes excuses. Je suis désolée de ne pas avoir été présente pour t'aider dans cette épreuve, comme une amie. Et je suis désolée d'avoir pensé du mal de toi. J'espère trouver un jour un moyen de me racheter. Mais en attendant, j'ai besoin de savoir que tu me pardonnes.

— Bien sûr.

Touchée par cette déclaration d'amitié, Genna tendit la main à Tess, qui la serra.

— Tu sais, j'ai failli t'appeler à plusieurs reprises, l'année dernière. Mais comme je pensais que John ne voulait plus de moi, il m'a semblé que cela te mettrait dans une situation inconfortable...

— En tout cas, je suis heureuse de voir que vous vous êtes remis ensemble... Oh, je suis désolée. Je ne voulais pas être indiscrète.

— Il n'y a pas de mal. Je suis venue parce que Angela m'a invitée. Et John m'accompagne parce qu'il a proposé de venir me chercher à la gare, étant donné que ma voiture est tombée en panne…

— Ne te sens pas obligée de te justifier. Cela ne me regarde absolument pas. Mais tu sais comme nous sommes, dans la famille : tout le monde veille sur tout le monde. Nous aimons tous John. Et lui, il t'aime tellement…

— Hé, Genna ? Prête pour la balade ?

Genna se retourna vers l'homme qui la hélait du haut des marches. Malgré elle, un élan de désir s'empara d'elle.

— Oui. Ça me fera du bien de marcher.

— Tess, ça te dirait une petite balade vers le marché couvert ?

— J'y suis déjà allée hier, lorsque c'était ouvert. Genna, je suis contente de te revoir avec John, quelles que soient tes raisons. Cela fait longtemps que je ne l'avais pas vu aussi détendu, aussi heureux.

— Merci, Tess.

Elles s'embrassèrent.

— Inutile de vous faire vos adieux, dit John. C'est juste une petite promenade de dix minutes.

— Une seconde, fit Genna en sortant la médaille de sa poche. Tess, sais-tu de qui il s'agit ?

— Je dirais que c'est saint Antoine. Ma grand-mère avait une médaille qui ressemblait à celle-ci. Elle appelait saint Antoine le saint des objets perdus. Elle avait même une prière : « Saint Antoine de Padoue, aidez-moi à retrouver ce que j'ai perdu. » Quelque chose dans le genre. Où l'as-tu eue ?

— C'est une femme qui me l'a donnée à la sortie de l'église.

— Elle a peut-être pensé que tu avais l'air d'avoir perdu quelque chose. Quoi que ce soit, j'espère que tu le retrouveras.

— Merci, dit Genna en rempochant la médaille.

John lui tendit la main pour l'aider à gravir les marches.

— Nous allons sortir par l'avant. Mais sois prudente : c'est la jungle, à l'intérieur.

— Où allons-nous ?

— J'ai pensé que nous pourrions aller du côté du marché italien.

Lorsqu'ils eurent traversé la maison, il enlaça ses doigts aux siens et l'entraîna tranquillement vers le trottoir opposé, qui était à l'ombre.

— Ce n'est qu'à quelques pâtés de maisons. C'est un monument, tu sais : le plus vieux marché couvert du pays. Il n'a pas changé depuis plus d'un siècle. Tu n'as rien vu de Philadelphie tant que tu n'as pas vu la Neuvième Rue.

Cette rue légendaire était pratiquement déserte en cette fin d'après-midi. John s'arrêta et lui montra une devanture.

— Mon grand-père Mancini a travaillé là en arrivant d'Italie, en 1932. La boutique appartenait à l'un de ses cousins. Il importait de l'huile d'olive et des fromages du pays. Quand ce cousin, qui était célibataire, est mort, il a tout légué à mon grand-père, qui a aussitôt emménagé avec femme et enfants dans l'appartement situé au-dessus de la boutique. J'y montais tous les jours en rentrant de l'école. Ma grand-mère faisait des gaufrettes à l'anis à tomber par terre. Elle en avait toujours une pleine boîte sur son réfrigérateur.

Ils reprirent leur marche.

— Cette boutique d'épices appartient à ma cousine Millie. Ma grand-tante Magdalena vient y travailler deux matinées par semaine. Elle s'installe à une table, au fond de la boutique

— Madgalena ? La tante de ta mère ? Mais elle a au moins quatre-vingts ans !

— Eh oui.

— Et que vient-elle faire là ?

— Disons qu'elle est consultante, en quelque sorte.

— Quel genre de consultante ?

— On pourrait dire qu'elle est consultante en mauvais sort. Tante Magda a le don. Moyennant finance, elle peut jeter un sort à quelqu'un. Elle peut aussi l'enlever, toujours moyennant finance.

— Tu veux dire que tu peux venir la voir et la payer pour qu'elle jette un sort à quelqu'un ? Et si tu es la victime de ce sort, tu peux la payer pour qu'elle t'en débarrasse ?

— C'est un bon résumé de son activité.

— C'est ridicule. Personne ne croit à ces choses-là.

— Tu n'as jamais remarqué ses bijoux ? Ses bracelets en or, ses bagues en diamant ?

— Ce serait difficile de ne pas les voir.

— La preuve que certaines personnes y croient, à ces choses-là.

— Qu'est-ce qui coûte le plus cher ? Jeter un sort ou se le faire enlever ?

— Se le faire enlever, de loin.

— Tu lui as déjà demandé de jeter un sort à quelqu'un ?

— Non. Quand j'étais gamin dans ce quartier, on se servait de nos poings pour régler nos comptes. On se débrouillait tout seuls.

Ils marchèrent en silence durant quelques instants. Puis John demanda :

— Vas-tu me dire ce qui t'est arrivé tout à l'heure ?

Genna hésita longuement avant de répondre.

— J'étais en train de regarder prier cette vieille femme, en me demandant pour quoi elle priait. Et soudain, j'ai entendu ma propre voix, dans ma tête : je priais comme au tribunal, je me revoyais là-bas…

— Tu veux dire que tu as eu une réminiscence du procès du frère Michael ?

— Oui. J'avais l'impression de voir un film. J'ai revu l'effervescence dans la salle d'audience à l'énoncé du verdict : reconnu coupable de tous les chefs d'accusation. Un vrai cataclysme. Je me suis retournée pour voir mes parents. Comme je n'arrivais pas à les voir, je me suis mise debout sur ma chaise. Ils étaient assis dix rangs derrière. Je les ai appelés pour leur dire que j'étais prête à partir. Je savais qu'ils m'en voulaient d'avoir témoigné contre frère Michael, mais je ne pouvais tout de même pas mentir. J'avais juré sur la Bible de dire la vérité et rien que la vérité. Après le verdict, j'ai pensé que tout était fini, qu'on effaçait tout, qu'on allait rentrer à la maison…

Elle se mordit la lèvre pour l'empêcher de trembler.

— Que disais-tu dans ta prière ?

Elle leva les yeux vers lui. La petite fille d'autrefois revivait dans le regard de la femme qu'elle était devenue.

— Je priais pour qu'ils reviennent me chercher.

9

— Tu n'étais vraiment pas obligé de me ramener en voiture jusque chez moi, tu sais. J'avais réellement pris un billet de train pour rentrer.

C'était la énième fois depuis le début du voyage que Genna lui faisait la même réflexion.

— De toute façon, répondit John, pour la énième fois aussi, je devais me rendre à l'aéroport de Newark pour prendre un avion.

Il espérait que cette fois encore, elle ne penserait pas à lui demander pourquoi il n'avait pas plutôt pris son avion à Philadelphie, sa mère habitant à moins de vingt minutes de l'aéroport. Certes, il avait préparé une réponse au cas où, mais était-elle vraiment plausible ? La vérité, c'était qu'il s'était senti incapable de la quitter aussi vite. Il n'avait pas eu assez de cette journée pour la regarder tout son soûl. Il n'avait pas eu envie de se priver tout de suite du sentiment de plénitude qui l'envahissait dès qu'il était avec elle.

— Quelle est donc cette urgence qui t'oblige à prendre un vol de nuit pour être à Washington demain matin à 9 heures tapantes ?

Ils venaient juste de dépasser la sortie numéro huit sur l'autoroute du New Jersey. Les lumières de l'autoroute défilaient comme les flashs d'un stroboscope sur le visage de John, soulignant le contour de sa mâchoire. Assise à la place du passager, Genna essayait de faire comme s'il n'était pas l'être au monde qui la troublait le plus.

— Une affaire bizarre, répondit John. Je n'ai jamais rien vu d'approchant. Six femmes ont disparu dans six endroits différents du pays au cours des trois dernières semaines.

— Des fugues ? demanda Genna en essayant de régler l'inclinaison de son fauteuil.

— Non, nous en sommes sûrs. Mon flair me dit que ce sont des enlèvements.

Là, il savait que Genna était tout ouïe, les enlèvements étant sa spécialité.

— Et sur quoi te fondes-tu ?

— C'est juste une impression.

— Qui sont les victimes ?

— Toutes des femmes approchant la trentaine, mariées, heureuses. Certaines ont des enfants en bas âge. Toutes ont un emploi stable, une vie active et bien remplie.

— Y a-t-il eu des demandes de rançon ?

— Aucune.

— Pas d'appel téléphonique ? Aucun cadavre ?

— *Nada*.

— Et tu penses malgré tout qu'il existe un lien entre ces disparitions.

— Elles ont un petit air de famille.

— Un certain nombre de femmes disparaissent chaque jour, soit pour échapper à une vie conjugale désastreuse, soit pour refaire leur vie avec un autre homme…

— Mais aucune de ces femmes ne correspond à ce modèle. Rien dans leur vie ne permet de penser qu'elles soient capables de quitter brusquement maison, mari et enfants.

— Donc, nous avons six enlèvements commis dans diverses régions du pays… Qu'ont-ils en commun ?

— Je dirais qu'ils ont tous été soigneusement préparés. Dans les six cas, personne n'a rien remarqué d'inhabituel. Dans les six cas, la victime est partie travailler ou faire une course, et on ne l'a plus jamais revue. C'est comme si une main venue du ciel les avait cueillies.

— Cette main étant apparemment celle d'un individu qui les avait soigneusement observées afin de connaître leurs habitudes. Tu penses qu'elles ont été enlevées par la même personne ?

— Absolument.
— Y a-t-il eu des témoins ?
— Aucun. Le seul vague témoin oculaire que nous ayons, dans la disparition d'Omaha, c'est un voisin qui a déclaré avoir remarqué une camionnette bleue dans le quartier. Mais il n'a su préciser ni la marque ni le modèle. Tu imagines le nombre de camionnettes bleues qui circulent à Omaha ?
— Et quels sont les points communs entre les victimes ?
— C'est justement le plus étrange. En apparence, il n'y en a aucun, en dehors du fait qu'elles appartiennent toutes à la même tranche d'âge et qu'elles ont toutes disparu mystérieusement. On a demandé à Rex Egan de se pencher sur l'affaire, et tu sais qu'il n'a pas son pareil pour dénicher les points communs. Eh bien, il n'a rien trouvé. Nous avons envoyé des agents discuter avec la police locale dans chacune des villes où un enlèvement a eu lieu – Wilmington, Kansas City, Omaha, Chicago, Wheeling et Mystic. Ils n'ont rien trouvé non plus.
— Cette diversité géographique laisse supposer que le kidnappeur suit un schéma bien précis.
— Je suis d'accord avec toi, mais j'aimerais bien savoir lequel. Nous nous réunissons demain matin pour faire le point sur toutes les informations qui ont pu être récoltées sur le terrain. Egan les a déjà rentrées dans l'ordinateur, mais il n'en est rien ressorti de probant.
— J'imagine qu'on a déjà enquêté sur le passé de ces femmes, pour voir si elles avaient fréquenté la même école, le même club d'étudiantes ou la même paroisse ?
— C'est le genre d'info qu'Egan espérait trouver, mais hélas, il n'a rien découvert.
— C'est drôle que je n'ai pas entendu parler de cette histoire.
— Avec un peu de chance, tu n'en entendras pas parler de sitôt. Les autorités ne veulent pas ébruiter l'affaire, de peur que la presse n'y fourre son nez et ne nous complique encore la tâche. Pour l'instant, nous n'avons

ni mobile ni suspect, rien. Seulement six victimes et six familles désemparées.

— Quand a-t-on compris que ces affaires avaient un lien entre elles ?

— Il y a environ quatre jours.

— Donc, vous n'avez pas encore eu le temps de les étudier suffisamment pour voir si les victimes avaient quelque chose en commun.

— Il se peut qu'un détail apparemment insignifiant ait été mis de côté lors de l'enquête initiale. Ou qu'une information n'ait même pas été consignée dans les rapports parce qu'on l'a crue sans importance. Mais le mode opératoire et la préparation minutieuse semblent les mêmes dans les six cas.

— Cite-moi un exemple.

— Eh bien, la première victime a été vue pour la dernière fois un jeudi à 17 heures, alors qu'elle quittait son bureau et allait prendre le métro. Elle a dû être enlevée quelque part entre son lieu de travail et sa maison, mais personne n'a vu quoi que ce soit. La deuxième victime rentrait à pied de l'université où elle travaillait, comme d'habitude. Sur le parking du campus, elle s'est arrêtée pour bavarder avec une collègue. Au bout de ce parking, il y a un escalier qui donne sur un chemin traversant une sorte d'espace vert qui sépare l'université d'un lotissement. C'est là qu'habitait la victime. Elle n'est jamais arrivée chez elle.

— Et sa collègue ?

— Elle n'a rien vu ni rien remarqué d'inhabituel.

— Ni corps, ni appel téléphonique, ni demande de rançon... et aucune raison de penser que ces femmes aient pu vouloir disparaître de leur plein gré.

— Exact.

— Donc, nous avons un individu qui observe soigneusement ses futures victimes pour connaître leurs habitudes. Combien de temps lui faut-il avant d'avoir l'impression de les connaître suffisamment pour passer à l'action ? Admettons que ce soit un homme, car il faut qu'il soit plus fort que ses victimes. Après les avoir enlevées, il les emmène quelque part. Mais où ? Que veut-il obtenir d'elles ? Que leur fait-il ? Est-ce qu'il les tue ? Si oui, où jette-t-il les corps ? À moins qu'il ne les garde, comme des trophées…

— Voilà certaines des questions que nous étudierons demain matin, dit John en s'engageant sur le parking situé derrière l'immeuble où habitait Genna.

— C'est une affaire intéressante.

John coupa le moteur et tendit la main vers elle dans le noir.

— Toutes les affaires sont intéressantes. Mais aucune n'est aussi intéressante que toi.

Sans protester, elle se laissa attirer contre lui, sentit ses bras se refermer sur elle, puis sa bouche avide se poser sur la sienne. Elle lui rendit son baiser, surprise de réagir ainsi, d'en avoir autant envie que lui. Lorsqu'elle sentit sa langue dans sa bouche, elle eut l'impression que tout son corps se liquéfiait. Il en avait toujours été ainsi avec lui. Des mois durant, elle avait essayé d'oublier les baisers de John Mancini, ses lèvres, ses mains, mais en vain. Il suffisait qu'il pose la bouche sur la sienne pour que tout lui revienne en mémoire.

Son baiser se fit plus lent, assuré, décidé. Puis il parcourut du bout des lèvres le contour de son visage, si lentement qu'elle finit par ramener sa bouche à la sienne.

Enfin, il la serra contre sa poitrine en lui caressant les cheveux. Il avait tant de choses à lui dire ! Mais les mots ne venaient pas. Par où commencer ? Et s'il en disait trop ? Ou pas assez ?

— Je devrais être de retour vers la fin de la semaine, dit-il enfin. Nous pourrions peut-être prendre quelques jours de congé pour faire le point.

— John…

— Tu m'as manqué, Genna. Chaque jour et chaque nuit. Peux-tu en toute franchise prétendre que je ne t'ai pas manqué, ne serait-ce qu'un petit peu ?

— Tu m'as manqué. Plus qu'un petit peu.

— C'est déjà ça, dit-il en fourrant son nez dans son cou.

Il aperçut alors l'heure sur le tableau de bord. Le temps filait. Il devait être à l'aéroport de Newark dans moins de quarante minutes.

— Je te raccompagne jusqu'à la porte, soupira-t-il. Tu as les provisions que ma mère t'a données ?

— Tu veux parler des deux kilos de lasagnes, des montagnes de boulettes et de saucisses, de la boîte de biscuits et du gâteau au rhum pour quarante personnes ? Je pourrais nourrir tous mes collègues de travail pendant une semaine avec ce qu'elle m'a donné. Cela dit, je n'ai absolument pas l'intention de partager ces bonnes choses.

— Ma mère te trouve trop maigre. Je l'ai entendue en parler avec ma grand-mère et mes tantes dans la cuisine.

— C'est donc cela qu'elles se disaient en italien quand je suis allée leur dire au revoir.

Au moment où elle allait ouvrir sa portière, il l'arrêta d'un geste.

— Genna, il faut que tu saches que je n'ai jamais cessé de t'aimer. Et que je ne cesserai jamais. Malgré tout ce qui s'est passé, je n'ai jamais cessé de t'aimer.

Il l'empêcha de répondre en posant un doigt sur ses lèvres.

— Penses-y, ajouta-t-il.

Il se pencha pour lui ouvrir la portière avant de conclure :

— Je me rappelle qu'un jour, quand j'étais ado, j'ai vu un film où le gars disait à la fille : « Tu es mon cœur. Tu es la moitié de moi-même. » Je n'ai jamais oublié cette réplique parce que je l'avais trouvée stupide et horriblement mièvre dans la bouche d'un homme. Comment peut-on être la moitié de quelqu'un d'autre ? Mais maintenant, je sais.

Plus tard, couchée dans le noir, les yeux fermés, la petite médaille cachée sous son oreiller, Genna se demanda si saint Antoine pouvait les aider, John et elle, à retrouver ce qu'ils avaient perdu.

Elle s'endormit en essayant de se rappeler la prière à saint Antoine que récitait la grand-mère de John.

Trois jours plus tard, assise à son bureau, Genna tentait de se réveiller en s'étirant un peu. Il était près de 20 h 30, et elle n'avait pratiquement pas quitté son fauteuil de l'après-midi. Elle n'avait fait qu'une pause vers 17 h 30, quand la secrétaire du service avait passé la tête dans son bureau pour lui annoncer qu'elle partait et que John Mancini attendait sur la ligne trois.

— Comment ça se passe ? lui avait-elle demandé.

— Un vrai casse-tête. Pas moyen de trouver le moindre détail commun à ces six femmes. Et il y a une septième victime, maintenant.

— Une autre femme a disparu ?

— Ce matin, dans le Kentucky. Shelly Fielding, vingt-neuf ans. Elle a déposé son fils de quatre ans à la maternelle et n'est jamais revenue le chercher. Nous savons qu'elle est rentrée chez elle entre-temps, car sa voiture était garée près de sa maison.

— Des témoins ?

— Aucun. Il y a un ruisseau derrière chez elle.

— Et après le ruisseau ?

— Un parking.

— Ce type est très fort.

— J'espère bien que, tôt ou tard, nous saurons nous montrer plus malins que lui. Mais comme nous ignorons à quel endroit les autres femmes ont été enlevées, il nous est impossible de recueillir des indices à comparer entre les différents enlèvements.

— C'est tellement plus facile d'enquêter sur les lieux du crime quand on sait où ils se trouvent !

— Mince, il faut que je me dépêche. Je dois partir pour l'aéroport dans vingt minutes.

— Tu vas dans le Kentucky ?

— Oui, si je ne rate pas mon avion.

— Fais attention à toi.

Comme elle glissait un dernier dossier dans sa mallette, son estomac rappela à Genna qu'elle n'avait rien mangé depuis midi – et encore n'avait-elle pris qu'un déjeuner léger. Le soleil, déjà bas derrière les arbres, n'allait pas tarder à disparaître complètement. En sortant de son bureau, elle constata qu'elle était la dernière dans les locaux.

Dans le silence des bureaux, ses talons claquèrent bruyamment sur le parquet verni du couloir. Arrivée à l'accueil, elle sourit machinalement à l'agent de sécurité. Dehors, dans le crépuscule de juillet, elle s'arrêta un instant pour remonter la bretelle de son sac sur son épaule avant de regagner sa voiture. Le soleil était complètement couché.

Elle posa sa mallette par terre pour chercher dans son sac les clés de la Taurus, tout en se demandant si elle allait démarrer. Malgré le nouveau starter qu'elle avait fait installer, il était sans doute temps de revendre sa vieille voiture pour s'acheter un véhicule plus petit, plus joli, plus rapide. Peut-être les tâches quotidiennes – supermarché, teinturerie, courses diverses – lui sembleraient-elles moins pénibles si elle pouvait se rendre d'un endroit à l'autre dans une voiture fiable. Pourquoi pas une décapotable…

Soudain, un frisson lui parcourut le dos.

Elle jeta un coup d'œil alentour. Il n'y avait rien ni personne.

Et pourtant, elle se sentait observée.

Machinalement, elle palpa son arme à travers son sac. Puis elle s'installa derrière le volant et verrouilla ses portières, tout en priant pour que la Taurus ne choisisse pas ce moment pour refuser de démarrer.

Elle ne refusa pas. Genna recula un peu plus vivement que d'habitude et, s'obligeant à conduire lentement, fit le tour du parking en regardant entre et derrière les voitures. Rien ne bougea. Pas même les bambous dans la plate-bande.

Avec un soupir de soulagement, elle partit en direction de son appartement. Elle se sentait un peu ridicule.

C'est seulement une impression. Sûrement à cause de toutes ces histoires de femmes kidnappées. Je ne devrais pas me laisser emporter ainsi par mon imagination.

Néanmoins, l'impression étrange d'être observée la poursuivit jusque chez elle, si bien qu'avant de prendre sa douche, elle glissa son Glock dans la poche de son peignoir et verrouilla la porte de la salle de bains.

Avant de se coucher, elle vérifia les verrous de la porte d'entrée et de la baie vitrée. Elle ferma les rideaux du salon et éteignit toutes les lampes. Ensuite, depuis la fenêtre de sa chambre, elle regarda dehors, en direction des bois. Il n'y avait rien.

Le lendemain, pourtant, elle eut de nouveau la même impression. Elle commençait à se demander si elle n'était pas le jouet de son imagination débordante. Elle n'en avait encore parlé à personne quand John l'appela, ce soir-là.

— Ton affaire avance ? demanda-t-elle.

— En interrogeant une seconde fois les collègues de travail de deux des victimes, il est apparu que, quelques jours avant de disparaître, elles avaient eu l'impression qu'on les observait.

— Quoi ?

— Elles avaient l'impression d'être suivies ou observées. Comme quand tu as l'impression que quelqu'un te suit dans l'escalier, mais qu'il n'y a personne lorsque tu te retournes… Genna ? Tu es toujours là ?

— Oui.

— Quelque chose ne va pas ?

— Tu viens de décrire exactement ce que j'éprouve depuis hier.

— Que veux-tu dire ?

— J'ai sans cesse l'impression que quelqu'un m'observe. C'est pour le moins déstabilisant.

— Tu en as parlé à Decker ?

— Je n'en ai pas eu l'occasion. Pour être franche, j'ai essayé de lutter contre cette impression. Il se pourrait que ce soit simplement le fruit de mon imagination.

— Je n'aime pas ça. Parles-en à Decker et fais en sorte que quelqu'un te surveille quand tu quittes le bureau en fin de journée. Il faudrait peut-être aussi que quelqu'un te suive jusque chez toi.

— C'est peut-être un peu excessif. Je crois que je pense trop à ton dossier et pas assez au mien.

— Tu ne devrais peut-être pas rester seule ce week-end. M'écouterais-tu si je te conseillais d'aller le passer chez Patsy, au bord du lac ?

— Je vais y réfléchir.

— Rappelle-moi. Et sois prudente, promis ? Fais bien attention à toi.

— Promis.

En partant, Genna voulut passer au bureau de Decker, mais les lumières étaient déjà éteintes. Elle se rappela alors qu'il avait dû partir pour une réunion à New York juste après le déjeuner. Tout en se sentant idiote, elle demanda à l'agent de sécurité de la suivre des yeux le temps qu'elle rejoigne sa voiture. Mais même en sachant qu'il la surveillait, elle eut froid dans le dos.

« Complètement ridicule, se dit-elle. Qui pourrait avoir une raison de me suivre ? »

Personne, en dehors des dizaines d'individus qu'elle avait contribué à faire condamner au fil des années, sans compter leurs proches. Ou bien le roi du porno qu'elle traquait en ce moment même. Ou encore les copains des motards qui avaient corrompu les jeunes Frick…

Dès qu'elle arriva chez elle, elle appela Patsy.

Pas de réponse.

Trop nerveuse pour s'asseoir, elle mangea debout dans la cuisine. Elle essaya en vain de regarder la télévision et rappela deux fois Patsy, toujours sans succès, avant d'aller se doucher. Assise au bord du lit, elle appliqua un vernis transparent sur ses ongles avant de rappeler Patsy une dernière fois.

— Ma chérie ! s'écria Patsy avant même qu'elle ait pu dire un mot.

— Comment as-tu su que c'était moi ?

— Je vois ton numéro sur mon écran. Hier, Connie et moi sommes allées à l'inauguration du nouveau centre commercial de Wick's Corner. J'ai fait des frais : je me suis acheté un répondeur avec affichage du numéro d'appel.

— Pourquoi ne s'est-il pas déclenché lorsque j'ai appelé précédemment ?

— Oh, je n'ai pas encore enregistré d'annonce. Mais je me sens terriblement moderne !

— Comment va tante Connie ?

— Elle est déjà couchée. Elle veut partir demain matin.

— Où va-t-elle ?

— Elle retourne chez elle. Elle...

— Brian sait-il que tu vas te retrouver toute seule ?

— Mais, ma chérie, je ne serai pas seule. Nancy devrait arriver demain vers midi. Et il y a toujours cet agent de sécurité que Brian a posté chez les Miller, juste en face. Tu te souviens du vieux M. Miller ? Il avait un colley aveugle que tu promenais. Tu t'en souviens, ma chérie ?

— Oui, je m'en souviens. Mais...

— Connie et moi n'avons pas été fichues de nous rappeler le nom de ce chien.

— Il s'appelait Buster, soupira Genna.

— Buster ! Bien sûr ! Je savais que tu t'en souviendrais. Il faut que je le dise à Connie.

Genna entendit un bruit de casserole, puis de l'eau qui coulait. Patsy se faisait du thé tout en parlant au téléphone.

— Il faut que je te raconte comment est ce nouveau centre commercial...

Et Patsy se lança dans une description de l'endroit, boutique par boutique.

Genna s'allongea, éteignit la lumière et faillit s'endormir pendant que Patsy discourait sans fin sur les magasins et les achats qu'elle y avait faits.

Ce fut seulement plus tard, après avoir raccroché, qu'elle s'aperçut qu'elle n'avait pas pensé à demander à Patsy pour quelle raison Connie partait et quand elle comptait revenir.

10

Il se pencha vers l'écran de son ordinateur pour lire l'adresse et eut un sourire satisfait. Oui, ce devait être celle-là.

Il secoua légèrement la tête, émerveillé par les prodiges de la technologie. Il suffisait d'un minimum d'informations sur une personne pour la retrouver. Jusqu'à présent, ses recherches avaient toujours abouti.

Lui qui avait cru que la tâche serait ardue, il avait tout bouclé en un rien de temps.

Ses doigts couraient sur le clavier. Il adorait l'ordinateur, le sentiment de puissance que lui conféraient les renseignements obtenus grâce à cette machine, l'idée de savoir que cela le menait exactement là où il avait rêvé de se rendre durant toutes ces années. Et tout cela avec vitesse et facilité.

— Te voilà, murmura-t-il. Mary Alice Tunney, née Bancroft. Je crois qu'il est temps d'organiser une petite rencontre.

Il se mit à rire à haute voix. Personne ne risquait de l'entendre.

À vrai dire, ces dernières semaines avaient été une suite ininterrompue de grands moments. Tout s'était parfaitement déroulé, jusque dans les moindres détails.

Personne, absolument personne ne l'avait soupçonné. Certes, il y avait bien eu un ou deux moments où les choses avaient failli basculer. Mais personne ne l'avait reconnu. Il est vrai qu'il n'avait laissé aucune place au hasard. Les coups de fil qu'il avait donnés en déguisant sa voix avaient précédé de plusieurs semaines ses passages à l'acte, de sorte que personne ne pourrait faire le lien entre ces appels et les événements qui avaient suivi. En outre, il savait depuis longtemps comment passer inaperçu en toutes circonstances. S'habiller comme les gens du coin. Se fondre dans le paysage.

Quand il serait à Rome, par exemple…

Il rit de nouveau. Mary Alice Tunney vivait à Rome, dans l'État de New York.

C'était presque trop drôle.

De toute évidence, Dieu était avec lui.

D'un clic de souris, il ouvrit le fichier contenant la liste complète et y ajouta les coordonnées de Mary Alice, qui ne se doutait de rien. Puis il passa la liste en revue pour faire le point.

Il avait vraiment bien avancé.

La dernière de la liste, évidemment, il n'avait eu aucune peine à la retrouver.

Il avait tout de suite su où la chercher, même après toutes ces années.

Néanmoins, il devrait attendre, même si cette attente le rendait parfois dingue. Il fallait procéder dans l'ordre. C'était très important. Quand on fait une chose, autant la faire correctement. N'était-ce pas ce que disait toujours Mère ?

Suivre scrupuleusement le plan, voilà comment il fallait procéder.

Seulement, parfois, c'était vraiment dur de voir ce nom en bas de la liste et d'être obligé de patienter.

Plus que cinq.

Encore cinq avant de pouvoir enfin s'occuper d'elle.

Il n'avait plus qu'à prendre son mal en patience.

Cela dit, le plaisir n'était-il pas toujours plus grand quand on gardait le meilleur pour la fin ?

11

Une belle ordure, se dit Genna en feuilletant les photos qu'elle venait de recevoir par e-mail et d'imprimer. Il lui suffisait de regarder la face de rat du sieur Allen LeVane pour avoir envie de vomir : des yeux noirs rapprochés, un nez protubérant, des lèvres fines découvrant des dents trop belles pour être vraies. Ce sourire éblouissant faisait froid dans le dos quand on songeait au sordide commerce auquel il se livrait.

Il s'était fait pincer le matin même, à 10 heures, alors qu'il quittait une villa d'un quartier résidentiel à la sortie de Trenton. Il y était entré avec un enfant de six ou sept ans et en était ressorti seul. Il avait fallu toute la patience et la ténacité de la police locale, alliées à l'habileté et aux ressources du FBI, pour éviter que l'enfant ne subisse le pire. Postée de l'autre côté de la rue, Genna avait vu les trois adultes sortir menottés. L'enfant, lui, avait été emmené par un officier spécialement formé pour s'occuper des victimes mineures. Il avait fallu une journée entière à cinq policiers pour emporter tout le matériel vidéo et les cartons de cassettes entassés sur les trois niveaux de la villa.

« Bon débarras ! » aurait dit Patsy. Malheureusement, à moins que le juge ne fixe une caution faramineuse, LeVane serait de retour dès le lendemain dans sa luxueuse suite d'un des hôtels les plus huppés de New York.

Cela dit, il saurait désormais que la police l'avait dans le collimateur. Quant au petit garçon qui avait été enlevé dans une galerie marchande de Cleveland, la semaine précédente, il serait rendu à sa famille inquiète. LeVane s'était hélas occupé personnellement de lui dans l'intervalle. Il faudrait des années à l'enfant pour se remettre des quelques jours passés en compagnie de cet individu.

Après avoir envoyé les photos par e-mail à la police de Cleveland, Genna éteignit son ordinateur et se leva en s'étirant. Elle en avait assez vu pour aujourd'hui. Et même pour le mois. Quelques heures au club de gym seraient les bienvenues. Elle rassembla ses affaires et quitta le bureau en restant sur ses gardes, comme toujours depuis la semaine précédente, attentive à ce qui l'entourait. Mais elle rejoignit sa voiture sans que ses poils ne se hérissent, comme disait John, et se rendit au club de sport où elle s'était inscrite depuis des mois et où elle n'avait jamais trouvé le temps d'y aller. Ce soir, elle allait s'offrir quelques kilomètres sur le tapis roulant, puis un petit tour sur un vélo, et enfin une douche chaude. Après s'être donnée à fond sur cette affaire, elle avait bien droit à une petite pause.

Sur quoi allait-elle travailler ensuite ? Elle avait déjà une pile de dossiers en attente sur son bureau, et qui savait ce qui pouvait se passer pendant le week-end ?

Lorsqu'elle s'arrêta dans un bar pour boire un jus de fruits en revenant du club de gym, la disparition de l'épouse du directeur d'une université de Virginie-Occidentale faisait la une du journal télévisé.

N'avait-elle pas vu un message, au bureau, disant que John avait essayé de joindre Decker ce matin-là depuis Beckley, en Virginie-Occidentale ?

Tôt ou tard, un journaliste allait découvrir que cette femme n'était pas la première à disparaître mystérieusement. Combien y en avait-il eu depuis le début ? Huit ? Neuf ? Combien de temps encore le FBI espérait-il étouffer l'affaire ? Une chose était certaine : dès qu'elle serait éventée, le travail de John deviendrait beaucoup plus compliqué.

L'exercice physique n'était malheureusement pas parvenu à dissiper la tension qu'elle avait accumulée au cours de ces derniers jours. Peut-être devrait-elle essayer l'aromathérapie ou le yoga. Sa camarade de chambrée à Quantico assurait que le yoga était la seule chose qui lui permettait de garder son équilibre intérieur.

Mais Genna était sûre que cela ne suffirait pas dans son cas. Elle en était à se demander si elle n'allait pas essayer l'aérobic quand elle arriva sur son parking. À en juger par le nombre de voitures, un habitant de l'immeuble devait donner une soirée.

Une sacrée soirée, même. Enfin, elle trouva une place libre au bout de la troisième rangée.

De la musique s'échappait d'un des appartements. Sur une chanson particulièrement entraînante des années soixante-dix, le son monta encore. Qui avait prétendu que le disco était mort ? se demanda Genna.

Elle traversa le parking mal éclairé en marchant au rythme de la musique. Elle était presque arrivée à l'allée quand un frisson la parcourut.

Fut-ce le craquement d'une brindille, le froissement d'une feuille ? Un bruit attira son attention vers un coin sombre, sur sa gauche. Elle ralentit le pas et, tout en scrutant l'obscurité, glissa la main dans son sac et saisit la crosse de son Glock.

Là, près de l'immeuble, quelqu'un était accroupi dans les buissons.

Sans plus réfléchir, elle laissa tomber son sac de sport et sortit son arme.

— Montrez-vous immédiatement, les mains en l'air !

La silhouette ne bougea pas.

— Je compte jusqu'à cinq : un, deux…

La silhouette se redressa lentement, les mains en l'air, et s'avança à travers les buissons.

— Gardez les mains en l'air. Venez ici, à la lumière.

— Je ne m'attendais certes pas que tu m'accueilles à bras ouverts, Genna. Mais me menacer d'une arme, c'est quand même peut-être un peu exagéré.

Genna se figea, tous ses muscles tendus. Malgré les années écoulées, elle avait reconnu cette voix.

Son interlocutrice tendait à présent les mains devant elle, comme pour lui montrer qu'elles étaient vides.

— Crystal ?

— Bonsoir, Genevieve.

La jeune femme s'arrêta à quelques pas de Genna. Celle-ci avait beau se dire qu'il s'agissait de Crystal Jean Snow, sa sœur aînée, son cerveau avait du mal à le comprendre.

— Tu pourrais commencer par me dire bonsoir, reprit Crystal.

— Crystal... Comment...

— Comment j'ai fait pour te retrouver ? Tu plaisantes, j'espère ? Tu es célèbre : Genna Snow, l'intrépide agent du FBI. Je t'ai vue à la télévision, l'an dernier. Il y a eu une édition spéciale du journal à propos de cette fille d'un magnat de la presse qui avait été pourchassée en Nouvelle-Angleterre par un malade qui avait déjà tué sa sœur. Ça m'a pris un certain temps pour trouver le courage de venir te voir, mais une fois ma décision prise, je n'ai eu aucun mal à te retrouver.

Genna, les jambes flageolantes, regrettait de ne pouvoir s'asseoir quelque part.

— Je n'arrive pas à y croire. Après tout ce temps...

— Dix-huit ans, Genna.

— Je devrais t'inviter à monter, dit Genna, comme pour elle-même.

— Tu n'es pas obligée. Si tu ne le fais pas, je ne t'en voudrais pas. J'avais seulement envie de te voir, Genna. Voir si tu étais aussi belle qu'à la télévision. Voir comme tu avais grandi – tu es vraiment plus grande que moi ! – et quelle nuance de brun avait fini par l'emporter dans tes cheveux.

Crystal enfonça les mains dans ses poches avant d'ajouter :

— Je voulais aussi que tu saches qu'ils nous avaient quittées.

— Quittées ? Quand ?

— Il y a environ trois mois.

— Que s'est-il passé ?

— Accident de voiture. Ils ont quitté la route. C'est du moins ce qu'ont dit les témoins. Tout ce qu'on sait, c'est qu'ils ont dévalé un talus et fait un ou deux tonneaux.

— Pourquoi as-tu attendu aussi longtemps pour me le dire ?

— D'abord, je ne savais pas si ça t'intéresserait. Ensuite, j'ai été... absente un certain temps.

— Absente ?

— J'ai eu un passage à vide il y a quelques années. C'est ce qu'ils ont dit : un passage à vide. Il m'a fallu un moment avant de reprendre pied. Après ça, ils m'ont mise dans un foyer. Une espèce de sas, si tu préfères. Ensuite, j'ai appris qu'ils étaient morts et je suis retournée chez eux un moment. J'ai nettoyé la maison... Tu te rappelles la petite maison près de chez grand-mère Petersen ? À côté du verger de pommiers ? C'est là qu'ils habitaient vers la fin.

— Je me souviens de cet endroit.

— Bref, je faisais le ménage à fond, dans l'espoir de trouver des objets qui aient un peu de valeur et de les revendre, je l'avoue. Ça fait un moment que je n'ai pas travaillé. Bref, je sortais des trucs de là, et Dwight – tu te souviens du cousin Dwight ? – était venu avec sa camionnette pour apporter les meubles au dépôt-vente. Quand il m'a aidée à sortir le matelas, j'ai trouvé ça en dessous.

Elle sortit un objet de sa poche et le tendit à Genna.

— Je pense que tu peux ranger ton pistolet. Je te jure que je ne suis pas armée.

Surprise de ne l'avoir pas encore fait, Genna vérifia que le cran de sûreté était mis et rangea son Glock.

— Qu'est-ce que c'est ?

— Regarde.

Genna prit l'enveloppe que lui tendait sa sœur et s'approcha de la lumière qui éclairait la façade de l'immeuble. Une par une, elle contempla les photos.

Des photos d'elle avec sa mère. D'elle avec sa sœur. D'elle avec sa mère et sa sœur.

Sur les photos prises les dimanches de Pâques, les fillettes, dûment nattées, portaient leur plus belle robe. Sur d'autres, elles couraient après les canards, près de la mare, derrière la maison de leur grand-mère Petersen.

Sur d'autres encore, elles étaient assises avec leur mère dans la balancelle, sous le porche, chez leur tante Mary Claire, l'été où elles s'étaient intoxiquées avec des baies. Elles pouvaient à peine ouvrir les yeux, et leur mère avait dû leur chanter des chansons, leur faire la lecture et les bercer quand les démangeaisons les empêchaient de dormir.

Ces clichés évoquaient des souvenirs insoutenables, violents, troublants, à vous couper le souffle. Jamais elle n'avait pu réconcilier l'image de cette mère aimante avec celle de la femme qui l'avait abandonnée sans le moindre regret.

C'était trop d'un seul coup. Genna remit les photos dans l'enveloppe en tremblant.

— Je peux t'offrir un café ou autre chose, dit-elle d'une voix éteinte.

— Ne te crois pas obligée de le faire. Je comprendrais que tu n'en aies pas envie.

— Je pense que j'en ai envie.

Elle alla récupérer son sac de sport et en sortit ses clés.

— Je crois qu'il me reste du thé glacé que j'ai fait hier, si tu préfères...

— Je prendrai ce qu'il y a, Genna. Je sais que tu ne t'attendais pas à me voir et je ne veux pas te déranger.

Précédant sa sœur, Genna gravit le perron, pénétra dans le hall et se dirigea vers l'ascenseur. Elle appuya sur le bouton et s'effaça pour laisser monter Crystal quand les portes s'ouvrirent.

Comme elle marquait une hésitation avant de la suivre, Crystal voulut la mettre à l'aise.

— Allons, je ne vais pas te manger. Je te le promets. D'ailleurs, je te rappelle que c'est toi qui es armée.

— Excuse-moi. Je suis sonnée. Je pensais ne jamais te revoir. Je ne sais pas comment réagir.

Elles montèrent en silence jusqu'au quatrième étage.

— C'est la porte au fond du couloir.

Ce fut seulement quand elle fut dans son appartement et qu'elle eut allumé la lumière que Genna regarda vraiment sa sœur, pour la première fois depuis dix-huit ans.

Crystal était plus petite qu'elle. Quelques touches de gris apparaissaient déjà dans ses cheveux bruns, et son visage marqué lui donnait plus que ses trente ans. Mais elle l'aurait probablement reconnue entre mille.

— Es-tu contente de me voir ?

— Je n'en sais rien.

— Voilà au moins une chose qui n'a pas changé chez toi : tu es toujours d'une franchise désarmante ! Toujours honnête, notre Genna. Quel que soit le prix à payer.

Genna se rendit dans la cuisine.

— Tu veux boire quelque chose de frais ? J'ai du soda, du thé glacé…

— Peu importe. Cela m'est égal. Un verre d'eau me suffira.

Puis, se postant à l'entrée de la cuisine, Crystal poursuivit :

— Je pense que, puisque je suis là, nous ferions bien d'en venir au fait tout de suite.

— Je n'ai…

— … pas envie d'en parler ? Tous les psys te diront que c'est une attitude malsaine. Il y a quelque chose entre nous, quelque chose qui nous a séparées durant plus de la moitié de notre vie. J'ai besoin d'ôter ce poids de mes épaules.

— Si tu veux parler du fait que je n'ai jamais eu aucune nouvelle de toi durant tout ce temps, que tu n'as pas essayé une seule fois de me joindre…

— Moi aussi, je n'étais qu'une enfant, je te le rappelle.

Crystal saisit d'une main tremblante le verre que lui tendait Genna.

— Je n'avais pas les moyens de partir à ta recherche. D'ailleurs, je n'en avais pas non plus le courage. Je n'ai jamais eu ton sens du bien et de la justice, Genna. J'aurais bien aimé. Mais je n'ai jamais été comme ça, malgré le désir que j'en avais.

Genna quitta la cuisine en éteignant la lumière et fit signe à sa sœur de la suivre dans le salon. Elle n'était pas sûre d'avoir envie de l'écouter et se tenait comme un animal traqué, hésitant, méfiant, sur le qui-vive.

Crystal attendit patiemment qu'elle ait fini d'écouter les messages sur son répondeur – il y en avait quatre. Puis Genna s'assit sur le canapé et posa ses pieds sur la table basse.

— Tu peux t'asseoir, dit-elle.

— Tout cela n'est pas facile pour moi, déclara Crystal en prenant place sur un pouf.

— C'est pourtant toi qui as eu l'idée de venir me parler. Tu as dû y réfléchir longuement.

— J'ai réfléchi à ce que j'allais te dire. Mais je ne pouvais pas savoir à l'avance comment j'allais me sentir.

— Et comment te sens-tu ?

— Plus mal que je ne l'avais prévu. Ce n'était peut-être pas une si bonne idée, après tout. Je ferais sans doute mieux de te laisser.

Genna lança sur la table l'enveloppe, d'où s'échappèrent plusieurs photos.

— Tu peux remporter ça.

— Je pensais que cela te ferait plaisir de voir…

— De voir quoi ? Les meilleurs moments de mon enfance ? Le visage souriant et débordant d'amour de notre mère, qui a laissé ce malade, ce tyran, ce fou furieux qui nous tenait lieu de père contrôler sa vie, ses émotions et la retourner contre ses propres enfants ? Cette même mère aimante qui a abandonné sa propre fille pour la punir d'avoir dit la vérité ? Tu crois vraiment que j'ai besoin de photos pour me rappeler ce que j'ai perdu, Crystal ?

— Je regrette, Genna. J'ai pensé que tu serais peut-être contente d'avoir ces photos. J'ai pensé que ce serait peut-être une bonne chose pour nous deux. Je me suis complètement trompée.

Crystal, qui s'était levée, rempocha les photos, le visage rouge de honte.

— C'était vraiment une idée désastreuse, dit-elle en ramassant son sac d'une main tremblante. Je n'ai jamais su prendre les bonnes décisions, de toute façon. J'aurais seulement aimé…

Sans oser parler, Genna dardait sur elle des yeux pleins d'émotions trop longtemps refoulées.

— ... j'aurais seulement aimé que tu sois un peu plus contente de me voir, acheva Crystal en se dirigeant vers la porte.

— J'aurais été plus contente si tu n'avais pas attendu aussi longtemps pour te montrer.

— J'en ai autant à ton service, Genna ! Cela t'était matériellement plus facile qu'à moi.

Pour la première fois depuis son arrivée, Crystal laissait paraître sa colère. Elle s'arrêta à la porte, la main sur la poignée.

— As-tu seulement fait l'effort de me retrouver ?

— Je te rappelle que c'est moi, l'oisillon qu'on a poussé hors du nid.

— Ce n'est pas moi qui t'ai poussée. Et je te signale que finalement, c'est toi qui as été la mieux lotie des deux.

Crystal sortit et referma doucement la porte derrière elle.

Genna resta un moment sur le canapé, à essayer de comprendre ce qui venait de se passer.

La personne qu'elle s'attendait le moins à voir était venue chez elle. Soudain, le choc passé, le chagrin l'envahit, et elle serra un coussin contre elle.

— Crystal. Crystal est venue, murmura-t-elle, comme pour se convaincre qu'elle n'avait pas rêvé.

Lentement, elle se leva, remit le coussin en place et se baissa pour ramasser une photo que Crystal avait oubliée. Elle s'y vit, petite fille, avec des nattes, vêtue d'une horrible vieille robe à carreaux verts et gris donnée par une personne de la paroisse et que Crystal avait portée l'année précédente. C'était une photo prise à l'école. Elle devait être en CE1 ou en CE2, à l'époque. Sa joue portait encore une vague trace violette, laissée par le poing de son père, en punition de Dieu sait quelle transgression...

Sa mère avait dû se donner bien du mal pour dissimuler ces photos retrouvées par Crystal. Son père avait strictement interdit que ses filles soient prises en photo.

Contempler sa propre image encourage la vanité.

Même dans le silence de son appartement, même loin de la petite maison du Kentucky où ils vivaient l'année où cette photo avait été prise, elle entendait encore sa voix. Son père s'était vu proposer une paroisse restée longtemps vacante dans une région forestière. Il avait sauté sur l'occasion. Au début, Crystal et elle avaient été presque heureuses. Leur maison se trouvait à l'orée d'un bois où elles pouvaient s'échapper des après-midi entiers, pendant que leur père s'occupait des membres de sa paroisse. Plus il était occupé, moins il avait le temps de songer aux mille façons que ses filles inventaient pour tomber dans les bras du Malin.

Dans les bois, l'imagination de Genna pouvait s'en donner à cœur joie, sans être rabrouée à tout instant par des citations des Écritures destinées à lui rappeler que ce monde n'était pas la demeure promise à son âme. Sa sœur et elle s'imaginaient qu'elles vivaient dans une magnifique maison, dont elles délimitaient les contours à l'aide de branches ramassées par terre. Cette demeure comportait d'innombrables fenêtres par lesquelles pénétraient de douces brises qui chassaient l'emprise étouffante de leur père.

C'était là, dans le Kentucky, que ce dernier avait été repéré par Clarence Homer. Homer était un homme riche originaire de la petite ville de Lindenwood, située à l'extrémité sud-ouest de la Pennsylvanie, à la frontière de la Virginie. Il était en visite dans sa famille quand il avait entendu parler pour la première fois du révérend Snow, dont les sermons enflammés avaient flatté ses tendances fondamentalistes. De retour à Lindenwood, dont l'église n'avait momentanément plus de pasteur, il avait convaincu les anciens de la communauté que le révérend Snow était l'homme qu'il leur fallait pour ramener dans le droit chemin les brebis égarées de cette bonne ville : le révérend Snow n'avait pas son pareil pour rappeler aux pécheurs ce qui les attendait dans l'au-delà.

Dans un premier temps, ce déménagement en Pensylvanie avait été providentiel pour les filles Snow. Dans le Kentucky, les cours consistaient principalement en d'interminables sermons inculqués par des enseignants austères dans une petite école en planches. Tout cela sous l'égide de leur père, l'école étant administrée par l'église. Mais M. Homer, estimant que le révérend avait mieux à faire de son temps, lui avait retiré tout rôle scolaire. Les enfants de Lindenwood fréquentaient l'école publique, tout comme l'avaient fait M. et Mme Homer et leurs six enfants, qui avaient tous fort bien tourné.

C'est ainsi que Crystal et Genna avaient eu leur premier contact avec l'école publique, où les livres de lecture ne parlaient pas exclusivement des épisodes de la Bible. Il leur avait fallu deux bonnes semaines pour s'habituer à ces changements – qu'elles se gardaient bien d'évoquer devant leurs parents –, mais au bout d'un mois, elles se sentaient parfaitement à l'aise dans leur nouvelle école. Bien qu'elles fussent plus heureuses que jamais, leur instinct leur dictait de cacher leur joie dès qu'elles rentraient chez elles, de peur que leur père n'inventât un moyen de les priver de leur bonheur, sous prétexte d'assurer le salut de leur âme. Plus elles profitaient de la vie et de leur nouvel environnement, plus leur horizon s'élargissait, plus leur père leur semblait étroit d'esprit.

Puis l'été était arrivé, et M. Homer avait décrété que les filles du révérend Snow devaient passer l'été dans le camp de vacances que dirigeait son frère, Michael. Avant que leur père ait pu s'y opposer, Genna et Crystal s'étaient retrouvées en route pour La Voie du Berger où, en plus des heures interminables passées à apprendre par cœur de nouveaux passages de la Bible – qui servaient aussi de thèmes de travail pour les séances de travaux manuels –, on leur avait appris à nager, à jouer au football américain et au base-ball. Genna n'était pas sûre d'avoir jamais vu le visage du frère Michael, qui errait dans le camp tel un moine égaré, avec sa longue tunique qui lui descendait jusqu'aux chevilles et son capuchon qui lui recouvrait la tête. Elle n'avait affaire à lui que durant les prières du matin et du soir. Il ne jouait donc pas un rôle important dans sa vie, du moins jusqu'à ce second été… et encore, même à ce moment-là, elle n'avait pas vu son visage. Seulement ses yeux, noirs comme la nuit.

Genna regarda par la fenêtre, cherchant la silhouette de Crystal, mais rien ne bougeait sur le parking mal éclairé. Peut-être Crystal s'était-elle garée dans la rue. En regardant dans cette direction, Genna aperçut une femme qui avançait lentement dans l'ombre ménagée par l'éclairage public.

Elle a dû venir en bus. Elle a fait tout ce chemin en bus rien que pour me voir, pour me retrouver.

Combien de fois ai-je pensé à elle, en me demandant où elle était, comment elle allait, ce qu'était sa vie ?

Genna tourna le dos à la fenêtre. La vision de cette silhouette qui diminuait au loin était plus qu'elle n'en pouvait supporter.

« Nous n'aurions jamais dû avoir à nous demander ce que devenait l'autre. Nous aurions dû avoir le droit de grandir ensemble », songea-t-elle avec colère. Une colère dirigée contre ses parents, et contre le destin qui l'avait arrachée à la seule personne de sa famille qui ne l'ait pas volontairement abandonnée.

Dans ce cas, pourquoi suis-je en colère contre elle ? Parce qu'ils l'ont gardée, elle ?

Mais comment Crystal aurait-elle pu les empêcher de faire ce qu'ils ont fait ? Ce n'est pas juste de lui en vouloir à cause de ce que nos parents ont fait il y a si longtemps.

D'ailleurs, malgré tout, nous sommes toujours sœurs. Nous nous sommes totalement perdues de vue, c'est vrai, mais nous sommes toujours sœurs…

Genna attrapa ses clés et sortit en courant. Trop pressée pour attendre l'ascenseur, elle dévala l'escalier. En marchant à grandes enjambées, elle atteignit bientôt l'angle de la rue, où elle découvrit Crystal assise sur un banc, occupée à se moucher tout en essayant de faire croire qu'elle ne pleurait pas. Genna s'assit près d'elle.

— Je n'ai pas vraiment l'habitude des gaz d'échappement, tu sais, dit sa sœur. J'ai toujours vécu à la campagne.

— Où se trouve ton foyer ?
— Tout près de Hazard.
— Dans le Kentucky ?
— Oui.
— Près de chez grand-mère ?
— Plutôt du côté de chez l'oncle Neil et la tante Hazel.
— Hazel de Hazard, murmura Genna.
Les deux jeunes femmes sourirent malgré elles.
— Tu te rappelles ? dit Genna. Quand nous étions petites, cela nous faisait toujours rire.
— C'était la plus gentille femme qui ait jamais vécu, ajouta Crystal. Elle n'a plus jamais revu maman après qu'ils... après que tu...
— Après le procès ?
— Oui. Lorsqu'elle a compris ce qui s'était passé, elle a dit à papa ses quatre vérités. Maman était blanche comme un linge. On aurait dit une statue. Je pense qu'elle n'en revenait pas que quelqu'un – et surtout sa sœur – ait le cran de parler ainsi à son mari. Personne n'avait jamais osé lui tenir tête, tu sais. Sauf toi, bien sûr.
— J'imagine que tante Hazel a payé le prix fort pour avoir osé le faire.
— Maman ne lui a plus jamais adressé la parole.
— Elle aura payé d'un prix exorbitant son amour pour lui.
— Je ne sais pas si c'était de l'amour. Papa contrôlait totalement sa volonté. À coups de poing, s'il le fallait – tu te rappelles ? Bref, maman avait beaucoup de problèmes qui ont commencé à se voir de plus en plus après que tu... après ton départ.
— Quel genre de problèmes ?
— Par exemple, elle avait peur de sortir. Au bout d'un moment, elle a refusé d'aller où que ce soit, même à l'office, même si papa se mettait en colère contre elle. Et puis, elle pleurait tout le temps. Je me disais que c'était parce que tu lui manquais. J'ai toujours pensé qu'elle n'était pas d'accord pour t'abandonner, mais qu'elle n'avait pas eu la force de s'opposer à lui. Comme nous. Tu te rappelles comme nous avions peur, à la maison ?

— Oui, je m'en souviens.

Elles se turent et restèrent assises côte à côte, à regarder les phares du bus qui approchait.

— Il y en a sûrement un autre demain matin, dit Genna. Je crois que tu as encore beaucoup de choses à me dire.

Le bus s'arrêta devant elles.

— Je ne sais pas si cela te plaira de les entendre, répondit Crystal. Tu le regretteras peut-être.

— Je pense que ça vaut quand même la peine de t'écouter.

La porte du bus s'ouvrit, et le chauffeur les dévisagea d'un air impatient.

Puis il les héla.

— Hé, vous deux ! Vous montez ou vous faites la causette ?

— On fait la causette, répondit Genna.

Le chauffeur referma la porte, et le car repartit dans un nuage de fumée.

— Je croyais qu'ils étaient équipés d'un truc qui les empêchait d'envoyer leurs cochonneries dans l'atmosphère ? s'étonna Crystal.

— En principe, ils devraient l'être. Allons, viens, rentrons chez moi et reprenons depuis le début.

— Depuis le moment où je t'attendais dans les buissons ? Dans ce cas, j'espère que tu as un stock de calamine, parce que les moustiques sont vraiment voraces, par ici.

— Les moustiques du New Jersey sont de vrais monstres !

À mi-chemin, Genna demanda à sa sœur :

— Dis-moi, Crystal, est-ce que je t'ai manqué ?

— À chaque instant, Genna. Si tu savais...

— Raconte-moi. Raconte-moi comment a été ta vie après mon départ.

— Tu veux vraiment le savoir ?

— Oui.

— Nous avions interdiction de prononcer ton nom. C'était comme si tu n'avais jamais existé. Comme si j'étais fille unique... Et puis, tout de suite après le début du procès, M. Homer a dit à papa qu'il valait peut-être mieux que nous partions. Je n'ai jamais su s'il t'en voulait d'avoir dénoncé son frère, ou s'il avait toujours été au courant de ce que faisait son frère et s'en voulait de ne pas l'avoir dénoncé lui-même. En tout cas, les gens de la paroisse étaient très divisés sur cette affaire. Certains pensaient que toi et les autres filles aviez dit la vérité, et d'autres – comme papa – pensaient que tu avais menti et que les assistantes sociales et les psychologues avaient poussé les autres filles à mentir aussi.

— Pourquoi, selon lui, aurais-je inventé une histoire pareille ? Je n'ai jamais compris pourquoi il pensait que je mentais. Je sais qu'il le pensait, car il a essayé de me le faire avouer en me battant. Mais je n'ai jamais compris pourquoi.

— Je crois qu'il tenait avant tout à garder son église. C'était la première fois qu'il avait une église comme celle-là, avec une paroisse aussi importante. En dénonçant frère Michael, tu as jeté l'opprobre sur toute la communauté. Je te rappelle que Michael était l'unique frère du bienfaiteur de papa. À cause de toi, il a tout perdu : son église, ses paroissiens, la faveur de M. Homer... tout. Ç'a été un coup dur pour lui de retourner dans le Kentucky et de recommencer à aller d'une église de campagne à l'autre, lui qui avait cru qu'il n'aurait plus jamais à jouer les prédicateurs itinérants.

— Il aurait préféré que ses filles soient violées plutôt que de perdre sa chère église ?

— Oui, je pense. Mais il n'y avait pas que l'église : il y avait aussi le prestige, le pouvoir, le sentiment d'importance qui allaient avec.

— Et après l'affaire, il m'a rayée de sa mémoire, comme si je n'avais jamais existé...

— Je regrette, mais c'est toi qui m'as demandé de tout te dire. Moi aussi, j'ai souffert. Tu avais disparu brutalement de ma vie, mais je n'avais même pas le droit d'avoir du chagrin.

— C'est pour cela que tu as dû suivre une thérapie ?

— En partie. Et aussi parce que c'était trop dur d'être toujours parfaite. Et puis...

Elles étaient arrivées devant l'immeuble.

— Il est encore temps, Genna. Nous pouvons nous en tenir là. Il vaudrait peut-être mieux que j'aille prendre mon car.

— Mieux pour qui ?

— Pour nous deux.

— Il est trop tard, maintenant que nous avons commencé à parler. Après toutes ces années, je crois que je n'ai pas le droit de te laisser repartir tout de suite. Allons, viens, montons et...

— Tu auras peut-être envie de me mettre à la porte une fois que je t'aurai dit le reste.

— Alors, dis-le tout de suite et finissons-en.

— Quand ils sont revenus du tribunal sans toi, je ne me suis pas trop inquiétée, au début. Comme tu étais restée longtemps absente de la maison en attendant le procès...

— Le procureur avait obtenu du tribunal une mesure provisoire pour me garder dans sa juridiction. Il craignait que, si on me laissait quitter le comté, mes parents ne me ramènent pas pour le procès et que l'affaire ne puisse être jugée... Que t'ont-ils dit ? Quelle raison t'ont-ils donnée pour expliquer qu'ils soient revenus sans moi ?

— Quelques jours après leur retour, papa a dit : « Genevieve a rejoint les forces du mal. Désormais, nous ne devons plus jamais parler d'elle. » Et c'est ce qui s'est passé. Alors, j'ai commencé à me demander ce qui arriverait si jamais je le mettais en colère. Maman et lui se débarrasseraient-ils aussi de moi ? On n'avait jamais eu le droit à l'erreur, à la maison. Mais je me disais qu'en étant vraiment très sage, ils me garderaient. Alors, j'ai essayé d'être aussi bonne que possible, mais avec le temps, c'est devenu de plus en plus dur. Je ne pouvais jamais commettre la moindre erreur. Il me terrorisait. J'avais tout le temps peur. Mais jamais je ne lui répondais, jamais je ne lui montrais ma colère. Je faisais tout ce qu'on me demandait. J'étais la gentille fille, celle qui méritait qu'on la garde. Et puis, un jour, j'ai commencé à compter tout ce que ça m'avait coûté, et je me suis rendu compte que j'avais payé ce privilège un prix exorbitant. Pour m'en sortir, je n'avais qu'une seule solution : en finir avec cette existence.

— Tu as tenté de te suicider ?

— J'ai sauté d'un pont. Savais-tu qu'il était pratiquement impossible de survivre à un plongeon de quarante mètres de haut ? Eh bien, moi, j'y ai survécu. Un imbécile de pêcheur a cru bien faire : il a appelé les secours et a plongé pour me repêcher.

— Crystal, pourquoi n'es-tu pas venue me voir plus tôt ? Pourquoi as-tu attendu aussi longtemps ?

— Parce que après tout ce qui s'était passé, je n'osais plus te regarder en face. Je me sentais horriblement coupable.

— Mais tu n'avais que douze ans, à l'époque. Qu'aurais-tu pu faire ?

— J'aurais pu dire la vérité. J'aurais pu parler.

— Pour dire quoi ?

— La vérité sur frère Michael. Je savais que tu ne mentais pas, Genna. Je savais exactement ce qu'il avait fait aux autres et ce qu'il avait essayé de te faire. Je le savais, parce que cet été-là et l'été précédent, il me l'avait fait à moi aussi.

12

Genna s'assit sur le perron de l'immeuble. Ses jambes, soudain, menaçaient de céder sous elle. Elle resta immobile de longues minutes, incapable de parler.

Enfin, Crystal reprit la parole.

— Voilà, c'est pour ça que je ne suis pas venue te voir plus tôt.

— Mais enfin, Crystal, pourquoi ne m'as-tu rien dit ?

— Simplement parce que je n'en ai pas eu le courage. À l'époque, j'ai failli le faire, mais j'avais trop honte. J'avais laissé faire si longtemps sans parler... J'ignorais qu'il avait fait la même chose à autant de filles. Je pensais qu'il n'y avait que moi et je me sentais terriblement sale et désemparée... Avec le temps, j'ai fini par me dire que j'étais une lâche et une bonne à rien. Je l'avais laissé me violer je ne sais combien de fois sans rien dire, et tout ça uniquement parce que j'avais peur de lui, de ce qu'il me ferait si je parlais, de ce que les gens penseraient si cela se savait. Et voilà que ma petite sœur, elle, non seulement s'était débattue et était parvenue à lui échapper, mais avait mis fin à ses agissements. Je n'avais pas ton courage, Genna. Je n'ai jamais eu ta force. Et lorsque papa a commencé à dire que tu avais cédé aux forces du mal, que c'était le diable qui t'avait poussée à dire toutes ces choses et que, Dieu soit loué, il lui restait une enfant dont la langue n'était pas souillée par le mensonge... Je voulais dire la vérité, mais je n'ai pas trouvé la force de le faire. Bien des fois j'ai essayé, mais les mots ne voulaient pas sortir.

— Tu m'as laissée me débattre toute seule. Tu les as regardés sans rien dire me tourner le dos, me chasser de leur vie...

— Oui, avoua simplement Crystal, le visage baigné de larmes.

— Sais-tu combien de fois j'ai appelé à la maison rien que pour entendre la voix de maman, ou la tienne ?

— C'était toujours en fin d'après-midi, entre la sortie de l'école et le dîner.

Genna regarda sa sœur, intriguée.

— Je décrochais l'autre téléphone pour entendre ta voix. Je continuais même après que maman avait raccroché, expliqua Crystal.

— Comment pouvait-elle faire une chose pareille ? Comment pouvait-elle raccrocher alors qu'elle savait que j'étais au bout du fil, que je cherchais à la joindre ?

— À l'époque, je crois qu'elle avait déjà perdu pied. Je n'étais pas assez grande pour comprendre tout ce qui se passait et j'ignorais ce qu'était la folie, mais je sais que c'est à cette époque qu'elle a commencé à craquer pour de bon. Elle n'avait jamais osé s'opposer à papa, et cela l'a détruite, petit à petit. Comme cela m'a détruite.

Genna se cacha le visage dans les mains et fondit en larmes.

— Je regrette, dit Crystal.

Craignant que Genna ne repousse tout geste de réconfort de sa part, elle resta là, recroquevillée sur les marches, comme pour se réchauffer.

— Je regrette. Je n'aurais pas dû venir. J'aurais dû laisser tomber. Je suis vraiment désolée. Je me doutais pourtant que c'était une mauvaise idée. Quand j'ai dit à ma psychiatre que je trouvais cette idée stupide, elle m'a dit que cette démarche pouvait avoir le mérite de clore une situation laissée en suspens. Je pensais sans cesse à ce que cela allait te faire. Je crois qu'avec toi, je n'ai jamais su m'y prendre. Tu ne trouves pas ça terrible ? Moi qui t'ai toujours adorée, je n'ai jamais su m'y prendre avec toi.

— Détrompe-toi. Tu as très bien fait. Cette fois-ci, tu as fait ce qu'il fallait.

— Comment peux-tu dire ça ? Regarde-toi : il est évident que tu es bouleversée...

— Tout va bien.

— Tout va bien ? Tu es pliée en deux par la douleur, tu pleures, tu trembles, mais tout va bien ?

— Cela fait dix-huit ans que j'ai mal. Ce n'est pas à cause de toi, Crystal. La douleur était en moi depuis longtemps. Tu as bien fait de venir me parler. Je regrette seulement que tu ne sois pas venue plus tôt. Cela m'aurait peut-être aidée.

— En quoi cela t'aurait-il aidée de savoir que je t'avais pour ainsi dire vendue ?

— C'est ainsi que tu vois les choses ?

— Pas toi ?

— Non. Enfin, je pense qu'il va me falloir un certain temps pour y voir clair. Franchement, ce n'est pas l'envie qui me manque de te ramener à l'arrêt de bus pour te punir de m'avoir laissée m'en sortir toute seule au moment du procès. Je n'ai jamais pu raconter à personne ce que j'éprouvais à l'époque. Tu te sentais peut-être bonne à rien, mais figure-toi qu'on se sent encore plus minable lorsqu'on est abandonné de ses parents. Lorsqu'on se dit qu'on a fait quelque chose de si abominable qu'on ne mérite plus l'amour de ses parents. Surtout lorsque l'abomination en question, c'est d'avoir dit la vérité à propos d'un acte aussi terrible... Si un enfant ne peut même pas se tourner vers ses parents quand une chose pareille lui arrive...

Crystal enfouit son visage dans ses mains, incapable de supporter plus longtemps l'angoisse de sa sœur.

— Mais ce sont eux qui ont fait ce choix, Crystal, pas toi. Toi aussi, tu as été victime. D'eux et de frère Michael, tout comme moi.

— Si j'avais parlé tout de suite, rien de tout cela ne serait arrivé.

— Qu'est-ce qui te fait croire que nos parents auraient réagi différemment vis-à-vis de toi ? Penses-tu vraiment qu'ils t'auraient traitée avec plus de bienveillance que moi, qu'ils ne t'auraient pas abandonnée ?

— Toutes ces autres filles à qui il a fait du mal… j'aurais pu l'empêcher.

— N'importe laquelle de ces filles aurait pu tout arrêter, Crystal. Pourtant, aucune d'elles n'a parlé.

— Toi, si. Tu as tout arrêté.

— Mais je l'ai payé cher.

— Si c'était à refaire, si tu pouvais revenir en arrière, le dénoncerais-tu, sachant que tes parents t'abandonneraient ensuite ?

— Oui. Je le ferais.

— Je me suis posé la question des milliers de fois : que ferais-je si je pouvais revivre ce premier été au camp ? J'aimerais pouvoir dire que je le dénoncerais à temps et qu'il ne vous ferait rien, ni à toi ni aux autres.

Genna, qui s'était levée pour faire les cent pas, se rassit près de sa sœur, sur les marches, et l'attira contre elle.

— C'est terrible d'être aussi jeune et de ne pas savoir comment réagir face à des événements aussi terribles, reprit Crystal. À cet âge-là, on ne sait pas qu'on n'a pas le droit à l'erreur, que si on ne prend pas la bonne décision, on ne pourra jamais se rattraper.

— Il n'est jamais trop tard pour dire la vérité. Tu as bien fait de venir me parler aujourd'hui. Tu m'aides à comprendre des choses qui n'ont cessé de me hanter depuis.

— Lesquelles ?

— Par exemple, le fait que maman ne m'a pas abandonnée parce qu'elle ne m'aimait pas.

— Cela te soulage de savoir qu'elle avait peur de lui ? Cela ne te gêne pas de savoir que la terreur qu'il lui inspirait était plus forte que son amour pour toi ?

— Qui sait exactement les effets que cette peur et les violences qu'il lui a fait endurer ont eus sur elle ? Je pense qu'avec le temps, cela va me permettre de mieux la comprendre. Je me suis toujours demandé comment elle avait pu être une si bonne mère quand nous étions petites et m'abandonner quelques années plus tard.

— Tu te rappelles quand elle nous emmenait chez grand-mère, l'été ? À l'époque, je me disais qu'elle faisait ça pour avoir l'occasion de voir sa famille. Mais maintenant, je me dis qu'elle y allait pour lui échapper, pour vivre quelques jours sans peur qui lui feraient des souvenirs pour l'aider à tenir dans les moments difficiles.

— Tu te rappelles quand grand-mère nous donnait des bonbons à la menthe en cachette, parce que papa nous interdisait de manger des bonbons ? C'étaient de tout petits bonbons enveloppés dans de la Cellophane.

— Et son parfum au muguet ? À chaque printemps, quand je vois du muguet, je pense à elle... Ah, au fait ! J'allais oublier : je t'ai apporté ça.

Crystal prit la main de Genna et y déposa un objet qu'elle avait sorti de sa poche. Genna se tourna vers la lampe accrochée au-dessus de la porte d'entrée pour mieux voir.

— Sa broche en forme de pensée ! Où l'as-tu trouvée ?

— Sous le matelas, avec les photos.

Genna ferma les yeux et se remémora la dernière fois qu'elle avait vu cette fleur en émail bleu et jaune. Sa grand-mère la portait le jour de son soixante-dixième anniversaire. Six mois plus tard, la chère femme mourait.

L'été de la même année, Genna connaissait la chute.

Elle serra le bijou dans sa main, et tous les événements de cette année-là lui revinrent en mémoire, flous. Tant d'images tourbillonnaient dans sa tête que son cerveau lui semblait sur le point d'exploser.

— Tu ne te demandes jamais comment les choses se seraient passées si elle n'était pas morte ? souffla-t-elle.

Crystal hocha la tête.

— Longtemps après sa mort, j'ai souvent eu l'impression de rêver qu'elle revenait nous voir. Mais je ne dormais pas. Elle entrait dans ma chambre et elle s'asseyait au bout de mon lit pour me frictionner les pieds. Elle faisait toujours ça, tu te rappelles ? Et chaque fois, je pensais qu'elle serait encore là le matin venu, que nous partirions te chercher, elle, maman et moi, et que nous irions vivre toutes ensemble chez grand-mère. Sans papa. Elle ne l'aurait jamais accepté sous son toit.

— Tu crois qu'elle savait ? Pour les coups qu'il nous donnait ?

— Lorsqu'elle est revenue me voir après sa mort, elle savait. Je sais que ça semble dingue, et c'est peut-être à cause de ça qu'ils ont commencé à croire que j'étais folle, parce que j'avais des visions d'elle et que je lui parlais. En tout cas, de son vivant, elle n'en savait rien. Elle pensait seulement que papa était un beau salaud. C'est seulement après sa mort qu'elle a compris à quel point elle avait raison.

Après un court silence, Crystal reprit :

— Et toi, tu l'as revue ? Est-ce qu'elle est venue te voir après sa mort ?

— Non. Jamais.

— Je me demande bien pourquoi.

— Elle pensait peut-être que tu avais plus besoin d'elle que moi. Allons, il est tard. Montons.

— Je n'arrive pas à croire que tu veuilles m'accueillir chez toi.

— Nous avons encore une foule de choses à nous dire et à apprendre l'une sur l'autre. Mieux vaut tard que jamais.

Crystal hésita.

— Tu crois que nous pourrons réapprendre à être amies, comme lorsque nous étions petites ?

— Apprenons d'abord à être sœurs. Nous verrons ensuite, pour l'amitié.

Genna resta éveillée dans son lit, essayant d'accepter le fait que sa sœur soit réapparue soudainement et lui ait raconté une histoire qui ravivait la honte et la peur qu'elle avait combattues toute sa vie. Et pourtant, sans qu'elle sache pourquoi, c'était comme si on l'avait soudain débarrassée d'un poids énorme.

Était-il plus facile de penser que sa mère était déséquilibrée ou bien qu'elle ne l'aimait pas suffisamment pour se battre pour elle ? Le fait que son père ait été un tyran domestique, un homme cruel et violent suffisait-il à excuser sa mère d'avoir accepté d'abandonner Genna après le procès ? Cet abandon forcé était-il la raison pour laquelle sa mère avait fini par sombrer dans la folie ? Genna ne le saurait jamais.

Ce qu'elle savait, en revanche, c'était qu'elle n'avait éprouvé aucun chagrin en apprenant la mort de ses parents. Ils étaient déjà morts pour elle, comme elle l'était pour eux, depuis des années. Elle avait fait son deuil. À vrai dire, il y avait toujours un vide dans son cœur, à l'endroit où elle logeait autrefois l'amour qu'elle avait pour eux. Comment réconcilier ce vide avec ce qu'elle venait d'apprendre sur la triste existence de sa mère ? Devait-elle avoir pitié d'elle ou la mépriser ?

Et que penser de Crystal, qui dormait sur le canapé après avoir refusé d'accepter son lit ? Que penser du rôle qu'elle avait joué dans la disgrâce de Genna ? Que se serait-il passé si elle avait parlé autrefois ? Cela aurait-il changé quelque chose, ou leur mère les aurait-elle abandonnées toutes les deux ?

Au fond d'elle-même, Genna était convaincue que leur mère aurait fait tout ce que leur père lui aurait demandé. Elle le revoyait, avec ses petits yeux ronds, sévères et froids, son visage long et mince, comme son nez, ses grandes oreilles légèrement pointues et ses cheveux noirs et lisses.

Soudain, elle se rendit compte qu'elle ne l'avait jamais vu sourire. Ce fut la dernière pensée qui lui traversa l'esprit avant de s'endormir et la première chose à laquelle elle pensa en se réveillant.

— Tu l'as déjà vu sourire ? demanda-t-elle à Crystal, qui avait insisté pour préparer les œufs brouillés et les toasts.

Crystal comprit immédiatement de qui elle parlait.

— Non. Jamais. Pourquoi penses-tu à ça ?

— Je me demandais ce qu'elle lui trouvait. Pourquoi elle était restée avec lui.

— Elle est restée avec lui uniquement par peur. Quant à savoir ce qui l'a attirée chez lui, je n'en ai aucune idée.

Je ne sais pas pourquoi elle l'a épousé. Cela fait des années que je me pose la question. L'a-t-elle seulement aimé ? Et lui, l'a-t-il aimée ? En tout cas, je peux te dire une chose : si c'est ça, l'amour, très peu pour moi.

— Ce n'était pas de l'amour. C'était l'union de deux êtres faibles qui se sont nourris l'un de l'autre et n'ont laissé que le pire derrière eux. Ce n'est pas ça, l'amour.

— Tu as déjà été mariée ?

— Non. Et toi ?

— Non. Tu as déjà failli te marier ?

Genna songea à sa liaison avec John, à tout ce qu'ils avaient partagé. Ils n'avaient pas été loin du mariage.

— Peut-être, une fois.

— Ça n'a pas marché ?

— Non.

— Que lui est-il arrivé ?

— Rien. Nous nous voyons toujours, si c'est ce que tu veux savoir. Enfin, pas très souvent, ces derniers temps.

— Pourquoi ça ?

— Nous sommes… en désaccord.

— Alors, accordez-vous.

— Nous le ferons peut-être un jour.

— Si tu tiens suffisamment à lui, tu le feras.

— Parfois, il ne suffit pas de tenir à quelqu'un.

— Pourquoi dis-tu ça ? Que s'est-il passé avec ce type ?

Genna soupira.

— D'abord, il a disparu pendant près de six mois.

— Vous aviez dû salement vous accrocher !

— Nous ne nous étions pas disputés. Tout allait bien entre nous. Du moins, je le pensais. Et du jour au lendemain, il a disparu. Sans un mot. Envolé.

— Dis donc, ça a dû être dur. Pourquoi est-il parti ? Il avait rencontré quelqu'un d'autre ?

— Non, non, rien de tout ça. John travaillait sur une affaire vraiment éprouvante – il est du FBI, lui aussi. Il s'est laissé prendre au jeu.

— Que veux-tu dire ?

— Une série d'enlèvements et de meurtres d'enfants avaient eu lieu à Baltimore. La presse avait surnommé le coupable « le joueur de flûte », parce qu'il charmait ses victimes et qu'on ne les revoyait plus jamais, comme dans le célèbre conte.

— Je m'en souviens. On ne parlait que de ça dans les journaux. Une sale histoire.

— Eh bien, c'était cela, l'affaire dont s'occupait John. Il n'était qu'un des nombreux agents à travailler sur le dossier quand Woods – c'est ainsi que s'appelait réellement le joueur de flûte – l'a pris en affection. Au début, il l'appelait rien que pour lui parler. Ensuite, il a commencé à l'appeler pour lui donner des détails sur ses crimes. Et puis, un jour, il s'est mis à l'appeler pour lui parler des crimes qu'il s'apprêtait à commettre, comme pour défier John de le pincer. Pour finir, il a appelé John pendant qu'il était en train de… faire ce qu'il faisait.

— J'ai vu ça sur CNN. Je me rappelle qu'à l'époque, j'ai essayé d'imaginer ce que cela devait représenter d'être obligé d'écouter… enfin, ce que cet agent a été obligé d'écouter.

— Cela l'a détruit. Après l'arrestation de Woods, une fois la paperasse terminée, John est parti en congé tout seul.

— On ne peut pas lui en vouloir.

— Non, tu n'as pas compris : il est parti sans rien dire à personne.

— Même pas à toi ?

Genna hocha la tête.

— Effectivement, tu devais être dans tous tes états, si tu ignorais où il était.

— J'ai fini par le découvrir. Il était chez sa sœur, au bord de la mer, dans le New Jersey. Il disait qu'il essayait de se remettre les idées en place.

— Il a réussi ?

— Quoi ?

— À se remettre les idées en place.

— Oui, au bout d'un certain temps.

— Tant mieux pour lui. J'aurais bien aimé que ce soit aussi facile pour moi. Bien sûr, je ne dis pas que cela a été facile pour lui. Quand on est face à soi-même et que tout tombe en morceaux, rien n'est facile. Tu as dû être fière de lui.

— J'étais fière de lui. En arrêtant Woods, il a sauvé la vie d'un grand nombre d'enfants.

— Je voulais dire que tu as dû être fière qu'il ait réussi à régler ses problèmes.

— J'aurais préféré qu'il me tienne au courant, qu'il me laisse l'aider.

— Qu'aurais-tu pu faire pour l'aider, à ton avis ?

— J'aurais pu être là…

— Pour faire quoi ? Le regarder souffrir ? Parfois, il vaut mieux ne rien faire et laisser les gens se débrouiller tout seuls. Crois-moi : quand tu fais le ménage là-dedans, tu n'as pas envie que quelqu'un soit là pour regarder.

— Mais de quel côté es-tu ?

— Ce n'est pas une histoire de côté. C'est comme ça, voilà tout. Il y a des voyages que l'on doit accomplir seul. Apparemment, ton John a fait l'un de ces voyages. Réjouis-toi qu'il en soit revenu. Il a dû en baver un maximum.

— Oui, mais moi aussi.

— On ne parlait pas de toi.

Genna se tut, indignée que Crystal ne voie que les intérêts de John dans cette affaire.

— Et maintenant, où en est-il ? reprit Crystal. Il travaille ?

— Oui. Pour faire court, il a pris un congé de six mois durant lequel il a complètement disparu de la circulation, puis il a suivi une thérapie et a repris le travail.

— Ça m'impressionne qu'il ait réussi. Ce doit être quelqu'un.

— C'est quelqu'un. En plus, c'est un grand brun absolument craquant, ce qui ne gâche rien.

— Rien à jeter, si je comprends bien. Et tu n'as pas voulu lui pardonner de t'avoir quittée six mois ?

— Ces six mois m'ont paru interminables. Il m'a brisé le cœur.

— Les cœurs brisés se réparent beaucoup plus facilement que les cerveaux en miettes. S'il a guéri, tu peux le faire aussi.

— C'était dur, sans lui. C'est quelqu'un de formidable. Tout le monde l'aime. Même Patsy. Elle l'adore.

— Patsy ?

— Patsy Wheeler, ma mère adoptive.

Genna se rendit dans la salle à manger, munie du café et de deux assiettes. Crystal la suivit avec les tasses.

— C'était comment de vivre chez quelqu'un d'autre ?

— À côté du foyer d'où je venais, la vie chez Patsy, c'était le paradis.

— Elle était riche ?

— Non, juste... normale. C'était... enfin, c'est une femme équilibrée, heureuse, travailleuse, incroyablement aimante et généreuse.

— Comment se fait-il que le juge t'ait confiée à elle ? Je ne l'ai jamais compris.

— Eh bien, j'ai été accompagnée par une assistante sociale avant et durant le procès. Lorsqu'il est devenu clair que mes parents m'avaient tout simplement abandonnée là, dans la salle d'audience, il a bien fallu prendre une décision. Soit obliger mes parents – qui, à l'évidence, ne voulaient pas de moi et qu'on soupçonnait d'exercer des violences sur moi – à me ramener chez eux, soit les déchoir de l'autorité parentale jusqu'à ce qu'ils fassent les démarches pour me récupérer et, en attendant, me placer chez quelqu'un que je connaissais et en qui j'avais confiance. Quelqu'un qui soit connu et approuvé par la justice et les services sociaux. Étant donné les circonstances, le choix a été vite fait.

— Tu dis que Patsy était déjà connue de la justice ?

— Elle avait déjà accueilli un certain nombre d'enfants : sa nièce travaillait au service de la protection de l'enfance, et on appelait souvent Patsy pour placer des enfants chez elle. Cette fois-là, c'était moi. Je crois que personne n'a vraiment cru que je m'étais cassé le bras en tombant dans l'escalier. Je pense qu'à la fin du procès, les assistantes sociales, le juge, les journalistes, tout le monde craignait qu'il ne m'arrive malheur si je retournais chez mes parents.

Genna alla chercher les œufs brouillés avant de poursuivre son récit.

— C'est pourquoi on m'a confiée à Patsy, une fois les démarches officielles effectuées. C'est probablement la meilleure chose qui me soit arrivée. Patsy m'encourageait à tout faire, toutes ces choses qu'il interdisait : lire, aller au cinéma, faire du roller ou du vélo. Toutes ces choses inutiles et frivoles dont les enfants raffolent. Tous les dimanches après-midi, Patsy m'emmenait au cinéma. Ensuite, nous dînions en ville, toujours dans un endroit intéressant. Je découvrais chaque fois des cuisines différentes. Parfois, le soir, nous regardions un film à la télévision, en mangeant du pop-corn et des glaces. Si le film était triste, nous pleurions ensemble en nous passant la boîte de mouchoirs. Si c'était une comédie, nous riions à nous tenir les côtes. Et puis, il y avait toujours de la musique chez elle. Patsy adore la musique ! Elle a une voix horrible quand elle chante, mais cela ne l'empêche pas de pousser la chansonnette dès que l'envie lui prend.

— Elle a l'air formidable.

— Elle l'est. Elle m'a transmis son amour de la vie. Elle m'a fait découvrir le théâtre – elle adore ça aussi. Nous allions au théâtre à Pittsburgh, et parfois même, pour les occasions spéciales, nous prenions le train jusqu'à New York pour aller voir une pièce à Broadway. Pour la première fois, je vivais pour de bon, avec elle, mais j'étais à vif, à l'intérieur. Avec Patsy, j'ai appris à rire, à chanter, à me sentir une personne à part entière. Et en même temps, j'étais persuadée d'être mauvaise, si mauvaise que mes parents ne voulaient pas de moi. En résumé, d'un côté, j'avais un foyer extraordinaire, une mère adoptive adorable, qui m'aimait et m'offrait le monde sur un plateau, et de l'autre côté, je savais que je ne méritais rien de tout cela.

— Comment as-tu fait pour réconcilier le tout ?

— Grâce à un excellent psychologue pour enfants. Et aussi grâce aux efforts immenses de Patsy. Sans elle, je n'aurais jamais survécu à tout cela. C'est un ange.

— Tu as suivi une thérapie, toi aussi ?

— Depuis le jour où Patsy m'a prise chez elle jusqu'à ma deuxième année de lycée. Patsy a tout de suite compris que j'allais avoir besoin d'aide et elle a veillé à m'en procurer. C'est elle qui m'a laissée décider du moment où j'arrêterais.

Les deux jeunes femmes se regardèrent longuement. Puis Genna reprit la parole.

— C'est incroyable, ce qu'ils nous ont fait, tu ne trouves pas ? Et pourtant, nous sommes toujours là. Nous avons survécu. Malgré tout ce qu'ils ont fait, ils ne nous ont détruites ni l'une ni l'autre.

— Je regrette de ne pas avoir connu Patsy.

— Moi aussi, je regrette qu'elle n'ait pas pu s'occuper de toi, à l'époque. Ta vie aurait été différente. Mais tu peux toujours la rencontrer maintenant. Je ne connais personne dont la vie n'ait pas été avantageusement transformée après avoir fait sa connaissance.

Genna sirota son café en songeant aux années que Crystal avait passées sous le toit de leurs parents et aux conséquences que cela avait eues sur elle.

Pour la première fois de sa vie, elle commençait à penser que la meilleure chose que ses parents aient faite pour elle, c'était de l'avoir abandonnée.

Ce fut aussi la réaction de John lorsqu'il l'appela le lendemain soir et qu'elle lui annonça la visite surprise de sa sœur.

— Ta sœur ! C'est formidable, Genna. Comme je suis content pour toi ! Comment va-t-elle ?

— Je ne sais pas vraiment, pour l'instant.

Genna lui raconta les viols subis par Crystal et sa décision de ne pas dénoncer frère Michael.

— Quel âge avait-elle à l'époque ?

— Onze ou douze ans, je crois.

— Tu imagines ce qu'elle a enduré ?

— J'essaie. C'est si compliqué, tout ça. Je pense à ce que j'ai subi, à ce qu'elle a subi… et je me dis que j'ai eu beaucoup plus de chance qu'elle.

— Ironie du sort, tu ne trouves pas ?
— Qu'est-ce qui est ironique ?
— Que finalement, cet abandon soit loin d'être la pire chose que t'aient faite tes parents.
— C'est ce que je me disais hier. Crystal a eu une existence atroce, des difficultés terribles à surmonter. Rien à voir avec ce que j'ai connu chez Patsy. Toutes ces années à subir la violence, puis l'internement dans un hôpital…
— Comment ?
— Je parlais de Crystal. Elle a fait une dépression et une tentative de suicide…
— C'est vraiment triste. Elle a dû en baver un maximum.
« C'est exactement ce qu'elle a dit à propos de toi », songea Genna. Que penserait John s'il apprenait qu'elle avait parlé de lui avec sa sœur la veille ?
— Au fait, pourquoi est-elle venue te voir ? reprit John. Pourquoi maintenant ?
— Je pense qu'elle avait besoin de le faire, de me dire la vérité en face, pour pouvoir aller de l'avant. Je crois que cela l'a torturée toutes ces années et qu'elle n'arrivait pas à l'oublier.
— Je ne voudrais pas jouer les psychologues amateurs, mais j'ai comme l'impression qu'elle a besoin que tu lui pardonnes pour pouvoir se pardonner à elle-même.
— C'est aussi mon avis.
— Et alors ?
— Je crois que je lui ai pardonné. Ce n'était qu'une enfant, à l'époque.
— Mais toi aussi. Pourquoi aurait-elle droit à ton indulgence ?
— Elle m'a dit hier qu'elle n'avait jamais eu ma force, et c'est vrai. C'était l'aînée, mais elle n'a jamais su faire face à quoi que ce soit. Ni à nos parents ni aux autres enfants à l'école. Ni même à moi. C'était toujours elle qui fuyait, qui refusait de relever les défis. Elle choisissait toujours la solution de facilité.

— Mais elle ne l'a pas fait cette fois-ci.

— Non.

— Je pense qu'il n'est jamais trop tard pour arranger les choses.

— C'est à peu de chose près ce que je lui ai dit. Je sais que cela n'a pas dû être facile pour elle de venir me dire tout ça. Je l'admire de l'avoir fait.

— Bien, bon début. Et ensuite ?

— J'aimerais qu'elle reste avec moi un moment. J'avais envie de l'emmener chez Patsy.

— Et qu'en pense Patsy ?

— À ton avis ? Elle a hâte de faire la connaissance de Crystal et de la prendre sous son aile. Tu la connais : dès qu'elle soupçonne une blessure chez quelqu'un, il faut qu'elle la guérisse. Je pensais y aller en voiture ce week-end.

— La route est longue. Tu ne préfères pas y aller en avion ?

— Je me disais que cela nous donnerait plus de temps, à Crystal et à moi…

— Je vois : une sorte de voyage initiatique pour renouer les liens entre sœurs.

— Oui, c'était l'idée. Mais il se trouve que c'est Patsy qui va faire le chemin, car elle ne voulait pas attendre le week-end. D'ailleurs, Crystal ne se sentait pas prête à se rapprocher autant du camp.

— J'oubliais que le cottage de Patsy se trouvait tout près. J'espère que Crystal est consciente de l'honneur que lui fait Patsy en quittant son cher lac en pleine saison de pêche ?

— Je le lui ai dit ! Elle est un peu anxieuse à l'idée de rencontrer Patsy, mais je pense que ça va aller.

— J'ai hâte de faire sa connaissance, moi aussi.

— Je tiens à te la présenter. En dehors de Patsy, je n'ai pas de parent proche.

— En tout cas, j'ai l'impression que vous êtes reparties du bon pied, toutes les deux. J'en suis heureux pour toi, Genna. Vraiment.

— Merci. Je dois avouer que sa visite et ses révélations m'ont bouleversée, mais en fin de compte, je suis heureuse qu'elle soit venue. Je pensais ne plus jamais la revoir. À vrai dire, depuis longtemps, j'essayais de ne plus penser à elle du tout. J'avais trop mal.

— Encore une blessure que tu vas pouvoir oublier.

— Je l'espère.

— Combien de temps va-t-elle rester chez toi ?

— Je ne sais pas exactement. Elle n'a ni travail ni logement. Pour l'instant, elle vit dans un foyer. J'ignore si elle a des projets et, franchement, je n'ai pas envie de lui poser la question. Je ne voudrais pas qu'elle s'imagine que j'essaie de savoir quand elle compte partir.

— Donc, elle va rester un moment ?

— Je pense que oui.

— Dans ce cas, dès que nous en aurons terminé ici, je t'appellerai. Nous pourrions peut-être organiser une petite réunion.

— Ça marche. Et maintenant, quelles sont les dernières nouvelles de votre mystérieux kidnappeur ?

— Rien de rien. Je suis à cran. Ce type ne laisse absolument aucune trace derrière lui. Pas le moindre indice sur les lieux des crimes. De toute façon, nous ne savons même pas exactement où se situent les lieux des crimes, puisque nous ignorons où ont été enlevées ces femmes.

— Mais tu continues à croire que ces enlèvements sont liés, qu'ils sont tous l'œuvre d'un même homme ?

— Plus que jamais.

— Où emmène-t-il ces femmes ? Est-ce qu'il les tue ? Où les enterre-t-il ? Que leur fait-il ?

— Ce sont les questions que je me pose depuis le début. Et toujours pas de demande de rançon, aucune prise de contact avec les familles des victimes. Franchement, je commence à penser que ces femmes ne sont plus en vie. Où pourrait-il les garder captives et en vie pendant des semaines sans que personne s'en aperçoive ?

— Tu ne sembles pourtant pas persuadé qu'elles soient mortes.

— Je ne suis plus persuadé de rien. J'ai le sentiment que ce ravisseur est en train de se constituer une collection de femmes selon un ordre bien précis, mais j'ignore pourquoi. C'est comme s'il suivait une liste, un plan stratégique. Ses actes ne correspondent à aucun des schémas que je connaisse. D'ordinaire, arrivés à ce degré de réussite, les criminels sont moins prudents et commettent des erreurs. Mais celui-ci a fait un sans-faute. Nous nous retrouvons le bec dans l'eau. Et nous n'avons pas avancé d'un millimètre depuis le premier enlèvement.

— Vous allez forcément finir par découvrir quelque chose.

— Prie pour que ce soit le plus tôt possible. Nous ne savons pas combien de femmes il a encore sur sa liste, ni ce qu'il fera quand il les aura toutes trouvées.

13

— Jennifer Duncan.

Le seul fait de prononcer ce nom le fit sourire. Il le répéta, en tenant la photo en l'air, comme pour lui rendre hommage. Ce qui était le cas, au fond.

— Jennifer Duncan.

N'avait-elle pas été sa première, sa toute première ? Il soupira et se souvint.

Son regard terrorisé l'avait stimulé, et son désir avait atteint de telles proportions qu'il avait failli ne pas y arriver.

Même à présent, en fermant les yeux, il revoyait tout avec une incroyable acuité. Plus tôt, ce jour-là, il était allé dans la forêt installer le décor du drame qui allait s'y jouer lorsque la lune serait haut dans le ciel. Il était si excité qu'il se demandait s'il allait pouvoir mener son projet à bien. Mais de toute façon, les images qui l'avaient hanté tout l'été étaient devenues si puissantes, et son besoin si pressant, qu'il ne pouvait plus les ignorer.

Par la suite, dans ses moments les plus sombres, le souvenir de celle-là, de cette première fois, lui avait plusieurs fois remonté le moral. Après tout, à travers elle et les autres, n'avait-il pas accompli son devoir ? N'avaient-elles pas été placées sur son chemin pour le tenter ? N'était-il pas de son devoir de purifier leurs corps par le sien ? Une fois persuadé que la purification était la seule façon d'assurer le salut de leur âme, il n'avait plus eu le choix. Il était évident qu'il avait été choisi pour accomplir cette tâche, lui, le berger chargé de conduire les enfants loin du péché. N'était-ce pas la raison même de sa venue sur terre ?

Aussi Jennifer Duncan, onze ans, avait-elle été la première agnelle égarée qu'il avait prise sous son aile, la première à être purifiée par sa semence.

Elle avait aussi été l'une des premières à briser la loi du silence. Et l'une des premières à être capturée.

Laquelle de ses nuits avec elle avait été la plus mémorable ? La toute première ou la dernière, qui remontait à quelques semaines à peine ?

Malheureusement, elle avait aussi été la première à partir.

Il secoua la tête. Tout cela à cause d'une erreur de calcul : il n'avait pas correctement évalué le temps qu'elle pourrait tenir sans eau.

Il n'avait pas pensé que la chaleur augmenterait son besoin de s'hydrater. Il aurait dû, pourtant. Mais il devait penser à tant de choses à la fois ! Les autres pouvaient la remercier : grâce à Jennifer, il faisait plus attention, à présent.

Il contempla encore un moment la photo avant de la ranger dans l'enveloppe. Un jour, il prendrait le temps de composer un album. Il sourit à l'idée d'avoir un souvenir de ses plus belles heures, puis rit franchement en songeant au titre qu'il donnerait à cet album – un album très épais, assurément.

Le titre ?

Comment j'occupais mes grandes vacances.

14

— … et voici Genna le jour de la remise des diplômes, disait Patsy au moment où l'intéressée rentra chez elle.

Patsy et Crystal étaient confortablement installées sur le canapé, autour d'une boîte pleine de photos.

— Mais enfin, Patsy, que fais-tu ?

— Je donne l'occasion à Crystal de connaître un peu la jeunesse de sa sœur, répondit Patsy sans même lever les yeux. Donc, c'était la remise des diplômes…

— Au lycée ? demanda Crystal.

— Non, à l'université. Genna a obtenu son diplôme *magna cum laude*. Bien entendu, j'ai un agrandissement de cette photo encadré dans mon salon, à Tanner.

— L'université ? s'étonna Crystal en regardant sa sœur. Tu es allée à l'université ?

Genna hocha la tête.

— Où ça ?

— À la Bloomsburg University. C'est en plein milieu de la Pennsylvanie.

— Tu étudiais quoi ?

— Biologie et sciences de l'éducation. J'avais envie d'enseigner dans un lycée.

— Et tu l'as fait ? Enseigner dans un lycée ?

— Oui, pendant deux ans.

— Pas assez longtemps, marmonna Patsy.

Genna vint s'asseoir sur le coffre en bois qui servait de table basse.

— Dans la famille, tu es la première à être allée à l'université, remarqua Crystal d'un air gêné. Moi, je n'ai même pas terminé le lycée.

— Pourquoi donc ?

— Parce que papa a perdu son église après... enfin, à cause de cette histoire avec frère Michael. M. Homer était tellement bouleversé...

Crystal se tourna vers Patsy pour lui expliquer la situation.

— Frère Michael était le frère de M. Homer, vous l'aviez peut-être compris. Et M. Homer était quelqu'un d'important dans la paroisse de mon père. Il a estimé qu'il n'était pas convenable que papa reste là après... enfin, après les événements.

— Alors, où êtes-vous partis ? demanda Patsy.

— D'abord, nous sommes retournés dans le Kentucky. Papa a repris son travail de prédicateur là-bas, puis nous sommes partis en Virginie-Occidentale, avant de revenir un moment dans le Kentucky. Nous ne restions jamais longtemps au même endroit. C'est la raison pour laquelle je n'ai pas réussi à finir mes études secondaires... Et puis, maman allait de plus en plus mal. Elle pleurait tout le temps et refusait de sortir. Elle allait si mal qu'elle ne se rendait presque plus à l'église, ce qui, bien sûr, rendait papa fou furieux.

— Ta mère a fait une dépression ? demanda Patsy avec douceur.

— Oui. Oh, ce n'est pas un psychiatre qui l'a dit, vous savez. Papa n'aurait jamais permis qu'elle aille consulter un médecin. Il croyait à la guérison par la foi et n'avait aucune estime pour le monde médical. Mais par la suite, j'ai appris à reconnaître les symptômes.

— Genna m'a dit que tu avais été hospitalisée, toi aussi, dit Patsy avec le plus grand naturel.

— Oui. À plusieurs reprises, pendant des années.

— Suis-tu toujours un traitement ?

— Patsy ! s'exclama Genna, indignée.

— Ne t'en fais pas, Genna. Patsy essaie simplement d'instaurer des règles. Je suis d'accord. On ne se cache rien, c'est bien ça, Patsy ?

— Exactement, répondit Patsy.

— Effectivement, je suis toujours un traitement. Je vis dans un foyer de réinsertion, mais sous surveillance.

— Pourquoi ? Que pourrait-il arriver si tu n'étais plus surveillée ?

— Les médecins se demandent si je n'essaierais pas encore de me suicider.

— Je vois. Le ferais-tu ?

— Je ne crois pas. Il y a quelques semaines, peut-être... Je ne sais pas. Mais tout est différent aujourd'hui. J'ai fait beaucoup de ménage dans ma tête ces derniers jours.

— Les gens du foyer savent-ils où tu es ?

— J'ai appelé hier. Ils voulaient que je rentre sur-le-champ. Ils voulaient m'envoyer quelqu'un pour me ramener. Mais je ne suis pas prête à rentrer tout de suite. Et Genna m'a dit que rien ne m'y obligeait.

— Évidemment. Je me disais seulement que tu étais peut-être censée prendre des médicaments ou suivre des séances de thérapie et que tu te débrouillais sans, répondit Patsy en lui tapotant le genou.

— J'ai apporté suffisamment de médicaments pour tenir plusieurs semaines. Mais il est vrai que je suis censée suivre une thérapie deux fois par semaine. J'ai déjà sauté les séances de la semaine dernière et ma psychiatre n'était pas très contente.

— Bien, et que comptes-tu faire ?

— Je... je ne sais pas.

— Nous pourrions peut-être l'appeler et voir ce qu'elle en pense.

— Elle en pensera sûrement que vous devriez me renvoyer au foyer, étant donné que c'est l'administration du Kentucky qui paie mon traitement.

— Dans ce cas, nous lui demanderons si elle n'a pas une autre solution. Et je pourrai peut-être t'aider à trouver quelque chose qui te convienne pendant que tu seras ici, aussi longtemps que durera ton séjour.

« Cela ne fait aucun doute, songea Genna en allant préparer le dîner. Patsy a-t-elle déjà baissé les bras devant un problème ? »

Genna ne fut nullement surprise de découvrir que Patsy avait déjà commencé à préparer le dîner. Il lui suffit de humer l'air de la cuisine pour savoir qu'un poulet rôti finissait de cuire dans le four et, à moins que son odorat ne lui jouât des tours, que le gâteau en train de refroidir sur la gazinière était une tourte aux pêches.

— Patsy Wheeler, je crois que je vais me trouver mal. Ton dîner est en retard d'une heure !

— Je sais que c'est un choc, mais parfois, il y a des circonstances qui méritent qu'on fasse une entorse à ses habitudes. Je crois que c'est le cas ce soir. Je tenais à ce que nous dînions toutes les trois ensemble.

— Merci, Patsy.

— Il n'y a vraiment pas de quoi. Allons, va te changer pendant que Crystal et moi apportons tout ça à table.

— J'en ai pour une minute.

— Prends ton temps, ma grande. Crystal, ma chérie, il est temps que tu commences la vinaigrette dont tu m'as parlé. Faut-il de l'ail ? Bon, vas-y, je vais te le hacher...

Au cours des jours suivants, Genna vit la magie de Patsy opérer peu à peu. Elle obligeait Crystal à sortir de plus en plus de sa coquille et gagnait sa confiance par des actes apparemment anodins. Aussi, quand Patsy proposa à Crystal d'aller consulter le docteur Berger, un psychiatre de ses amis qui possédait justement un chalet de l'autre côté du lac, Crystal n'hésita-t-elle guère. Le docteur Berger pourrait appeler la thérapeute de Crystal dans le Kentucky et se faire envoyer son dossier et ses ordonnances – si toutefois Crystal était d'accord et avait envie de rester plus longtemps.

Crystal envisageait en effet de prolonger son séjour.

— Je vais appeler Nancy, si cela ne t'ennuie pas, ma chérie, annonça Patsy le vendredi soir. Je ne voudrais pas qu'elle s'inquiète, bien qu'elle n'ait aucune raison de se faire du souci, étant donné que mon chien de garde est toujours là, dans la maison en face de la mienne. D'ailleurs, cela me fiche les chocottes de savoir que quelqu'un surveille ma maison en permanence.

— Qui surveille ta maison en permanence ? demanda Genna.

— Tu sais bien, cet agent de sécurité qu'a fait venir Brian. Je sais qu'il ne faut pas juger les gens sur des impressions, mais ce Kenny Harris me donne vraiment la chair de poule, parfois.

— Patsy, voilà qui ne te ressemble vraiment pas.

C'était en effet un jugement peu charitable de la part de Patsy, qui cherchait toujours à voir ce qu'il y avait de mieux chez une personne.

— Qu'est-ce qui te dérange chez lui ?

— Je ne saurais le dire... Il ne parle presque pas. Il reste assis sous le porche, derrière la moustiquaire, et quand on traverse la route pour lui dire un mot, c'est à peine s'il ne vous repousse pas.

— Il est peut-être timide, tout simplement, suggéra Crystal.

— Peut-être.

— C'est bien la première fois que la timidité de quelqu'un t'arrête, plaisanta Genna. Je parie qu'avant la fin de l'été, il te mangera dans la main.

— Nous verrons.

— Je ne connais personne qui te résiste, Patsy. Tu ferais fondre les verrues d'un crapaud, si tu voulais.

— Je considère cela comme un compliment et t'en remercie.

— Viens sur le balcon, demanda Crystal en entraînant Genna. J'ai quelque chose à te montrer...

Crystal ouvrit la baie vitrée et s'effaça pour permettre à sa sœur de sortir sur le balcon.

— Tu ne trouves pas que c'est beau ? demanda Crystal en montrant les jardinières.

Celles-ci débordaient de pétunias violets et roses ainsi que d'une sorte de lierre.

— C'est absolument magnifique ! s'exclama Genna. C'est Patsy qui a fait ça ?

— Patsy et moi, pendant que tu étais au travail. Nous sommes allées choisir les fleurs ensemble, puis elle m'a montré quelle terre mettre dans les jardinières. Franchement, la vieille terre qu'elles contenaient était dure comme de la pierre.

— Je crains de ne pas avoir la main verte. Tous les ans, Patsy garnit ces mêmes jardinières, et tous les ans, je me laisse prendre par le travail et j'oublie de m'en occuper.

— Moi, en tout cas, je veillerai à ce que ces fleurs soient arrosées. Enfin, tant que je serai là.

— Cela me rendra service. Tant que tu seras là.

— À ce propos, Patsy m'a dit que nous devrions partir dans un jour ou deux. Le docteur Berger ne peut pas me recevoir avant mardi. Donc, Patsy a dit que nous partirions d'ici dimanche. Et ensuite... qui sait ce que l'avenir nous réserve ?

— Ensuite, tu pourras revenir ici avec moi, mais je sais que Patsy sera ravie de te garder un moment auprès d'elle.

— Elle me l'a proposé. C'est incroyable ce qu'elle est gentille. C'est vraiment un ange, comme tu me l'avais dit. Je n'ai jamais connu quelqu'un comme elle.

— Je regrette que tu ne l'aies pas rencontrée plus tôt.

— Moi aussi. Je ne serais peut-être pas dans l'état où je suis aujourd'hui. Cela dit...

Crystal se tut et contempla le bosquet qui s'étendait au loin, après le parking.

— Cela dit ?

— Je me disais justement que je me sentais beaucoup mieux depuis quelques jours et que je pourrais peut-être arrêter les médicaments.

— Ne plaisante pas avec ça. Laisse les médecins en juger. Dans un certain temps, tu pourras peut-être commencer à diminuer les quantités, mais je pense qu'il ne faut pas arrêter ton traitement sur un coup de tête.

— Tu as sûrement raison. En tout cas, après ces quelques jours en compagnie de Patsy, je comprends mieux pourquoi tu es devenue ce que tu es. Je mentirais si je prétendais que je ne suis pas jalouse.

— Désolée, Crystal. Si je pouvais remonter le temps et changer le cours des choses, je le ferais.

— Je le sais. Et je te suis reconnaissante de bien vouloir partager Patsy avec moi et de me faire une place dans ta vie après tout ce qui...

— Cesse d'y penser, Crystal. Nous ne pouvons pas changer le passé.

— Je suis simplement impressionnée par tout ça. Par la façon dont tu me traites, malgré... D'accord, je n'en parle plus.

— Bien. Et maintenant, si on s'asseyait et si tu m'expliquais où tu as appris à faire des soufflés au citron comme celui que tu as fait hier soir ?

Quand le dimanche matin arriva, Genna n'en pouvait plus. Elle vivait seule depuis plusieurs années et ne partageait son espace vital qu'occasionnellement, chez Patsy, au bord du lac. Aussi la vie à trois dans son petit appartement commençait-elle à lui peser sérieusement. C'est pourquoi le lendemain soir, après le travail, elle fut surprise d'éprouver une certaine déception lorsqu'elle rentra chez elle et retrouva le calme après lequel elle soupirait tant la veille encore.

— Il faudrait que je sache ce que je veux, marmonna-t-elle en passant en revue les restes stockés par Patsy dans le réfrigérateur.

Elle se coupa de fines tranches de rôti froid, qu'elle ajouta à une salade composée agrémentée de tomates.

— Évidemment, elles ne viennent pas de la ferme des Frick, avait dit Patsy.

— Je regrette vraiment, avait répondu Genna.

Patsy s'était éloignée avec un haussement d'épaules.

— Mme Frick te manque.

— Oui. C'est quelqu'un que j'aime beaucoup.

— Tu ne penses tout de même pas qu'elle t'en veut pour...

— Bien sûr que non. Les Frick n'ont plus de stand au bord de la route depuis plusieurs semaines. J'ai appris qu'ils vendaient tout au marché de Wick's Grove... Enfin, cela m'a donné l'occasion de faire la connaissance des gens qui ont racheté la ferme des Dreshers, de l'autre côté du lac. Ils ont des produits de qualité. Et ils sont débordés depuis que la concurrence a disparu… C'est dommage, voilà tout.

— Les motards traînent toujours dans le coin ?

— J'en aperçois un ou deux de temps en temps. Mais je n'ai pas eu l'impression qu'ils ralentissaient en passant devant la maison. Ils ne font que passer sans se mêler des affaires des autres. Je crois qu'ils empruntent notre route simplement parce que ça leur fait un raccourci.

— Kenny Harris est-il au courant ?

— Sûrement : il est toujours assis sous son porche quand les motards passent. Mais ils n'embêtent vraiment personne.

— Et Brian, est-il au courant ?

— J'imagine que oui, puisque, après chaque passage des motards, Kenny sort son téléphone. Je suppose que Brian lui a demandé de l'appeler chaque fois qu'il verrait passer quelqu'un qui ne réside pas au bord du lac.

Genna n'avait pas insisté, mais s'était promis d'appeler Brian et de lui parler des motards.

— Il paraît que tante Patsy a une nouvelle petite protégée, déclara ce dernier lorsqu'elle le rejoignit.

— En effet, et j'imagine que tu sais de qui il s'agit.

— Genna, je suis vraiment ravi pour toi. Je sais qu'elle te manquait.

— C'est vrai. Mais tout n'est pas rose… Patsy t'a sûrement parlé de ses problèmes de santé ?

— Oui, mais je suis persuadé que quelques semaines en compagnie de Patsy feront des miracles pour ta sœur.

— Moi aussi. Je suis sûre que Crystal ne sera plus la même d'ici la fin de l'été.

— Et maintenant, laisse-moi deviner les raisons de ton appel. Ne te demanderais-tu pas, par hasard, ce que mon agent de sécurité a découvert au cours de ces dernières semaines ?

— Je ne peux rien te cacher, Brian.

— Je m'attendais que tu m'appelles. Tu n'es pas du genre à te désintéresser de ces choses-là. Alors, allons-y. J'ouvre mon livre de bord.

Genna entendit des froissements de papier, puis Brian se mit à lire.

— Je vois là que nos petits copains les motards passent chaque jour devant la maison. Le vigile les a filmés, d'ailleurs, de sorte que nous avons pu les identifier.

— Certains ont-ils été interpellés dans le cadre de l'affaire Frick ?

— Non. Ce groupe-là fait profil bas. Ce qui, évidemment, ne veut pas dire grand-chose quand il s'agit de criminels.

— Ils ont été libérés sous caution ?

— Eh oui. Pas les amish, mais les autres sont sortis dès qu'ils ont pu réunir l'argent.

— Je croyais que le juge avait fixé exprès une caution d'un montant très élevé ?

— C'était le cas. Mais ces gars-là font partie d'une grosse organisation pour qui l'argent n'est pas un problème. Donc... oui... ils passent quotidiennement devant chez Patsy, mais sans jamais s'arrêter, semble-t-il. Je pense qu'il s'agit uniquement d'une tactique d'intimidation, pour le moment.

— On voit bien qu'ils ne connaissent pas Patsy.

— Tu l'as dit ! S'ils la connaissaient, ils comprendraient qu'ils perdent leur temps. Il faut beaucoup plus que quelques gars patibulaires à moto pour l'intimider.

— Tu es bien certain qu'ils ne se sont jamais arrêtés devant chez elle ?

— Absolument. Pas une seule fois. S'ils l'avaient fait, tante Patsy les aurait sûrement invités à boire un verre de thé glacé et à goûter son cake.

— J'espère qu'elle prend la menace un peu plus au sérieux que ça.

— Tu la connais : elle pense sincèrement qu'il y a du bon en chacun de nous et qu'il suffit de creuser suffisamment pour le découvrir.

— Et s'ils venaient la nuit, par-derrière, par le lac...

— Nous le saurions à l'avance.

— Comment ? Kenny Harris voit dans le noir ? Il ne dort jamais ?

— On a infiltré le groupe.
— Tu veux dire que l'un de ces motards…
— … est un policier ? Oui.
— Donc, tu n'es pas inquiet ?
— Je suis soucieux, mais pas inquiet. Entre notre taupe et Harris qui surveille le chalet, je crois que nous avons pris toutes les précautions possibles. Nous surveillons aussi les nouveaux habitants autour du lac, particulièrement les locataires.
— Tu as fait faire une petite enquête ?
— Vraiment petite. J'ai pu la justifier en prétendant que Patsy avait été menacée. Rien de très lourd. Pas d'écoute téléphonique ni de caméra de surveillance. Nous laissons cela aux gens du FBI !
— Sache que je n'ai jamais eu recours à ces procédés, répondit Genna d'un ton faussement offensé.
— À d'autres !
— Bien. As-tu appris quelque chose d'intéressant sur les voisins de Patsy ?
— Pas vraiment.
— Cela ne me surprend pas. Les gens qui viennent dans des endroits comme Bricker's Lake ne cherchent que le calme et la tranquillité.
— Apparemment, oui. Cela dit, il y a la voisine immédiate de Patsy…
— Nancy ? Qu'as-tu trouvé sur elle ?
— Pas grand-chose, justement. Évidemment, nous n'avons pas demandé d'enquête approfondie, mais il n'y a rien sur elle. Il se peut qu'elle soit fraîchement divorcée et qu'elle ait repris son nom de jeune fille, va savoir. Ma mère dit que ça ne l'étonnerait pas.
— Que veux-tu dire ?
— Ma mère n'aime pas beaucoup cette femme.
— Pourquoi donc ? Je ne connais pas bien Nancy, mais elle m'a paru plutôt agréable, et elle a été une excellente compagne pour Patsy depuis le début de l'été.
— Je n'en doute pas, et je pense que ceci explique cela : maman craint peut-être que Patsy ne finisse par lui

préférer Nancy. D'ailleurs, elle n'aime pas non plus l'agent de sécurité.

— Patsy non plus, apparemment. Elle le trouve bizarre.

— C'est vrai qu'il est d'un abord un peu rude, mais apparemment, il fait bien son boulot.

— Puis-je te demander comment tu l'as trouvé ?

— Il m'a été recommandé par un ami qui a eu recours à ses services au début de l'été. Je me moque que maman ou Patsy l'aiment ou non, du moment qu'il fait son boulot, ce qui est le cas jusqu'à présent.

— Je t'avouerai que je me sens un peu rassurée de le savoir là. Et je me sens encore mieux depuis que je sais qu'il y a un policier parmi les motards.

— S'il se passe quoi que ce soit, je t'appelle. En attendant, occupe-toi d'attraper les méchants et laisse-moi le soin de me faire du souci pour Patsy.

— Et pour Crystal.

— Oui, bien sûr, pour Crystal aussi.

Après avoir pris des nouvelles de la femme et des enfants de Brian, Genna raccrocha. Elle se sentait infiniment mieux et débarrassée d'un gros poids depuis qu'elle savait que plusieurs personnes veillaient sur Patsy, d'autant que Crystal se trouvait maintenant là-bas, elle aussi.

Ce point réglé, Genna put se consacrer à son travail, en l'occurrence la relecture de la déposition faite par la mère d'un enfant kidnappé récemment. Elle était parvenue au bas de la deuxième page quand la voix de Decker retentit dans l'interphone.

— Genna, vous êtes là ?

— Oui.

— Venez ici immédiatement.

Ayant cru percevoir une certaine tension dans sa voix, elle se leva immédiatement.

« Ici » désignant probablement le bureau de son supérieur, elle s'y rendit à grands pas. La porte était ouverte, et la secrétaire de Decker lui fit signe d'entrer.

Debout au beau milieu de son bureau, les mains sur les hanches, Decker regardait la télévision. Genna s'assit sur le siège qu'il lui indiquait et se pencha vers l'écran en se demandant quel événement avait pu se produire.

— Que se passe-t-il ?

Sans lui répondre, Decker attrapa la télécommande et monta le volume.

— Monsieur ? Que se passe-t-il ?

— L'affaire est en train d'éclater, agent Snow. Autrement dit, nous sommes dans la merde, si vous me passez l'expression.

Sur l'écran, un homme mince d'une cinquantaine d'années, que sa coupe de cheveux stricte et son costume sombre désignaient comme un agent des services de police, faisait une déclaration, juché sur un podium, tout en réglant son micro.

— ... le contact avec les autres services de police et nous leur communiquerons, ainsi qu'au FBI, le peu d'informations que nous avons pu réunir jusqu'à présent. Oui... le monsieur avec la cravate rouge au deuxième rang ?

La caméra suivit la direction qu'il indiquait et s'arrêta sur un des participants à la conférence de presse. L'homme prit la parole en faisant des gestes avec les bras, mais on n'entendit pas ce qu'il disait. L'homme du podium répéta ses propos à l'intention de ceux qui n'avaient pas entendu.

— La question qu'on vient de me poser est : pourquoi le FBI a-t-il mis autant de temps à comprendre qu'un tueur en série faisait des siennes en toute liberté dans le pays ? Je crois que je vais laisser au FBI le soin de répondre.

Il céda la place à un autre homme, grand et maigre, au crâne orné d'une mince couronne de cheveux châtains.

— C'est Rex Egan, déclara Decker.

— Je sais. Qu'est-ce qui...

— Chut ! Écoutez.

— Tout d'abord, personne – j'insiste sur ce point : personne – n'a dit que les disparues avaient été tuées. Par conséquent, il est inexact et irresponsable d'employer le terme de tueur en série. Il y a eu pour l'instant une série d'enlèvements qui ont peut-être un lien entre eux. Mais, je le répète, nous n'avons découvert aucun indice qui nous permette de conclure à la mort de ces femmes. En revanche, toutes ces disparitions présentent des similitudes troublantes qui nous poussent à croire qu'elles sont liées, et nous basons pour le moment notre enquête sur cette hypothèse.

— Quelles sont ces similitudes ? demanda un journaliste situé près du podium. Quels sont les indices qui vous font penser que vous avez affaire à un... kidnappeur en série, faute d'un terme plus approprié ?

— À vrai dire, l'indice le plus troublant, c'est l'absence totale d'indices.

Un murmure s'éleva dans l'assistance, et Rex Egan s'éclaircit la voix.

— Toutes les victimes se sont littéralement volatilisées, au beau milieu de leur train-train quotidien habituel.

— Mais le chef Halloran n'a-t-il pas dit tout à l'heure que ces enlèvements avaient eu lieu dans tout le pays, sans ordre particulier ? intervint une femme. Comment une série de kidnappings aléatoires...

Egan l'interrompit.

— Personne n'a dit qu'il s'agissait d'un ordre aléatoire. Au contraire, nous pensons que le coupable suit un plan très précis et un ordre bien spécifique.

— Et ce plan, quel est-il ? demanda un homme en blouson de toile.

— Il est connu du seul kidnappeur.

— Mais s'il ne les tue pas, que fait-il avec ces femmes ?

— C'est une excellente question. Malheureusement, nous ne connaissons pas la réponse.

— Avez-vous pu établir son profil ?

— Seulement de façon très sommaire. Nous pensons qu'il est de race blanche : toutes ses victimes sont blanches et, ainsi qu'on l'apprend dans toute bonne série policière, ce genre de criminel choisit habituellement ses victimes dans son propre groupe racial. Il doit s'agir d'un homme entre trente et cinquante ans, suffisamment robuste pour maîtriser ses victimes sans laisser de traces de lutte derrière lui. Il est très intelligent et a la capacité de s'adapter à toutes sortes de situations. Un vrai caméléon. Il a su perpétrer ces enlèvements sans se faire remarquer de qui que ce soit. Personne n'a été capable de nous donner le moindre signalement. Nous devons en conclure qu'il étudie soigneusement ses victimes et leur environnement, suffisamment bien pour se fondre dans le décor au point de devenir invisible. C'est aussi un individu patient, qui prend le temps de planifier son coup et sait choisir le bon moment. Nous pensons qu'il observe ses futures victimes pendant une période de temps suffisante pour déterminer où et quand elles sont le plus vulnérables. Cela signifie donc qu'il possède un moyen de locomotion et qu'il dispose du temps et des ressources nécessaires pour se déplacer à son gré. C'est probablement un solitaire. Disons un célibataire, pour simplifier. Il ne s'est jamais écoulé plus d'une semaine entre deux enlèvements, et encore était-ce au début de la série.

Egan se tut, et un silence morne retomba sur la salle. Quelqu'un posa une question hors champ.

— On vient de me demander combien il y avait eu de victimes depuis le début. Huit, à notre connaissance. Mais il se peut qu'il y en ait eu d'autres. Si nous organisons cette conférence de presse aujourd'hui, c'est afin que les polices d'autres villes qui enquêteraient éventuellement sur des affaires similaires nous contactent pour nous communiquer ce qu'elles savent.

— Mais, étant donné le nombre de personnes qui disparaissent chaque jour...

— Ce n'est pas la même chose. Les disparitions dont je vous parle sont des enlèvements qui obéissent à un schéma bien spécifique. Il ne s'agit pas d'adolescentes en fugue ou de femmes mariées et insatisfaites qui s'enfuient avec le maître nageur. La plupart des disparues sont des femmes équilibrées qui ont un travail. Elles sont presque toutes mariées, heureuses et mères d'enfants en bas âge qu'elles adorent. Elles n'ont aucune raison apparente de vouloir abandonner leur foyer. Beaucoup de personnes disparues ne correspondent pas à ce signalement, ce qui nous permettra de faire rapidement le tri.

— Et si c'était une coïncidence ? Ne dit-on pas toujours qu'il faut commencer à chercher le coupable parmi les proches de la victime ? Si les maris de ces femmes...

Egan interrompit son interlocuteur d'un geste.

— Tous ont fait l'objet d'une enquête minutieuse. Ils étaient tous au travail ou à un endroit bien précis au moment de l'enlèvement, preuves et témoins à l'appui. Croyez-moi, les services de police locaux ont mené une enquête approfondie. On ne peut que les féliciter de la manière dont ils ont fait leur travail.

— Pensez-vous que ces enlèvements vont continuer ?

— Je crois qu'il y en aura tant que le coupable n'aura pas atteint le but qu'il s'est fixé.

— Et quel est ce but ?

— J'aimerais bien le savoir.

Après avoir fait place à deux hommes venus dérouler une carte des États-Unis devant l'objectif, Egan revint dans le champ de la caméra.

— Wilmington, Caroline du Nord. Kansas City, Missouri. Omaha, Nebraska. Chicago, Illinois. Mystic, Connecticut. Wheeling, Virginie-Occidentale. Dawson Springs, Kentucky. Rome, État de New York.

À l'énoncé de chacune de ces villes, il épingla une punaise munie d'un petit drapeau jaune sur le point correspondant de la carte.

Puis il s'écarta de nouveau et regarda par-dessus la masse de journalistes qui s'étaient approchés pour observer la carte.

Enfin, quelqu'un brisa le silence.

— Pourquoi a-t-il fait tous ces va-et-vient ? N'aurait-il pas été plus facile de commencer, par exemple, par Chicago, puis de là, d'aller à Omaha, puis à Kansas City, et ensuite dans le Kentucky, en Virginie-Occidentale, en Caroline du Nord, dans l'État de New York et de finir par le Connecticut ? Quand je vois tous ces zigzags, je n'ai pas l'impression que cet individu soit organisé. Ça ne ressemble à rien.

— Ça ressemble à quelque chose s'il suit un ordre bien précis, répliqua Egan.

— Vous voulez dire qu'il suit peut-être une liste ?

Egan hocha la tête.

— Vous pensez qu'il a une liste de noms ? intervint une femme.

— C'est ce que nous commençons à croire.

— Qui vous dit que ce n'est pas tout simplement un voyageur de commerce qui agit au gré des villes où l'envoie son travail ?

— Nous explorons également cette possibilité, mais les informations que nous avons réunies nous orientent plutôt dans une autre direction.

— À supposer qu'il suive bel et bien une liste... vous pensez qu'il y a encore d'autres noms dessus ?

— C'est précisément l'une des choses que nous espérons découvrir en rendant publiques les informations que nous détenons pour l'instant. Nous espérons que quelqu'un pourra nous donner le lien qui existe entre toutes ces femmes. Nous n'avons réussi à trouver aucun point commun entre elles, mais parmi ceux qui nous écoutent, peut-être quelqu'un en connaît-il un.

Egan remonta lentement sur le podium, les mains dans les poches.

— Nous avons organisé une réunion entre les représentants des différents services de police qui ont enquêté sur ces disparitions. Dans les prochains jours, nous allons nous voir régulièrement afin de mettre en commun toutes nos informations. Nous espérons que la lumière jaillira, peut-être d'un détail qui avait semblé sans importance jusqu'à présent.

— Quel est le rôle du FBI dans cette affaire ?

— Nous avons formé une équipe spéciale composée de quelques-uns de nos agents les meilleurs et les plus expérimentés pour aller enquêter sur le terrain. Nos agents participeront également aux réunions de cette semaine.

Nous espérons que les informations des enquêteurs ajoutées à celles que nous fournira le public nous permettront enfin de retrouver cet individu... ce caméléon... avant qu'il n'ait le temps de cocher d'autres noms sur sa liste.

— Cette équipe spéciale dont vous parlez est-elle en place ?

— Oui, dit Egan en faisant signe à une personne hors champ de le rejoindre.

Genna ne fut aucunement surprise de voir apparaître John.

— Certains d'entre vous connaissent peut-être déjà l'agent John Mancini. Il a été choisi pour diriger cette équipe, et nous lui avons donné carte blanche pour choisir ses coéquipiers. Combien d'hommes avez-vous sélectionnés, John ? Trois, quatre ?

— C'est une équipe de quatre. Trois hommes : Adam Stark, de Phoenix, Dale Hunter, de Birmingham, et moi-même. Il y a aussi une femme : Genna Snow, de notre antenne du New Jersey. Tous ont l'expérience des affaires impliquant des disparitions et des enlèvements.

Genna se redressa sur son fauteuil et se tourna vers Decker.

— Vous étiez au courant ?

— Oui, mais je préférais que vous l'appreniez de la bouche de John. Maintenant que c'est chose faite, je vous conseille de rentrer chez vous faire vos bagages.

Decker éteignit le téléviseur, sortit une enveloppe de la poche de sa veste et la lui tendit tout en allant lui ouvrir la porte.

— Votre avion décolle à 15 heures. Tenez-moi au courant, vu ?

15

En reconnaissant la musique sautillante – le générique d'une émission bien connue –, il monta le volume. La mélodie entêtante emplit jusqu'au moindre recoin de sa chambre d'hôtel. Tout en fredonnant, il referma son ordinateur portable et s'installa sur le lit, adossé aux oreillers, tenant la télécommande à deux mains comme un esquimau. Sur l'écran de télévision, la caméra survolait les spectateurs rassemblés pour le jeu télévisé. Il joua, comme d'habitude, à deviner lesquels seraient les participants du jour. Et lorsque l'hôtesse – il aimait appeler ainsi l'animatrice, comme si tous ces gens étaient ses invités –, donna le nom du premier heureux élu, une femme, il éclata de rire. Il l'avait tout de suite repérée, cette petite rousse mûre et rondelette, la première fois que la caméra avait balayé le côté droit du studio d'enregistrement.

Encore un signe qui montrait que tout marchait comme sur des roulettes pour lui.

L'animatrice annonça que l'émission serait de retour après une pause publicitaire. Tout marchait comme sur des roulettes, à une exception près, corrigea-t-il en son for intérieur. C'était cette maudite chaleur. Il avait pourtant essayé d'en tenir compte, cette fois-ci, et de calculer au mieux la quantité d'eau dont elles auraient besoin et à quel moment. Bon, il s'était légèrement trompé dans ses calculs. Ce n'était pas comme s'il avait délibérément cherché à les tuer. Seigneur, non ! *Tu ne tueras point.* N'était-ce pas écrit dans la Bible ?

D'ailleurs, ne s'était-il pas rattrapé en apportant aux autres une quantité d'eau supplémentaire et des oranges, comme elles le lui avaient demandé ?

C'était bien la meilleure : elles avaient osé lui demander, à lui, de leur apporter des fruits ! Mais il s'était laissé attendrir ce jour-là, car il venait de découvrir qu'il en avait perdu une deuxième. C'est pourquoi il avait cédé. Évidemment, celles qu'il avait perdues ne lui étaient plus d'aucune utilité, aussi allait-il devoir trouver un moyen de s'en débarrasser. Il n'allait tout de même pas les remettre où il les avait prises !

Cela dit, l'idée ne laissait pas de l'amuser énormément. Ramener l'infortunée Carin Whitten où il l'avait prise, cela voulait dire retourner en Virginie-Occidentale et la déposer dans le parc du lycée, à l'endroit précis où il l'avait cueillie en train de courir, en tout début de matinée. Un jeu d'enfant, cette Carin. Après l'avoir observée un certain temps, il avait été en mesure d'établir que tous les mardis et jeudis matin, elle quittait le parc par le fond, et non par l'entrée principale, comme elle le faisait les autres jours. Puis elle rejoignait une maison située en bordure des courts de tennis. Pour ce faire, elle devait longer un sentier très étroit situé entre le grillage des courts de tennis et une petite charmille. Une fois parvenue aux abords de la maison, elle pénétrait dans le jardin en traversant une haie et passait une demi-heure à trois quarts d'heure chez la propriétaire de la demeure. Puis elle sortait par la porte de devant et rentrait chez elle. À plusieurs reprises, il l'avait vue bavarder sur le pas de la porte avant de partir, comme si elle avait tout son temps.

Elle se trompait.

Un joli brin de fille, pour sûr. Mère aurait dit qu'elle avait bien profité en grandissant.

Il regrettait vraiment d'être obligé de se débarrasser d'elle de cette façon, mais bon, elle s'en accommoderait, pour ainsi dire. Il n'avait qu'à voir cela comme un processus de recyclage. Il s'aperçut que cette pensée le faisait sourire, et ce malgré la réelle tristesse que lui causaient cette perte et celle des quelques autres.

La publicité étant terminée, il se concentra de nouveau sur l'écran, prêt à suivre la première manche du jeu. Mais au lieu de l'hôtesse de son jeu préféré, il découvrit le visage d'un journaliste bien connu.

— ... d'interrompre nos programmes pour un flash spécial. Nous rejoignons immédiatement notre correspondant sur place...

C'est tout juste s'il entendit la suite.

— Quoi ? hurla-t-il à la face du téléviseur.

Ce que ça pouvait l'agacer quand ils faisaient ça !

— ... conférence de presse actuellement en cours...

Le journaliste laissa la place à l'image d'un homme en costume sombre – avec une coupe de cheveux pareille, c'était forcément un politicien ou un flic quelconque –, qui parlait juché sur un podium, l'air préoccupé. Quelqu'un dans la foule lui posait une question, mais avec la climatisation de l'hôtel, il n'entendait rien. Tout cela l'énervait de plus en plus. Ils avaient déjà eu le culot d'interrompre son jeu préféré, alors si en plus il n'arrivait pas à entendre pourquoi...

Hé, qu'est-ce qu'il vient de dire, le type à la gueule de flic ?

Il est en train de parler... de parler...

De moi !

Il se rapprocha du pied du lit pour mieux entendre.

Une conférence de presse lui était consacrée, à lui ! Sur une chaîne nationale !

Il s'attendait bien que les journaux finissent par en parler, mais de là à ce que la police organise une conférence de presse ! Et suffisamment importante pour qu'on lui donne la priorité sur le jeu télévisé de la matinée !

Déjà !

Il avait l'impression de rêver.

Son cœur se mit à battre plus vite et il monta encore le volume, de peur de perdre un seul mot. Le type en costume bleu s'était lancé dans un grand numéro plein d'emphase et de sincérité.

— ... personne n'a dit que les disparues avaient été tuées. Par conséquent, il est inexact et irresponsable d'employer le terme de tueur en série.

Hum. Évidemment. Il est vrai qu'il en avait perdu quelques-unes, mais il n'avait pas l'impression de les avoir tuées. Cela faisait-il tout de même de lui un tueur en série ? L'idée le dérangeait énormément.

Tu ne tueras point.

— ... l'indice le plus troublant, c'est l'absence totale d'indices...

— Évidemment qu'il n'y a pas d'indices, marmonna-t-il. Comment veux-tu trouver des indices quand tu ne sais même pas où le crime a eu lieu ?

Une femme prit la parole.

— Comment une série de kidnappings aléatoires...

— Aléatoires ? s'écria-t-il en riant. Ma chère, sachez que rien de ce que j'ai fait n'était aléatoire.

— ... un plan très précis et un ordre bien spécifique...

— Ça, au moins, vous l'avez compris, commenta-t-il avec un hochement de tête.

— Mais s'il ne les tue pas, que fait-il avec ces femmes ? demanda un autre journaliste.

Le type aux allures de policier répondit qu'il n'en avait pas la moindre idée.

— Ah ! Et tu donnerais cher pour le savoir, pas vrai ? Tu meurs d'envie de le savoir !

Il se pencha un peu plus pendant que l'orateur détaillait son profil et approuva chaque point d'un hochement de tête.

— Oui... Exact... Encore exact.

Mais il protesta violemment lorsqu'on le compara à un caméléon.

— Ah non, par pitié !

Les caméléons n'étaient-ils pas des créatures visqueuses ? C'était quoi, au juste ? Des amphibiens ? Des reptiles ?

Beurk. Dégoûtant. Il frissonnait rien que d'y penser.

Ce ne fut pas sans une certaine fierté qu'il regarda l'agent du FBI fixer sur la carte les petits drapeaux signalant les différents théâtres de ses exploits.

Il vivait vraiment un grand moment.

Et cela se passait là, à la télévision.

Que le FBI se mette autant en peine pour lui… Voilà qui l'honorait, assurément. Savoir qu'il menait les enquêteurs en bateau, voilà qui en disait long sur son habileté. Il sourit quand le type du FBI demanda l'aide des spectateurs. Comme s'il existait parmi eux quelqu'un de suffisamment malin pour découvrir le pot aux roses !

Et soudain, sur l'écran, apparut le légendaire John Mancini.

Légendaire, parce que son nom était connu de tous les détenus du pays depuis que Sheldon Woods lui avait infligé une bonne raclée – au sens figuré, évidemment. Tous ceux qui avaient mis récemment les pieds dans un pénitencier fédéral avaient entendu parler de cette histoire. Il n'y avait pas si longtemps, il logeait lui-même à deux cellules de quelqu'un qui connaissait quelqu'un qui avait été enfermé dans le même bâtiment que Woods. Mancini était un dur à cuire, mais l'obstination de Woods avait eu raison de lui. Et voilà qu'il était de retour, comme le petit lapin rose de la publicité dont les piles ne s'usent jamais. Woods avait dit que Mancini n'avait pas été facile à briser. Le seul fait qu'il ait réussi à le faire plier aurait suffi à lui assurer un certain prestige en prison, s'il n'avait pas déjà été un tueur d'enfants.

Et que disait le fameux Mancini ? Il parlait d'une équipe d'élite constituée tout spécialement pour le retrouver, lui.

Une équipe de quatre agents : trois hommes et une femme.

La conférence de presse terminée, il resta assis devant le téléviseur. Pouvait-on imaginer plus parfait ?

Dommage qu'il ne puisse partager ce grand moment avec personne. Mais si quelqu'un avait été au courant de ses agissements – le rapt avec séquestration constituant un crime avec circonstances aggravantes –, il aurait été obligé de trahir la promesse qu'il s'était faite et de le tuer.

Genna Snow. Genna faisait partie de l'équipe qui allait le traquer.

— Genna, fit-il d'une voix empreinte de respect.

Il poussa un gros soupir et serra un oreiller contre son cœur, qui cognait soudain dans sa poitrine.

Genna allait se lancer à sa poursuite.

La beauté de la chose le bouleversait. Il était au bord des larmes. C'est trop beau. Trop drôle, aussi.

Le chasseur devenait le gibier.

Et c'était elle, elle qui était destinée à devenir sa proie, qui allait se lancer à ses trousses.

16

Accoudée à la table de conférence, Genna écoutait attentivement le récit de Stephen West, inspecteur de police à Zanesville, dans l'Ohio. Celui-ci énumérait les circonstances qui avaient entouré la disparition de Terrie Lee Akins, épouse d'Edward Akins et mère depuis peu du jeune Edward Akins junior, le lendemain même de la conférence de presse. Cette disparition avait une importance toute particulière qui n'échappait à aucune des personnes présentes autour de la table : pour la première fois depuis le début de cette série, la police était en mesure de préciser l'endroit où la victime avait été enlevée.

L'inspecteur fit écouter l'enregistrement de la déclaration affolée qu'Edward Akins avait faite par téléphone à la police, lorsqu'il avait compris que quelque chose de terrible venait d'arriver à sa femme.

— Monsieur, disait le policier à l'autre bout du fil, calmez-vous…

— Comment voulez-vous que je me calme ? Ma femme n'est pas à la maison alors qu'elle devrait être là ! Et notre bébé… Jamais elle ne sort en laissant le bébé comme ça, seul dans son berceau…

— Elle est peut-être chez une voisine… Avez-vous appelé…

— J'ai appelé absolument partout ! Vous ne comprenez donc pas ? Elle n'est nulle part !

Stephen West éteignit le magnétophone.

— Il disait vrai : elle n'était nulle part. Évidemment, dans ce genre d'affaire, lorsqu'il n'y a aucun signe d'effraction ni d'acte criminel, on pense tout de suite au mari. Mais il était au lycée depuis 7 h 30 – il est professeur d'histoire –, où il a été vu par tous ses collègues ainsi que par la majeure partie des lycéens. On a vérifié ses moindres faits et gestes de la journée. En outre, il était clair que le bébé n'avait pas été abandonné à lui-même toute la journée. Sa couche était modérément sale et il semblait avoir mangé, bien que son père l'ait retrouvé écarlate et en pleurs vers 16 heures, à son retour. M. Akins a appelé sa femme vers 13 h 15. Elle passait une journée ordinaire : le matin, elle s'était occupée de la lessive, puis, à l'heure du déjeuner, elle avait bavardé au téléphone avec sa sœur avant de coucher son bébé pour la sieste. La sœur de Mme Akins affirme avoir rappelé un peu avant 14 heures. Elle est tombée sur le répondeur et a dû laisser un message. Il semble que Terrie Lee n'ait jamais eu ce message. Donc, quelque chose s'est passé, au milieu de cette journée sans histoire, qui a transformé la vie de cette famille heureuse en cauchemar.

Pendant qu'il buvait une gorgée d'eau, Genna étudia le visage de Stephen West, un homme grisonnant et légèrement voûté. Il semblait fatigué. Il était évident que cette affaire le préoccupait énormément. Même un policier comme lui, aguerri par des années de travail sur le terrain, ne pouvait qu'être agacé par son impuissance à trouver le moindre indice dans cette affaire. Car il avait été clair : il n'existait aucun indice apparent.

— Tout ce que nous avons pu découvrir, c'est qu'après 13 h 30, Mme Akins est sortie de chez elle pour aller relever sa boîte aux lettres. Le facteur affirme y avoir mis du courrier aux alentours de 12 h 45. Or, elle était au téléphone avec sa sœur à cette heure-là. Ensuite, c'est son mari qui a appelé. Le seul moment où elle a eu le temps d'aller chercher son courrier, c'est après avoir couché le bébé. On peut raisonnablement supposer qu'elle a attendu quelques minutes avant de sortir, pour être sûre qu'il s'était endormi. Dehors, sur le perron, on a retrouvé un sécateur et des gants de jardinage. Elle a dit à sa sœur au téléphone qu'elle allait cueillir des roses. Elle lui a parlé de son émerveillement devant la quantité de fleurs qu'elle trouvait dans le jardin de cette maison où elle ne vivait que depuis un an et du plaisir qu'elle avait eu à fleurir son intérieur tout l'été... Apparemment, elle est allée chercher le courrier avant de cueillir ces fleurs, car on n'a pas retrouvé de bouquet.

Le policier alluma ensuite le téléviseur grand écran et glissa une vidéo dans le magnétoscope. Machinalement, tous les policiers présents se penchèrent en avant pour regarder. Une maison toute blanche apparut à l'écran. La porte principale était surmontée d'une vigne, et un rosier grimpant chargé de magnifiques fleurs jaunes courait sur la façade. Puis la caméra gagnait le perron et se tournait face à la rue. Hors champ, un carillon tintait, comme un accompagnement délicat au triste monologue du cameraman.

— ... entre la porte principale et le bout de l'allée, qui mesure à peu près trente mètres, disait celui-ci entre deux respirations.

Puis il survolait l'allée d'un bout à l'autre, jusqu'à la boîte aux lettres ornée de fleurs de cornouiller et que Terrie Lee Akins avait peinte elle-même, d'après son mari.

— Ici, sur le bas-côté, il y a suffisamment de place pour une voiture ou une fourgonnette. Le facteur a déclaré avoir apporté beaucoup de courrier ce jour-là : plusieurs lettres, quelques catalogues, des magazines et une grande enveloppe marron matelassée.

Le cameraman visait ensuite le sol, où se détachaient plusieurs enveloppes blanches et où les pages d'un catalogue tournaient dans la brise.

L'inspecteur arrêta la vidéo sur cette dernière image.

— Donc, commenta l'un des participants, elle a été enlevée au moment où elle prenait son courrier.

— Apparemment, oui.

— Elle devait être en train d'examiner son courrier, fit Genna machinalement. A-t-on retrouvé l'enveloppe brune ?

— Non. Uniquement le courrier que vous voyez par terre.

— A-t-on une idée de ce que contenait cette enveloppe ?

— Un pull bleu ciel à manches courtes brodé de libellules sur le devant, répondit l'inspecteur sans même consulter ses notes. Elle l'avait commandé par correspondance.

— Donc, on peut imaginer qu'en découvrant cette grande enveloppe, contente d'avoir reçu ce nouveau vêtement et pressée de l'essayer, elle l'a ouverte sur place et n'a pas entendu le véhicule arriver derrière elle. Peut-être même n'a-t-elle pas entendu son ravisseur en descendre, tant elle était absorbée par son nouveau pull...

Vingt-deux paires d'yeux intrigués se braquèrent sur elle. John, lui, se cala au fond de son siège en attendant la suite. Il l'avait déjà vue procéder ainsi : reconstituer à partir de menus détails une scène dont on finissait par découvrir qu'elle s'était effectivement déroulée comme elle l'avait décrite. C'était un don qu'elle avait, une clairvoyance qui devait venir du plus profond d'elle-même et tenait à la fois de l'intuition et d'une empathie particulière pour les victimes. Depuis longtemps, il respectait cette capacité qu'avait Genna de se glisser dans la peau de la victime.

— Nous pouvons être certains, poursuivit l'inspecteur West, que le coupable savait exactement à quelle heure elle sortirait chercher son courrier et qu'il a choisi le moment où il se garerait là en conséquence. Nous pensons qu'il s'est garé derrière elle, lui a sauté dessus et l'a entraînée rapidement dans son véhicule. D'après ce que nous ont dit les policiers des communes où ont eu lieu les autres enlèvements, il semble que le coupable procède toujours de cette même façon : il observe soigneusement ses futures victimes, de manière à connaître leur emploi du temps. Ainsi, il peut déterminer le moment où elles sont le plus vulnérables et où il lui sera le plus facile de les capturer.

Genna regardait fixement devant elle. Comme dans un rêve, elle voyait au ralenti la jeune femme se détourner de la boîte aux lettres remplie d'enveloppes blanches et de catalogues colorés, qu'elle glissait sous son bras afin de pouvoir ouvrir l'enveloppe marron. Elle n'entendait pas la fourgonnette qui se garait derrière elle, ni l'individu qui approchait d'un pas prudent. Elle ne se rendait compte de rien, jusqu'à ce qu'elle sente une main sur sa bouche et que quelqu'un l'entraîne...

— N'a-t-on pas repéré une fourgonnette bleu foncé près de l'endroit où on soupçonne l'un des enlèvements d'avoir eu lieu ? demanda-t-elle.

— Oui, c'était chez nous, à Omaha, répondit un homme à l'aspect soigné, âgé d'une cinquantaine d'années, assis en face d'elle.

— Chez nous, intervint un autre homme installé au bout de la table, on a également rapporté la présence d'une fourgonnette de couleur foncée. Mais le témoin ne se rappelait pas la marque et a été incapable de dire si le véhicule avait l'air neuf. Il n'a pas vu non plus la plaque d'immatriculation. Et étant donné que nous ignorons à quel endroit l'enlèvement a eu lieu, nous aurions bien du mal à dire si la présence de ce véhicule a une importance quelconque.

— C'est carrément dur d'enquêter sur une scène de crime qu'on ne peut même pas localiser, soupira l'inspecteur venu du Kentucky.

La jeune femme qui dirigeait l'enquête à Kansas City demanda en désignant l'écran :

— L'équipe scientifique du FBI est-elle venue sur place ?

— Oui, répondit l'inspecteur West en éteignant le magnétoscope. Lorsque nous avons compris qu'il existait un lien entre cette affaire et toutes celles évoquées lors de la conférence de presse, nous avons appelé l'antenne du FBI la plus proche pour lui demander de nous envoyer ses techniciens. Nous savions que cette enquête serait cruciale. Et si un détail pouvait nous permettre de retrouver le coupable, nous ne voulions surtout pas rater le moindre indice.

— Ils préféraient que ce soit nous ! lança Adam Stark pour détendre l'atmosphère.

— Quoi qu'il en soit, lorsque nous avons compris que cette affaire était peut-être liée aux autres, il avait plu. Il ne restait plus rien: ni empreinte de chaussure ni empreinte de pneu. Rien.

Tout en parlant, l'inspecteur avait rangé la cassette, d'un geste sec, dans sa mallette. Les autres participants rangèrent leurs notes, eux aussi, en réfléchissant à cette pluie tombée au mauvais moment, mais sans porter de jugement, même en leur for intérieur, sur les compétences de la police locale.

Enfin, Rex Egan se leva et remercia tous les représentants des différents organes de police présents d'avoir accepté de participer à ces deux jours de réunions.

— Mesdames et messieurs, restez en contact. De notre côté, nous ne manquerons pas de vous tenir informés de nos dernières découvertes.

Tous sortirent de la salle en file indienne, à l'exception des membres de l'équipe spéciale constituée par John. Avant de quitter la pièce, Rex Egan glissa quelques mots à l'oreille de ce dernier en passant.

Une fois la porte refermée, John se leva et distribua sans cérémonie deux enveloppes kraft à chacun des trois membres de son équipe.

— Dans chacune de ces enveloppes, vous trouverez un rapport concernant l'une des huit disparitions qui ont précédé celle de Terri Lee Akins. Nous sommes quatre: cela fait donc deux rapports chacun. Lisez-les entièrement, autant de fois qu'il le faudra, jusqu'à ce que des questions apparaissent.

— Quelles questions? demanda Adam.

— Celles qui n'ont pas surgi la première fois. Après ce que nous avons entendu ces dernières quarante-huit heures, il est clair, me semble-t-il, que personne n'a la moindre idée de l'identité de ce type. Donc, je ne vois pas l'utilité de nous étendre davantage sur ce point. Et si j'estime que cette rencontre a eu le mérite de permettre aux différentes polices locales de partager leurs informations, je n'ai rien entendu au cours de ces deux jours qui m'ait donné une vision plus claire de ces affaires. C'était sans doute une opération très utile sur le plan communication, mais pour ma part, je pense que ce serait une perte de temps de ressasser tout cela. Donc, si vous le voulez bien, nous nous abstiendrons de le faire, à moins que l'un d'entre vous ne désire attirer mon attention sur un détail qui m'aurait échappé.

Comme personne ne se manifestait, John poursuivit :

— Lorsque vous connaîtrez à fond vos dossiers respectifs et que vous aurez pris des notes, nous nous réunirons pour comparer ces notes. Ce que nous recherchons ? Un point commun, un air de famille. Il se peut que nous le trouvions dans la déposition d'un témoin, ou dans les remarques faites par les membres de la famille. Ensuite, nous irons rendre visite à la famille, aux témoins, jusqu'à ce que nous découvrions pourquoi ces femmes ont été enlevées. Avec un peu de chance, cela nous permettra de trouver l'endroit où elles ont été emmenées... et de découvrir si elles sont toujours en vie.

— Et si, après avoir compulsé ces dossiers, nous n'avons toujours aucune idée ?

— Alors, je serai obligé d'admettre que l'intuition que j'ai sur ces affaires est fausse. Mais je ne crois pas que nous en arrivions à cette conclusion. Mon instinct me dit que le coupable n'agit pas à l'aveuglette. Je pense simplement que nous n'avons pas encore découvert le détail qui nous mènera vers la vérité.

— Nous le trouverons, affirma Adam Stark. Tôt ou tard, la chance nous sourira.

— J'espère que cela se produira avant que notre caméléon ne frappe de nouveau, murmura Genna.

— Moi, en tout cas, je ne m'arrêterai pas de chercher tant que je n'aurai pas retrouvé... Lani Gilbert et Joanne Landers, déclara Dale Hunter en lisant les noms inscrits sur ses deux dossiers.

— J'ai connu une fille qui s'appelait Lani, dit Genna. Son vrai prénom, c'était Atalanta. Drôle de nom pour une petite fille.

— Un peu lourd à porter, admit Adam.

Chacun ouvrit ses dossiers. John croisa brièvement le regard de Genna, qui lui répondit par une esquisse de sourire. Il attendait beaucoup d'elle. Plus elle se concentrerait sur les victimes, plus ils auraient de chances de découvrir quelque chose. Même si les forces obscures à l'œuvre dans l'inconscient de Genna ne se manifestaient pas à la demande, il savait d'expérience que, dès que son instinct se réveillait, il l'orientait souvent dans la bonne direction. Il ouvrit à son tour son premier dossier et s'y plongea.

Ce ne fut que deux heures plus tard qu'Adam Stark, un ancien footballeur athlétique aux cheveux noirs, brisa le silence.

— Verriez-vous un inconvénient à ce que j'emporte tout ça à mon hôtel ?

— Aucun, répondit John. Vous êtes absolument libres de travailler dans le cadre qui vous semble le plus confortable.

— Bien. Je crois que j'ai besoin de changer de cadre, justement. Nous avons passé trop de temps dans cette salle depuis deux jours. J'étouffe.

— Donnons-nous rendez-vous ici demain à 8 heures, proposa John. Bien entendu, je vous encourage vivement à m'appeler avant si vous découvrez quelque chose dans l'intervalle.

— 8 heures demain matin ? Cela nous laisse largement le temps de tout lire et de prendre des notes, approuva Dale. Je crois que je vais regagner ma chambre, moi aussi.

Les deux hommes – autrement dit la moitié de l'équipe – quittèrent la salle.

— Genna ?

— Quoi ?

— Tu préfères rentrer travailler à l'hôtel ?

— Je suis bien ici. Et toi ?

— Moi aussi.

— Bon, dit-elle en se replongeant dans sa lecture.

— Tu as envie de faire une pause ?

— Non. Je ne veux pas me déconcentrer.

John se leva en s'étirant, comme l'avaient fait les autres.

— Je vais voir si je peux dénicher du café. Tu en voudras ?

— Oui, marmonna-t-elle, complètement absorbée par l'histoire qui se déroulait sous ses yeux.

John quitta la pièce sans faire de bruit. Lorsqu'il revint, vingt minutes plus tard, muni de deux cafés, Genna n'avait pas bougé. Elle était toujours penchée sur la table, la tête dans la main droite, tandis que sa main gauche tambourinait avec impatience sur le dossier ouvert.

Sans un mot, il déposa une tasse de café près d'elle avant de rejoindre son siège, juste en face d'elle. Il avait choisi cette place à dessein, car elle lui permettait de la regarder sans avoir l'air de chercher à le faire, sans que tout le monde s'aperçoive que, même au milieu d'une enquête comme celle-ci, il ne pouvait la quitter des yeux.

Elle était belle en toutes circonstances, et John adorait la regarder travailler. Lorsqu'elle était concentrée, elle haussait et fronçait légèrement les sourcils, ce qui lui donnait une expression enfantine et perpétuellement curieuse. Elle semblait alors plus douce, plus jeune, et bien plus vulnérable que le personnage froid et efficace qu'elle jouait trop souvent.

Content d'être assez près d'elle pour pouvoir sentir son parfum, John s'empara de son crayon et se remit à prendre des notes. Genna, il l'avait remarqué, n'en avait pas pris une seule. Mais cela ne l'étonnait pas : elle ne prenait des notes que lorsqu'elle devait transmettre des informations aux autres. Elle avait en effet la faculté de ne jamais rien oublier de ce qu'elle lisait ou entendait, et John était toujours stupéfait de l'entendre citer de mémoire d'obscurs détails tirés d'affaires que tout le monde avait oubliées depuis longtemps. Encore une chose qu'il avait toujours admirée chez elle.

Elle s'étira légèrement, avant de refermer son dossier.

— Alors ? demanda John.

Elle secoua la tête et prit sa tasse de café, qu'elle leva légèrement dans sa direction.

— Merci.

Après avoir parcouru les rapports préliminaires du second dossier, elle rangea le tout en soupirant.

— Qu'y a-t-il ?

— Ces deux femmes se ressemblent tellement qu'on dirait des clones. Toutes deux viennent d'une famille heureuse, d'un milieu privilégié. Elles ont fait des études supérieures, ont épousé des hommes sérieux et comme il faut. Elles ont toutes deux des enfants qu'elles adorent, des amis ; elles vont à l'église, participent activement à la vie de leur paroisse, et tout le monde dit qu'elles avaient tout pour être heureuses.

— Et alors ?

— Alors, je ne peux m'empêcher de me demander si elles ont toujours été aussi heureuses, si leur existence a toujours été aussi parfaite. Jusqu'à présent, tout ce que j'ai lu sur elles me donne à croire que leur vie n'a jamais été qu'un long fleuve tranquille. Et franchement, j'ai du mal à y croire.

— Eh bien, tu auras l'occasion de le découvrir lorsque tu iras interroger leur famille et leurs amis. Je pense que nous allons prendre le reste de la journée pour tout lire en détail. Demain matin, nous ferons le point sur ce que nous avons découvert. Demain après-midi, nous nous séparerons, et chacun ira voir sur place s'il ne peut pas découvrir quelque chose qui aurait échappé à la police locale.

Genna sourit et recula son siège de la table.

— Au fait, ton hôtel te convient ? demanda John d'un ton détaché. Désolé de ne pas avoir pu réserver des chambres pour vous tous dans le même établissement, mais il y a en ce moment même plusieurs congrès en ville.

— Oh, ça va. J'ai une chambre agréable.

Elle rangea ses dossiers dans sa mallette et prit son sac.

— À demain matin, donc, dit-elle.

Au moment de sortir, elle s'arrêta un instant sur le pas de la porte, comme si elle voulait ajouter quelque chose. Mais elle quitta la salle sans rien dire.

John resta un long moment assis sur sa chaise, qu'il faisait pivoter machinalement d'un côté et de l'autre, perdu dans ses pensées. Comment allait-il faire pour passer ces quelques jours avec elle sans céder à la tentation de la prendre dans ses bras et de l'embrasser jusqu'à ce qu'elle s'évanouisse ou demande grâce ?

Bien sûr, il était heureux de travailler de nouveau avec elle. Avec Genna, il savait que tout serait passé au crible. Si l'on pouvait encore découvrir une piste, malgré le temps qui s'était écoulé depuis le premier enlèvement, Genna les y aiderait. Un infime détail pouvait la frapper, et ce détail pouvait déboucher sur la piste qui leur faisait défaut.

Mais sa présence avait bien d'autres avantages pour lui. Cela lui donnait la possibilité de la regarder, de la toucher, peut-être. Cela lui avait tant manqué d'être près d'elle ! Elle exerçait sur lui une attirance irrésistible, et il n'avait jamais considéré cela comme une faiblesse de sa part. Tout comme il n'avait jamais perdu espoir de regagner son amour.

« C'est peut-être pour aujourd'hui », songea-t-il en rangeant à son tour ses dossiers.

Il continua d'y penser en sortant de l'immeuble, en rejoignant sa voiture et en rentrant chez lui.

C'est peut-être pour aujourd'hui. Assis derrière le volant, le moteur toujours en marche, il se rappela l'époque où Genna et lui avaient commencé à sortir ensemble. Il l'invitait à prendre un verre ou à dîner ; ils faisaient de longues promenades romantiques au clair de lune, main dans la main, en parlant de ce qui les avait amenés à faire carrière dans la police et de ce qu'ils espéraient pour l'avenir. Avec le recul, John avait l'impression qu'ils étaient tombés amoureux pas à pas, jour après jour.

Et voilà qu'aujourd'hui, quelques années plus tard, ils étaient de nouveau réunis à Washington, où ils avaient passé tant de temps ensemble autrefois.

Un sourire se peignit lentement sur son visage tandis que ses doigts tambourinaient sur le volant. Il éteignit le moteur, prit ses dossiers et traversa le parking d'un pas vif, tout en faisant des projets pour la soirée.

Il était près de 19 h 30 quand on sonna à la porte de Genna. Tout en se disant que les fruits et la boisson qu'elle venait de commander ne pouvaient pas lui être livrés aussi vite, elle alla ouvrir et découvrit John Mancini, en tenue décontractée, devant sa porte.

— J'ai pensé qu'une petite pause te ferait du bien, déclara-t-il.

— À vrai dire, je viens juste d'appeler la réception pour qu'on me monte un en-cas, répondit-elle en regardant pardessus son épaule, dans l'espoir de voir arriver le serveur.

— Un en-cas ? Mais il est l'heure de dîner. Tu es même en retard si tu as l'habitude de dîner à l'heure de Patsy.

Elle rit et consulta sa montre.

— C'est vrai. Je ne m'étais pas rendu compte qu'il était aussi tard. Pas étonnant que j'aie faim.

— Ça te dirait d'aller manger quelque chose vite fait ?

Genna baissa les yeux sur sa tenue : short, débardeur, pieds nus.

— Je ne suis vraiment pas habillée pour dîner en ville.

— Nous allons bien trouver dans le quartier un restau décontracté où manger un morceau.

En voyant qu'elle se mordait la lèvre, John devina qu'elle hésitait. C'était plutôt encourageant.

— Laisse-moi juste le temps d'enfiler une jupe et de mettre mes sandales. Et merci d'avoir pensé à moi.

Comme s'il pensait à autre chose qu'à elle, en dehors de l'affaire qu'ils essayaient d'élucider, depuis qu'elle était arrivée dans cette ville !

— Si je t'attendais dans le hall de l'hôtel ?

— Impeccable. J'en ai seulement pour une minute.

Genna s'appuya contre la porte qu'elle venait de refermer. Quelle mouche l'avait piquée ? Qu'était devenue sa résolution de s'en tenir à une relation sans complication, purement amicale et professionnelle ?

« Ce n'est qu'un dîner informel. Rien qui m'empêche de me comporter comme une simple amie et collègue de travail, se dit-elle en refermant son dossier. Rien qu'un petit dîner. Il n'y a vraiment pas de quoi en faire toute une histoire. »

« Mais bien sûr, c'est juste un petit dîner insignifiant dans la ville où vous êtes tombés amoureux, rétorqua une petite voix intérieure, tandis qu'elle appelait la réception pour annuler sa commande. La ville même où il t'a brisé le cœur. »

Depuis son arrivée, n'avait-elle pas passé le plus clair de son temps à essayer d'ignorer que son cœur s'emballait chaque fois qu'elle posait les yeux sur lui ? Combien de fois s'était-elle surprise en train de le dévorer du regard dans la salle de réunion ? Combien de fois avait-elle dû se rappeler qu'elle travaillait sur une grosse affaire, qu'elle était un membre important de l'équipe et qu'elle ferait mieux de se concentrer sur ce qui se disait et d'oublier un peu le physique de John ?

— Je suis toujours restée très attentive, marmonna-t-elle en cherchant, dans la penderie, une jupe appropriée à la circonstance. Je n'ai pas manqué un seul mot de ce qui s'est dit pendant ces deux jours. Je connais par cœur le nom des disparues et de la ville où elles habitent. Je connais même les prénoms de leurs maris, l'âge de leurs enfants et le moindre de leurs faits et gestes le jour de leur disparition.

Elle s'arrêta devant le miroir de la salle de bains pour se donner un coup de brosse et se faire une queue-de-cheval.

L'ennui, c'est que c'est dur d'être aussi près de lui. Cela me rappelle l'époque où on travaillait ensemble sur d'autres affaires…

— Une époque révolue ! se rappela-t-elle à voix haute. C'est le passé. Fini. Terminé. Envolé.

Mais pourquoi, dans ce cas, son cœur battait-il à tout rompre lorsqu'elle ferma la porte ? Et pourquoi vola-t-elle littéralement jusqu'à l'ascenseur ?

— Alors, cette affaire t'inspire-t-elle ? demanda John quand ils eurent pris place dans un pub du quartier.

Genna, qui consultait le menu, secoua lentement la tête.

— Il est trop tôt pour le dire… Je crois que je vais prendre un sandwich au rosbif.

— Ça me tente aussi. Garçon ! Deux sandwiches au rosbif. Avec une assiette d'oignons frits.

— Je n'ai pas mangé d'oignons frits depuis… Je ne sais même plus à quand cela remonte.

— Alors, tu auras le droit de manger ma part.

— J'ai l'impression d'entendre Patsy. Elle essaie toujours de me gaver.

— Comment va-t-elle ?

— Je l'ai eue au téléphone hier soir. Crystal et elle s'amusent comme des petites folles. Patsy apprend à Crystal à pêcher, à piloter le bateau, à pagayer. Toutes les choses qu'elle m'a apprises, le premier été que j'ai passé chez elle.

— Quel effet cela te fait-il, de devoir la partager ?

— Tu veux savoir si je crains que Crystal ne prenne ma place dans son cœur ? Non, pas une seconde. Je sais exactement ce que je représente pour Patsy. Et je suis ravie que Crystal ait l'occasion, pour la première fois de sa vie, d'être chouchoutée par quelqu'un. Tu connais Patsy : auprès d'elle, tout le monde a l'impression d'être la personne la plus importante de l'univers. Crystal n'a jamais été traitée comme cela. Il est temps qu'elle découvre ce que c'est.

Genna saupoudra son thé glacé d'édulcorant avant de poursuivre :

— Mais j'avoue que j'aimerais être là-bas avec elles, à partager leurs activités. Surtout que c'est l'anniversaire de Patsy, la semaine prochaine.

— Tu pourras peut-être aller y passer la soirée. Nous allons beaucoup vadrouiller, la semaine prochaine.

— Je ne veux pas décrocher de l'enquête. Tous les autres vont travailler dessus seize heures par jour. Je ne veux pas être la tire-au-flanc de l'équipe.

— Ça m'étonnerait que quelqu'un te prenne pour une tire-au-flanc. Ce que je voulais dire, c'est que tu trouverais peut-être le temps de faire un petit détour par Bricker's Lake.

— Si j'en ai le temps, j'irai certainement y passer une soirée. Patsy me manque. Crystal aussi, d'ailleurs.

— Qu'y a-t-il d'étonnant à cela ? C'est ta sœur.

— Pendant toutes ces années où nous avons été séparées, je me suis efforcée de ne pas penser à elle. Pour qu'elle ne me manque pas.

— Sais-tu ce qu'elle va faire, ensuite ?

— Non. J'imagine que ces dernières semaines ont été éprouvantes pour elle. Et Patsy ne lui laisse probablement pas un instant de répit.

Le serveur apparut avec leur commande, qu'il disposa devant eux.

— Je pense que Crystal est surtout venue me voir pour soulager sa conscience, et peut-être aussi pour instaurer une nouvelle relation avec moi. Mais elle n'était sûrement pas préparée à affronter Patsy.

John éclata de rire.

— Je me demande qui pourrait être préparé à un phénomène comme Patsy !

— Il n'y en a pas deux comme elle, c'est sûr ! J'espère seulement que Crystal saura s'adapter. Tu sais, ça risque de ne pas être évident pour elle : elle n'a pas connu de vie de famille stable depuis longtemps, elle est passée d'hôpital en foyer, et voilà qu'elle se retrouve du jour au lendemain en compagnie de Patsy.

— Tu t'es bien adaptée, toi.

— J'étais plus jeune et je n'avais pas vécu tout ce que Crystal a vécu. Je n'avais pas subi tout ce qu'elle a subi.

— Tu penses qu'il y a des chances pour qu'elle reste ?

— Je ne sais pas. Nous n'avons pas parlé de l'avenir. Je ne suis pas douée pour ça.

— Tu n'es pas très douée non plus pour parler du passé, marmonna John.

— Hé, tu crois que je ne t'entends pas ? s'exclama Genna. En tout cas, sache que je réfléchis beaucoup, en ce moment.

— Vraiment ? Voilà qui est encourageant. Pourrais-tu me dire à quoi tu réfléchis exactement ? Veux-tu que je te rafraîchisse la mémoire ?

— Non, merci. Mais si j'ai besoin de ton aide, je te le ferai savoir.

— J'y compte bien.

Genna changea soudainement de sujet.

— Hé, vite : le gars près de la porte avec le costume rayé, quel métier fait-il, à ton avis ?

— Trop facile : assistant au Congrès.

— Tu as raison, c'était facile. Bon, plus difficile : la femme en blazer rouge, assise toute seule à la petite table ronde ?

— Elle travaille pour le journal télévisé. C'est ça que tu appelles difficile ? Je vois que tu manques sérieusement d'entraînement.

— Vous avez terminé ? demanda le serveur, apparu comme par magie.

— Je pense que oui.

— Voulez-vous un dessert ? Un café ?

— Genna ?

— Rien pour moi.

— Alors, l'addition.

— J'ai envie de marcher pour rentrer à l'hôtel.

Le serveur revint avec l'addition.

— Moi aussi. C'est une très belle soirée, dit John en déposant deux billets sur la table.

Une fois dehors, Genna s'arrêta un instant pour admirer le ciel. Il était clair, malgré la pollution de la grande ville, et la lune était basse sur l'horizon.

Ils se mirent en marche tranquillement, dans un silence mutuel et confortable qui les satisfaisait tous deux. Aussi Genna fut-elle surprise quand John héla un taxi. Lorsque le véhicule s'arrêta à leur hauteur, John ouvrit la portière en lui disant :

— Grimpe.

— Où allons-nous ?

— Il y a une chose que j'aimerais voir. Chauffeur, au National Mall, s'il vous plaît.

Le taxi démarra à vive allure et fit le trajet au même rythme, en prenant des virages plutôt secs. Heureusement pour lui, il ignorait qu'il ballottait deux membres du FBI sur sa banquette arrière. Parvenu à destination, il s'arrêta en pilant.

— Ça, c'est de la conduite, commenta Genna en descendant.

— J'imagine que nous étions sa dernière course de la soirée, dit John en lui offrant le bras. Je crois que c'est par ici, le mémorial des vétérans de la guerre de Corée.

Ils passèrent près d'un homme âgé qui contemplait, les bras croisés, la pelouse sur laquelle se dressaient des statues de soldats se faufilant dans la nuit, telle une patrouille surnaturelle.

— Regarde, dit Genna en serrant le bras de John. As-tu jamais rien vu de plus… théâtral ?

Le monument érigé en hommage aux hommes et aux femmes qui s'étaient battus pendant le conflit coréen avait quelque chose de fascinant. Dix-neuf statues représentaient des personnages plus vrais que nature, chacun dans une attitude différente. Magnifiquement sculptées, elles composaient un tableau parfait. Genna en avait le souffle coupé : elle n'avait jamais vu de statues aussi vivantes.

John et elle contemplèrent ces soldats qui marchaient en silence, pleins de foi, vers un ennemi invisible. La nuit de plus en plus épaisse leur conférait une énergie, une force presque palpables.

— Quel monument incroyable, hein ? fit le vieil homme, qui s'était rapproché d'eux, comme s'il éprouvait le besoin de partager son émerveillement.

— Magnifique, en effet, répondit John.

— C'est la première fois que vous venez ?

— Non, je suis déjà venu.

— Vous aviez quelqu'un là-bas, en Corée ?

— Un oncle. Le frère de ma mère.

— Dans quel corps ?

— Armée de terre.

— Comment s'appelait-il ?

— Victor Esposito.

— Je ne l'ai pas connu. Désolé. Est-il revenu ?

— Non. Il a été tué quelques semaines après son arrivée.

Après un instant de silence, le vieil homme reprit :

— Votre mère est-elle déjà venue ici ?

— Oui, plusieurs fois, avec ses sœurs.

Le vieil homme hocha la tête en regardant au loin, vers le Bassin du Souvenir où se reflétait la lune.

— « Notre nation rend hommage à ceux de ses fils et de ses filles qui ont répondu à l'appel pour aller défendre un pays et un peuple qu'ils ne connaissaient pas. » C'est ce qui est inscrit près du Bassin. Cinquante-quatre mille deux cent soixante-neuf Américains sont morts en Corée, et il a fallu attendre 1993, l'année de l'édification de ce monument, pour qu'on leur rende hommage et que leurs familles sachent qu'on n'avait pas oublié leur sacrifice.

Puis le vieil homme se mit au garde-à-vous, les salua et disparut dans la nuit.

— Grand moment, dit enfin Genna.

— J'ai l'impression que ce vieux bonhomme avait des comptes à régler avec ses souvenirs, ce soir. Je suis content que nous ayons été là pour lui éviter d'être tout seul.

— Que sommes-nous venus faire ici ?

— Mon oncle aurait fêté ses soixante-six ans aujourd'hui. J'ai promis à ma mère de venir ici, puisque j'étais à Washington.

— Merci de m'avoir amenée avec toi.

— J'espérais que cela ne te dérangerait pas, dit-il en serrant sa main dans la sienne.

Ils repartirent d'un pas tranquille vers la rue.

— Cela ne m'a pas du tout dérangée, dit Genna. Ce monument est magnifique, la nuit est belle... Si tu n'étais pas venu me chercher, j'aurais passé toute la soirée dans ma chambre d'hôtel et j'aurais manqué tout ça.

— Content que tu sois contente. Et maintenant, étant donné l'heure, quelles sont nos chances de trouver un taxi, à ton avis ?

— J'en fais mon affaire.

Elle descendit du trottoir en levant le bras juste au moment où un taxi arrivait, en quête d'un client.

— Ouais… Disons que c'est un coup de chance, marmonna John.

Après avoir donné le nom de l'hôtel de Genna, il s'installa avec elle à l'arrière du véhicule.

Il avait pris la décision de ne pas brûler les étapes avec elle, cette fois-ci. Il voulait la reconquérir une fois pour toutes. Alors, pas question de faire quoi que ce soit qui puisse l'effrayer ou lui donner une raison de ne plus vouloir se retrouver seule avec lui. Mais elle était si près de lui, dans le noir, et elle sentait si diablement bon que, sans réfléchir, il l'attira à lui et posa ses lèvres sur les siennes.

« Ce n'est pas du tout ce qui était prévu pour ce soir, se dit-il en l'embrassant. Nous étions censés refaire connaissance, avec moi dans le rôle du mec bien qui ne met pas la pression… »

Mais même les meilleurs plans…

Il allait faire semblant de se demander s'il était sage de se laisser aller à un rapprochement aussi prématuré quand Genna se serra contre lui en entrouvrant les lèvres. Comment ne pas céder à la douceur du moment ?

Ignorant que deux des plus fameux agents spéciaux du FBI venaient d'abdiquer toute volonté dans son taxi, le chauffeur se retourna en leur annonçant le prix de la course.

— Ça fera six dollars.

— Comment ? s'étonna John. Nous sommes déjà arrivés ? Vous ne pourriez pas refaire le tour du pâté de maisons ? Un petit peu moins vite, cette fois.

— Pas de problème, mon vieux.

— John… murmura Genna, comme si elle hésitait. Tu crois vraiment que c'est une bonne idée ?

— Je crois que c'est la meilleure idée que j'aie eue depuis longtemps, dit-il en la serrant un peu plus contre lui. Je suis même étonné de ne pas l'avoir eue plus tôt.

— Sérieusement. Je te rappelle que nous allons travailler ensemble.

John fit mine de réfléchir, comme s'il n'avait pas prévu cette objection, puis sourit dans l'obscurité et prit les mains de Genna pour les passer autour de son cou, où elles se trouvaient encore une minute auparavant.

— Uniquement pendant la journée. La nuit, nous sommes libres de faire ce qui nous plaît.

17

— Je dois être devenue folle, marmonna Genna en entrant dans sa chambre d'hôtel. Pas le moindre *self-control*, pas la moindre volonté. Je me répète à longueur de journée que, si nous voulons travailler ensemble, nous devons rester amis et seulement amis, et au premier geste, oui, au premier geste qu'il fait pour se rapprocher, que se passe-t-il ? Nous voilà à nous embrasser à bouche que veux-tu à l'arrière d'un taxi, comme deux adolescents !

Son sac atterrit avec un bruit mat sur la commode. Debout au milieu de la pièce, les poings sur les hanches, Genna essayait en vain d'être en colère contre elle-même. Elle avait pourtant de quoi s'en vouloir. Premièrement, parce qu'elle n'avait pas eu la force de rappeler à John que ce genre de relation entre eux était définitivement terminée. Deuxièmement, parce qu'elle essayait de se persuader depuis des mois qu'elle ne désirait pas être avec lui et qu'elle venait de s'apercevoir qu'elle le désirait toujours. Troisièmement, parce qu'elle avait autant envie de lui qu'avant.

Voyant qu'elle n'arriverait pas à se mettre vraiment en colère, elle s'assit au bord de son lit.

— John Mancini, tu me fais peur. Je crois que personne ne m'a jamais fait aussi peur que toi. Parce que personne n'a jamais eu le pouvoir de me faire autant de mal que toi.

« Pourtant, tu as survécu alors qu'il t'avait fait du mal, lui rappela une petite voix. Apparemment, tout n'est pas fini entre vous. Tu ne crois pas que tu triches avec toi-même en n'essayant pas de comprendre pourquoi tu es toujours attirée par lui ? »

Elle se déchaussa en soupirant, puis alla se laver le visage et les dents dans la salle de bains. Une fois en chemise de nuit, elle éteignit la lumière et sortit sur le balcon. À quelques dizaines de mètres, elle pouvait voir la rue où se trouvait l'hôtel où ils avaient passé leur première nuit ensemble.

— Salaud, marmonna-t-elle en souriant. Je parie que tu as fait exprès de me prendre une chambre avec vue sur cette rue.

Elle s'accouda à la rambarde, laissant les souvenirs de cette nuit lointaine affluer et vaincre ses défenses. Une envie de remonter le temps, de tout recommencer l'envahit. Tournant le dos à la ville, elle rentra dans sa chambre et ferma les rideaux.

À quoi bon vouloir revenir en arrière ? « De toute façon, c'est impossible, se dit-elle en se mettant au lit. Mais en revanche, si tu veux, tu peux aller de l'avant. »

Elle ferma les yeux et repensa aux instants passés dans le taxi, à l'ivresse qui l'avait submergée quand John s'était mis à l'embrasser.

« C'est sûrement hormonal », avait-elle pensé sur le moment.

« Pas seulement, avait aussitôt corrigé la petite voix. Tes hormones sont loin d'être les seules responsables de ce que tu ressens. »

Que se serait-il passé si John avait insisté pour l'accompagner jusqu'à sa chambre, au lieu de lui dire bonne nuit et de l'embrasser – baiser qui l'avait d'ailleurs laissée sur sa faim – devant l'ascenseur ? Comment tout cela se serait-il terminé s'ils avaient fait encore une ou deux fois le tour du pâté de maisons ?

Comment ? Elle ne le savait que trop.

Et le pire, c'est qu'elle se demandait si elle ne regrettait pas que cela ne se soit pas terminé ainsi.

— Ce qui me frappe chez ces deux femmes, déclara Adam Stark le lendemain, c'est leur bonheur parfait.

Non seulement elles ont épousé des hommes qui ont l'air de les aimer beaucoup, mais en plus, elles ont des amis adorables.

Genna hocha la tête.

— J'ai eu exactement le même sentiment, approuva-t-elle. Comme je le disais hier à John, elles semblent avoir toujours eu une vie de rêve.

— Ce n'est pas le cas d'une de mes deux victimes, intervint Dale Hunter. Apparemment, elle a eu de graves problèmes. Elle suivait une thérapie par intermittence depuis plusieurs années.

— Quelqu'un a-t-il eu l'obligeance de nous dire pourquoi ? demanda John.

— Son mari a dit à la police qu'elle avait des épisodes de dépression. Sa mère a déclaré, je cite, que sa fille avait « des problèmes personnels à résoudre ». Mais elle n'est pas entrée dans les détails. En revanche, ma seconde victime semble être une femme équilibrée.

— Rien de particulier chez mes victimes non plus, dit John. Elles vivaient la vie typique des banlieusardes. L'une d'entre elles travaillait à temps partiel, l'autre était bibliothécaire. Rien de très excitant.

— Alors, qu'est-ce qu'on fait ? demanda Dale.

— Vous allez vous rendre au domicile de vos deux victimes, l'une après l'autre. Dale, je suis sûr que tu as envie d'en savoir plus sur les « problèmes personnels » de ta disparue. N'hésitez pas à m'appeler si vous le jugez nécessaire. Vous êtes tous expérimentés : je ne vais pas vous expliquer ce que vous devez chercher, ni vous dire quelles questions vous devez poser. Je veux être prévenu dès que vous avez une piste ou quoi que ce soit de neuf.

— Ça marche, dit Adam en se levant.

— J'espère qu'on se reverra bientôt, déclara Dale.

— Bon, fit John quand les deux hommes furent sortis.

— Oui ? répondit Genna.

— Euh... à propos d'hier soir...

Il entreprit de faire le tour de la table. Depuis qu'il l'avait déposée à l'hôtel, il s'en voulait de lui avoir sauté dessus à l'arrière du taxi. Car d'après son plan, il était censé procéder en douceur, pas à pas. Or, rien n'était plus contraire à ce plan que ce qu'ils avaient failli faire la veille.

— Si tu t'excuses, tu es un homme mort, lança Genna.

— Pardon ?

— J'ai dit : si tu t'excuses, tu es un homme mort, répéta-t-elle en serrant ses dossiers contre elle.

— Mais…

Elle déposa un baiser sur ses lèvres.

— Nous en reparlerons quand tout cela sera fini. Nous aurons beaucoup de choses à nous dire lorsque cette affaire sera terminée.

— Des choses agréables ou désagréables ? Tu ne pourrais pas me mettre sur la voie ?

— Agréables. Je t'appelle en arrivant dans le Connecticut.

Elle sortit. Quand il atteignit la porte à son tour, John la vit s'éloigner dans le couloir. Devait-il prendre son attitude pour un encouragement ? Franchement, il ne comprenait rien à ce qui se passait dans la tête de cette fille. La seule chose qu'il savait, c'était que les vingt dollars qu'il avait donnés au taxi, la veille, étaient la dépense la plus utile de sa vie.

Dans sa voiture de location, devant la jolie maison blanche située à la périphérie de Mystic, dans le Connecticut, Genna se remémorait ce que venait de lui raconter l'époux effondré de Barbie Nelson. Le jour de sa disparition, Barbie avait quitté son domicile à 7 h 45. Elle avait déposé ses jumelles à la maternelle, puis était allée rendre des vidéos qu'elle avait louées. Elle avait prévu de passer ensuite à la bibliothèque, comme chaque semaine, puis d'aller à la pharmacie, pour faire renouveler son traitement contre l'asthme. Un lundi absolument comme les autres. Les vidéos étaient arrivées à bon port et elle avait bien emprunté des livres. Mais elle n'était pas passée à la pharmacie. Où qu'elle fût à présent, Genna espérait qu'elle n'aurait pas besoin de ses médicaments.

Il était presque midi. Elle avait passé près de trois heures chez les Nelson, où elle avait regardé des photos, posé des questions, bref, fait connaissance avec Barbie Nelson. Elle l'aurait probablement trouvée sympathique, si leurs routes s'étaient croisées. Elle avait l'air d'une femme bien. Sa maison était chaleureuse, décorée de manière simple et sans prétention. Barbie y avait mis partout sa touche personnelle : elle avait confectionné des rideaux pour la salle à manger, peint des motifs au pochoir dans les toilettes du rez-de-chaussée et planté des fleurs luxuriantes dans les plates-bandes du jardin. Même après plusieurs semaines d'absence, sa présence était encore forte. Cependant, si Genna avait appris beaucoup de choses sur la victime, elle n'avait rien appris de nouveau sur le crime.

L'instinct de John ne l'avait pas trompé, songea-t-elle en démarrant. Barbie Nelson n'était pas le genre de femme à laisser derrière elle une vie qu'elle avait si soigneusement, si amoureusement arrangée pour elle et les siens.

Au feu rouge suivant, elle sortit de son sac le papier sur lequel elle avait noté les instructions pour se rendre au domicile du témoin suivant. Qu'allait-elle tirer de la mère de Barbie Nelson ? Elle devait sûrement savoir quelque chose…

Cinq minutes plus tard, elle sonnait chez cette dernière. Une femme mince d'une soixantaine d'années, élégamment vêtue d'un twin-set en coton blanc et d'une jupe noire, vint lui ouvrir et la conduisit jusqu'à la véranda située à l'arrière de la maison.

— Madame Benson, je vous suis très reconnaissante de bien vouloir me recevoir. Je sais que vous traversez un moment difficile.

— C'est une des épreuves les plus terribles qu'il m'ait été donné d'endurer. Mais si je peux faire quoi que ce soit pour vous aider à retrouver ma fille… Cela dit, j'ai déjà raconté à la police tout ce que je savais.

— Je n'en doute pas, madame Benson.

Genna s'assit sur le canapé en osier et sortit de quoi prendre des notes – non pour elle-même, mais en vue de partager ses informations avec les autres membres de l'équipe.

— Vous n'ignorez pas, je pense, que nous soupçonnons l'individu qui a déjà enlevé un certain nombre de femmes d'avoir aussi kidnappé votre fille. Pour le moment, nous tentons de découvrir le point commun entre toutes ces jeunes femmes, et donc entre leur ravisseur et elles. C'est pourquoi nous essayons de savoir le plus de choses possible sur elles.

— Avant que nous commencions, voulez-vous boire quelque chose ? Je viens juste de faire un pichet de thé glacé.

Mme Benson ne s'était pas assise. Son maintien était raide et un peu guindé. Son regard semblait hanté et las.

— Volontiers, merci, dit Genna.

Pendant qu'elle irait chercher le thé glacé, Mme Benson aurait quelques instants pour reprendre ses esprits, et Genna pourrait examiner le décor.

La véranda donnait sur un jardin qui descendait en pente douce jusqu'à un ponton en bois, lequel surplombait un minuscule bras de rivière. Aucun bateau n'y était amarré, contrairement à ce qu'on apercevait chez les voisins, qui en possédaient trois. La véranda elle-même était aménagée confortablement, quoique sans recherche particulière : une table pliante, un panier servant de porte-revues et, sur la table basse en osier, un bouquet de fleurs dans un vase et le dernier roman à la mode.

— Vous avez là une bien jolie vue, dit Genna quand son hôtesse revint.

— Oui, en effet. On ne s'en lasse pas.

Mme Benson posa le livre par terre et plaça sur la table basse un plateau chargé de deux verres et d'un pichet de thé glacé.

— Vivez-vous ici depuis longtemps ?

— C'est ici que j'ai grandi. Cette maison appartient à ma famille depuis plusieurs générations.

— Barbie a-t-elle aussi grandi ici ?

— Non. Quand Barbie est née, nous vivions à Allen's Springs, dans l'État de New York. Son père – Bob, mon premier mari – était originaire de là-bas. Nous nous sommes connus à l'université et, après notre mariage, nous nous sommes installés là-bas. Bob travaillait dans un cabinet comptable qui appartenait à son père et à son oncle.

— Barbie est-elle fille unique ?

— Oui.

— Quand êtes-vous venus vivre ici ?

Mme Benson hésita, comme si elle rassemblait ses souvenirs.

— C'était il y a dix-sept, dix-huit ans. Mon père était mort, et ma mère désirait partir vivre dans l'Arizona chez sa sœur. Cette maison est dans la famille depuis longtemps, comme je vous l'ai dit, et je ne supportais pas l'idée de la vendre. C'est pourquoi Barbie et moi sommes venues vivre ici.

— Et votre mari ?

— Il… il ne désirait pas déménager. À cause de son travail, vous comprenez. Enfin, il n'y avait pas que ça… Nous avons divorcé peu après ce déménagement.

— Vous êtes-vous remariée ?

— Oui, il y a douze ans. Malheureusement, Georges, mon second mari, nous a quittés il y a trois ans. Curieusement, il est mort presque deux ans jour pour jour après mon premier mari. Tous deux ont succombé à une crise cardiaque.

— Je suis désolée.

— Vous savez, j'estime quand même avoir de la chance. J'ai ma fille, un gendre épatant, trois adorables petits-enfants… Enfin, j'espère que ma fille est toujours en vie, ajouta-t-elle d'une voix éteinte.

— Nous l'espérons tous, madame Benson. Dites-moi, y a-t-il quelque chose, en particulier dans le passé de votre fille, qui pourrait nous orienter dans une nouvelle direction ? Par exemple, un ancien petit ami qui aurait gardé le contact un peu trop assidûment, ou bien un ancien camarade de classe avec qui elle aurait eu des démêlés, ou encore un collègue de travail qui l'aurait importunée…

— Non, rien de tout cela. Barbie ne sortait pas beaucoup lorsqu'elle était étudiante. Elle n'a pas vraiment eu de petit ami attitré jusqu'à ce qu'elle rencontre Rich. Ils se sont mariés dès leurs études terminées. Barbie était une bonne élève et une enfant adorable. Elle ne m'a jamais causé le moindre souci pendant sa scolarité, vraiment. Si elle avait eu un problème, je suis persuadée qu'elle m'en aurait parlé. Nous étions très proches l'une de l'autre, mademoiselle Snow. S'il y avait eu quelque chose, je l'aurais su.

— Elle ne vous a jamais dit qu'elle se sentait surveillée ou qu'elle avait remarqué un véhicule suspect près de chez elle ?

— Non. Cela dit, il y a un mois environ, je me rappelle qu'elle m'a dit avoir reçu des appels anonymes : quelqu'un lui raccrochait au nez. La police est au courant, bien sûr. Mais elle n'a rien découvert.

— Ce mystérieux correspondant lui disait-il quelque chose ?

— Non. Je lui ai posé la question, justement, et elle m'a répondu que cette personne ne disait jamais un mot.

— Vous rappelez-vous un détail sortant de l'ordinaire que Barbie vous aurait confié au cours de ces dernières semaines ?

— Non, je regrette. Absolument rien. Depuis qu'elle a disparu, je reste éveillée chaque nuit, à essayer de me rappeler quelque chose qui pourrait aider à la retrouver, mais je ne vois rien.

— Je suis désolée de vous avoir imposé cette épreuve une fois de plus, madame Benson, dit Genna en refermant son bloc-notes.

Puis elle sortit une carte de visite de sa poche et la tendit à son hôtesse.

— Si vous vous rappelez quoi que ce soit, je dis bien quoi que ce soit, même quelque chose de très ancien, appelez-moi, je vous en prie. Je suis toujours joignable sur mon portable.

— Oui, je n'y manquerai pas.

Mme Benson se leva vivement et raccompagna Genna jusqu'à la porte.

— Au fait, j'ai oublié de vous demander, tout à l'heure : votre premier époux s'est-il remarié ?

— Oui, peu de temps avant moi. Pourquoi ?

— Sa seconde épouse est-elle toujours en vie ?

— Je pense que oui. Pourquoi ?

— Parce que je ne me rappelle pas avoir vu sa déposition dans le dossier. Il me semble qu'on aurait dû l'interroger, étant donné qu'elle est la belle-mère de Barbie.

— Ma fille connaissait à peine Doris – c'est le prénom de la seconde Mme Wright. Elle ne l'aimait pas beaucoup, et c'était réciproque. Je ne suis absolument pas surprise qu'on ne l'ait pas contactée. Elle n'aurait sûrement rien eu à dire sur ma fille.

— Je vois...

— Mademoiselle Snow, croyez-vous que... que Barbie soit toujours...

— Toujours en vie ? Je l'espère sincèrement, madame Benson. Nous l'espérons tous.

Genna sentit le regard de son hôtesse la suivre tandis qu'elle regagnait sa voiture, bien que Mme Benson ait refermé la porte. Tout en vérifiant l'itinéraire pour se rendre à son rendez-vous suivant, elle se demanda pourquoi le rapport de police ne mentionnait nulle part l'existence de cette belle-mère. Il aurait certainement fallu contacter cette personne.

Elle ruminait encore ce détail quand elle arriva devant une vieille bâtisse coloniale transformée en école. Une colonie de vacances y avait élu domicile pour l'été. Carol Stoddard, la meilleure amie de Barbie Nelson, y enseignait le tennis. Après s'être garée, Genna s'approcha des courts de tennis, situés juste après la piscine. Une femme d'une trentaine d'années l'aperçut et lui fit signe.

— Agent Snow ?

— Oui. Excusez mon retard. Mon dernier rendez-vous a duré un peu plus longtemps que je ne l'avais prévu.

— Avec un peu de chance, ma prochaine élève sera elle aussi en retard. Comme je vous l'ai dit au téléphone, j'ai une journée très chargée. Mais si je peux faire quoi que ce soit pour vous aider...

Les yeux de la jeune femme, qui lui avait serré la main d'une poigne énergique, s'emplirent de larmes.

— Vous savez, ça semble carrément impossible que quelqu'un veuille faire du mal à Barbie. C'est une des personnes les plus gentilles et les plus douces que je connaisse.

— C'est à peu près ce que disent tous les gens qui la connaissent. Toutes les personnes que la police a interrogées n'ont que du bien à dire d'elle.

— C'est la vérité. Barbie est une crème. Je n'arrive pas à comprendre comment une telle chose a pu lui arriver.

— Depuis combien de temps la connaissez-vous, mademoiselle Stoddard ?

— Depuis qu'elle habite ici. Ça doit faire... dans les seize, dix-sept ans, à peu près. C'était ma meilleure amie au lycée, et nous sommes restées proches à l'université. J'ai été sa demoiselle d'honneur, et son aîné est mon filleul.

— Donc, vous la connaissez très bien.

— Mieux que personne, excepté peut-être Rich, son mari. Et avant que vous me posiez la question, je suis sûre qu'il n'a rien à voir là-dedans. Il l'adore vraiment. Jamais il ne lui ferait le moindre mal.

— Vous m'avez dit que vous étiez ensemble au lycée. Peut-être quelqu'un...

— Impossible. Tout le monde appréciait Barbie au lycée. Franchement, je ne vois pas qui aurait pu avoir envie de lui faire du mal.

— Sauf peut-être sa belle-mère.

— Qui vous a dit une chose pareille ? Oh, laissez-moi deviner : vous êtes passée voir la mère de Barbie.

Genna hocha la tête.

— Et Sarah vous a dit que Barbie et Doris ne s'entendaient pas ?

— C'est à peu près ça.

— C'est n'importe quoi. Barbie aime beaucoup Doris. Et après moi, Mindy est sa meilleure amie.

— Qui est Mindy ?

— La fille de Doris. Je parie que Sarah ne vous en a même pas parlé.

— Ce nom n'apparaît nulle part dans le dossier.

— Cela ne me surprend pas. La maman de Barbie serait ravie si ces gens-là disparaissaient purement et simplement.

Prenant conscience de ce qu'elle venait de dire, Carol Stoddard rougit vivement.

— Comment ai-je pu dire une chose pareille, alors que Barbie…

— Savez-vous comment je pourrais contacter Mindy ?

— Non. Mais vous trouverez facilement Doris : elle vit à… Le nom de la ville m'échappe…

— Allen's Springs ?

— Exact. Dans l'État de New York, du côté du lac Erié. Désolée, mais je ne connais pas son numéro de téléphone.

— Mais le mari de Barbie doit le connaître, j'imagine ?

— Je n'en suis pas si sûre. Je… je ne sais pas pourquoi, mais Barbie ne mélangeait jamais ces deux aspects de sa vie.

— Que voulez-vous dire ?

— Lorsqu'elle allait voir Doris, elle partait toujours seule. Elle n'emmenait jamais Rich ni les enfants.

— Pourquoi ?

— Je n'en ai pas la moindre idée. Un jour, elle m'a dit que cela n'intéressait pas son mari et que les enfants étaient trop petits pour prendre l'avion. Une excuse absurde, à mon avis. J'ai toujours pensé que Rich ne voulait pas y aller pour ne pas se montrer déloyal envers Sarah, en quelque sorte.

Une portière de voiture claqua, et un homme en short vint à leur rencontre. Il tenait par la main une petite fille qui sautillait.

— Excusez-moi, dit Carol, mais je crois que mon élève vient d'arriver. Vouliez-vous savoir autre chose ?

— Non. Vous m'avez été d'un grand secours. Appelez-moi si jamais vous vous rappelez le moindre détail, même s'il vous semble insignifiant.

— Je n'y manquerai pas.

Carol adressa un sourire à la fillette et à son père tout en ouvrant la grille du court, avant de se retourner une dernière fois vers Genna.

— L'idée que quelqu'un puisse toucher à un cheveu de Barbie me rend littéralement malade. Je vous en supplie, retrouvez-la avant que…

— Nous faisons de notre mieux.

Genna observa quelques minutes la leçon de tennis, tout en songeant à l'information qu'elle venait d'obtenir de l'amie de la victime. Peut-être Mme Benson ignorait-elle que sa fille était proche de sa belle-mère. À moins qu'elle ne veuille pas en entendre parler. Peut-être avait-elle une dent contre la seconde femme de son ex-mari et préférait-elle penser que Barbie partageait ses sentiments.

De retour dans sa voiture, Genna sortit son atlas de sa mallette et ne tarda pas à découvrir qu'Allen's Springs se trouvait à moins de trois heures de route du chalet de Patsy. Assise derrière le volant, elle réfléchit à la marche à suivre. Puis, sa décision prise, elle appela John.

Il répondit à la troisième sonnerie.

— Où es-tu ?

— À l'ombre d'un érable chenu, sur le parking de la Frog Hollow Day School, à Mystic. Ce matin, je suis allée voir le mari et la mère de Barbie, tous deux également bouleversés, et je viens de discuter avec sa meilleure amie.

— Du nouveau ?

— J'en ai l'impression. Barbie a une belle-mère et une demi-sœur dont les noms n'apparaissent à aucun moment dans le dossier d'enquête. Après la disparition de Barbie, ni l'une ni l'autre n'ont été contactées par la police, du moins à ma connaissance.

— Vraiment ?

— Vraiment. Et voici le plus intéressant de tout : d'après sa mère, Barbie n'avait aucune relation avec la seconde épouse de son père. En revanche, d'après sa meilleure amie, Barbie était très proche de sa belle-mère et de la fille de celle-ci et leur a rendu visite à plusieurs reprises, toujours seule, sans son mari ni ses enfants.

— Mon petit doigt me dit que tu vas aller vérifier tout ça.

— Un peu, mon neveu ! Et tu ne devineras jamais où habite la belle-mère en question.

— Près du lac de Patsy ?

— Précisément.

— Voilà qui tombe plutôt bien.

— C'est exactement ce que je me disais. Je vais donc aller interroger Doris Wright, la seconde femme du père de Barbie et, si je le peux, je passerai voir Patsy et Crystal.

— Approuvé.

— Je prends l'avion pour Erié. Là, je loue une voiture, je passe chez Doris Wright et je finis la journée chez Patsy. Et le lendemain matin, je retourne à l'aéroport en voiture.

— Ça m'a tout l'air d'un bon plan.

— Tu as des nouvelles d'Adam et Dale ?

— Dale vient juste de m'appeler et j'attends l'appel d'Adam. Rien de très passionnant pour l'instant, je le crains. Écoute, je viens d'arriver devant le domicile des parents de Justine Lange, et j'ai une heure de retard sur le rendez-vous que je leur avais fixé, vu que mon avion n'était pas à l'heure…

— Je ne te retiens pas plus longtemps.

— Rappelle-moi quand tu auras vu cette Mme Wright, d'accord ?

— Je n'y manquerai pas.

— Hé, Genna ?

— Oui ?

— Tu me manques.

— Toi aussi, tu me manques.

— Je m'en réjouis. Merci.

— Merci à toi, John.

Genna appela ensuite son bureau pour demander qu'on lui réserve un vol, le plus vite possible, pour Erié.

Pendant que la secrétaire faisait le nécessaire, elle appela les renseignements téléphoniques pour avoir le numéro de Doris Wright, qu'elle griffonna au dos de son bloc-notes. Valait-il mieux prévenir cette dernière de sa visite ou débarquer à l'improviste ? Elle venait d'opter pour la deuxième solution quand son téléphone sonna.

— Genna ?

— Oui ?

— Bon, alors, le mieux que je puisse vous proposer, c'est un vol au départ de l'aéroport de Providence, dans la soirée.

— À quelle heure ?

— 21 h 50.

— Ça ira : j'ai largement le temps de m'y rendre. Merci.

— Une voiture vous attendra à votre arrivée. J'imagine qu'il va vous falloir une chambre d'hôtel pour la nuit.

Genna réfléchit. Elle arriverait tard à Allen's Springs, trop tard pour aller frapper à la porte de Mme Wright à l'improviste.

— Exact, il m'en faut une.

— Je vais voir ce que je peux trouver. Je vous rappelle.

— Encore merci, Sharon.

Genna mit le moteur en route et regagna la I-95 en direction de Providence, sans cesser un instant de songer à la deuxième Mme Wright et à ce qu'elle allait pouvoir apporter à l'enquête.

18

Genna s'arrêta au début de l'allée. Elle dut plisser les yeux à cause du soleil pour vérifier l'adresse, tout en pestant contre la distraction qui lui avait fait oublier ses lunettes de soleil sur la commode de sa chambre d'hôtel. C'était bien le numéro dix-huit, et le nom sur la boîte aux lettres était bien celui de Wright. Elle referma sa portière et se dirigea vers la maison. Tout en remontant l'allée, elle remarqua au passage que la pelouse, quoique un peu sèche en ce mois d'août, était bien entretenue, tout comme les plates-bandes fleuries. Elle sonna à la porte et attendit un certain temps avant de sonner une deuxième, puis une troisième fois. N'ayant toujours pas obtenu de réponse, elle contourna la maison et découvrit dans le jardin une femme âgée coiffée d'un large chapeau de paille, occupée à désherber le contour d'une vasque pour oiseaux.

— Pardon, madame ?

Comme la femme ne répondait pas, elle l'appela un peu plus fort. Arrivée à quelques mètres d'elle, elle remarqua enfin que la vieille dame portait des écouteurs et un lecteur de CD portable. Elle décida d'approcher par l'autre côté, de sorte que son ombre la précède, afin d'éviter de causer une frayeur à Mme Wright.

— Oh ! fit cette dernière, surprise, au moment où Genna arriva à sa hauteur.

Retirant chapeau et casque d'un même geste, elle fit un pas en arrière et demanda :

— Que puis-je pour vous ?

— Vous êtes bien Mme Wright ?

— Non, Mme Wright n'est pas là.

— Qui êtes-vous ?

— Jeanne Maynard. J'habite juste à côté. J'ai promis à Doris de veiller sur sa maison en son absence.

— Elle est partie ? Savez-vous quand elle sera de retour ?

— Dans la journée de lundi, je crois. Elle est allée voir sa sœur à Scranton. Y a-t-il quelque chose que je puisse faire pour vous ?

— Si je vous laisse ma carte, pourrez-vous demander à Mme Wright de me rappeler dès son retour ?

Genna sortit sa carte, puis, ayant réfléchi, ajouta le numéro de Patsy au dos.

— Dites-lui qu'elle peut me joindre à n'importe lequel de ces numéros.

— Le FBI ? Je suppose que vous vouliez lui parler de Barbie ?

— Vous connaissez Barbie ?

— Bien sûr. Elle est née près d'ici, à Jamestown. Quand elle est partie vivre dans le Connecticut, elle devait bien avoir déjà treize, quatorze ans. Ensuite, ses parents ont refait chacun leur vie de leur côté, et Barbie a coupé les ponts avec son père. Enfin, j'ai toujours pensé que ça venait de Sarah, mais ça ne me regarde pas. C'est quand Bob est tombé malade que Barbie est revenue le voir. Comme je dis toujours, c'est une chance qu'elle soit revenue le voir avant la fin. Comme ça, ce pauvre Bob aura pu dire adieu à son unique enfant avant de quitter ce monde.

— À quand cela remonte-t-il ?

— À peu près cinq ans, je crois.

— Et jusqu'à cette époque, Barbie n'avait pas revu son père ?

— Je ne me rappelle pas qu'elle l'ait fait.

— Savez-vous pourquoi ?

Jeanne Maynard réfléchit quelques instants, avant de répondre :

— Je crois que ce n'est pas à moi de vous le dire.

— À qui est-ce, alors ? Doris ? Sarah ?

— Celle des deux qui voudra bien. Je n'ai pas à parler des histoires de famille des autres.

— Avez-vous une idée de la raison pour laquelle Sarah et Bob ont divorcé ?

Après mûre réflexion, Mme Maynard répondit :

— Sarah voulait retourner dans le Connecticut. Mais lui ne voulait pas. À cause de son travail.

— Ses affaires allaient-elles mal ?

— Apparemment, elles étaient plutôt florissantes. Bob a toujours eu un bon train de vie.

— Dans ce cas, pourquoi Sarah a-t-elle décidé d'aller vivre à des centaines de kilomètres d'ici ?

— Je crois qu'elle se moquait qu'il la suive ou pas. Elle voulait seulement s'éloigner de...

— De quoi ?

— D'ici.

— Pourquoi ? Que lui était-il arrivé ici ?

— Vous n'avez qu'à le lui demander, répliqua la vieille dame en détournant la tête, comme si elle avait l'impression d'en avoir trop dit.

— Je le ferai. Pouvez-vous me promettre que vous demanderez à Mme Wright de me rappeler ?

— Oui, je n'y manquerai pas.

— Merci, je vous suis très reconnaissante.

— Mademoiselle... mademoiselle Snow ? demanda la vieille dame en lisant la carte que Genna venait de lui remettre.

— Oui ?

— Est-ce que Barbie... Pensez-vous que Barbie soit...

— Nous n'en savons rien, madame Maynard. Je ne veux même pas essayer de spéculer. Pour l'instant, nous essayons juste de comprendre ce qui a pu lui arriver.

— Je prie sans arrêt pour elle depuis que j'ai appris la nouvelle au journal télévisé.

— Alors, continuez, madame Maynard. Continuez à prier pour elle jusqu'à ce qu'on la retrouve.

Sans se retourner, Genna regagna sa voiture en marmonnant :

— Et priez pour qu'on la retrouve vite....

Patsy plongea sa pagaie dans l'eau et poussa le kayak sur le lac. Derrière elle, assise sur le ponton, les jambes pendant à quelques centimètres de l'eau, Crystal lisait. Patsy aurait aimé qu'elle l'accompagne dans son petit tour sur le lac, mais la jeune femme n'avait pas souvent eu l'occasion de lire au cours de son existence, surtout tranquillement installée dehors, dans la lumière du jour finissant. Patsy n'avait donc pas eu le cœur de lui demander de l'accompagner. D'ailleurs, elle n'était pas fâchée d'être un peu seule pour réfléchir à tout ce qui s'était passé ces dernières semaines.

— Nous aurons eu un drôle d'été, marmonna-t-elle en passant devant le ponton des Williams.

Elle salua au passage Mme Williams, qui devait avoir, à vue de nez, dans les quatre-vingt-douze ans.

D'abord, il y avait eu cette affaire de trafic de drogue. Puis Crystal avait débarqué.

— La pauvre petite, soupira Patsy.

Dire qu'elle avait fait suivre une thérapie pendant des années à Genna, en espérant qu'un jour, elle pourrait regarder le passé sereinement ! Et voilà que le passé l'avait brusquement rattrapée, en la personne de Crystal. Patsy s'était d'abord inquiétée pour Genna – elle avait d'ailleurs rappliqué ventre à terre dans le New Jersey, laissant chez les McDonoughs ce pauvre Kermie avec une réserve de nourriture et d'insuline, afin que Genna ne reste pas seule avec sa sœur, après toutes ces années. Mais en découvrant Crystal toute seule sur le canapé, les mains sur les genoux, comme si elle attendait que le ciel lui tombe sur la tête, elle avait craqué. Qu'avait-elle pensé trouver en arrivant chez Genna ? Elle l'ignorait. Mais elle ne s'attendait certes pas à trouver Crystal aussi fragile. Que pouvait-elle faire d'autre que la prendre sous son aile et l'aider un peu ? Après tout, qu'est-ce que la vie avait offert à cette pauvre enfant ? Un père qui la battait et une mère qui laissait faire son mari sans rien dire !

Elle était tellement mignonne quand elle souriait. Elle souriait d'ailleurs plus souvent depuis quelque temps. Un peu plus chaque jour.

— Si seulement j'avais pu prendre Crystal en main à l'époque, en même temps que Genna, marmonna-t-elle en pagayant. Je ne suis pas une vantarde, Seigneur, tu sais bien que ce n'est pas mon genre. Mais je ne peux pas m'empêcher de penser qu'un peu de stabilité et d'affection aurait pu tout changer pour cette petite.

L'eau du lac virait au bleu marine tandis que le soleil baissait derrière les nuages. Elle traversa une nappe de nénuphars en regardant les ombres qui s'allongeaient sur l'eau. Une chauve-souris surgit au-dessus de sa tête, se régalant de moustiques. Un peu plus loin, sur sa droite, un poisson sauta hors de l'eau à l'approche du kayak. Une nouvelle journée d'été s'achevait à Bricker's Lake, sous le ciel qui se teintait de rose, de violet et d'orange. Tout ici respirait la paix et la sérénité. Patsy releva sa pagaie et la posa sur ses genoux. Elle se laissa aller un moment au fil de l'eau avant de prendre le chemin du retour, en fredonnant une chanson de Frank Sinatra qu'elle avait entendue dans la matinée.

Après s'être approchée le plus possible du bord, elle sauta dans l'eau peu profonde et hissa le kayak sur la berge. Il faisait beaucoup plus noir que quand elle était partie, et Crystal avait dû rentrer pour préparer le dîner. Elle était plutôt douée pour ces choses-là. Serviable et toujours prête à donner un coup de main. Tout bien pesé, c'était un vrai plaisir de l'avoir à la maison.

Elle n'avait pas fait dix pas qu'elle s'arrêta net. Dans le silence du crépuscule, quelqu'un se faufilait entre sa maison et celle de Nancy.

— Hé, vous ! Qu'est-ce que vous fichez là ? Avancez immédiatement dans la lumière !

L'inconnu s'arrêta net, puis s'avança dans sa direction.

— C'est moi, mademoiselle Wheeler : Kenny Harris.

— Et peut-on savoir ce que vous faites à rôder par ici ? Vous allez finir par me donner une attaque, un de ces jours !

— Désolé, mademoiselle Wheeler. Je ne voulais pas vous faire peur. Je faisais seulement un petit tour, et quand j'ai remarqué que vous étiez sur le lac et qu'il y avait de la lumière chez vous, j'ai voulu aller voir de plus près. Je ne savais pas que Mlle Snow était chez vous cette semaine.

— Elle n'y est pas. Enfin, j'ai bien une Mlle Snow à la maison, mais c'est la sœur de Genna, Crystal.

Kenny la dévisagea pendant un moment qui lui parut interminable.

— Qu'y a-t-il ? demanda-t-elle en essuyant ses mains mouillées sur son tee-shirt.

— Je ne savais pas. Enfin, je croyais que c'était Mlle Snow, celle que je suis censé protéger. Je ne savais pas qu'il y en avait une deuxième.

Sur ces mots, Kenny s'éloigna en marmonnant et en traînant les pieds.

— Sûrement un effet de la pleine lune, grommela Patsy en rentrant chez elle.

Crystal était dans la cuisine, d'où elle surveillait le couloir qui menait à la porte principale du chalet, laquelle était grande ouverte.

— Qu'y a-t-il ? demanda Patsy.

— Rien. Enfin, je crois. Il y a un instant, j'ai eu l'impression que quelqu'un regardait à l'intérieur.

— C'était Kenny. Je viens de le voir dehors.

Crystal fixa encore un moment la porte, puis alla la fermer à clé.

— Crystal, tu es sûre que tout va bien ?

— Oui. C'est juste que je croyais que nous étions seules dans le secteur, ce week-end, vu que votre amie Nancy s'est absentée et que les gens qui habitent l'autre cottage sont partis mercredi.

— Il est vrai que c'est le grand calme.

— Plus pour longtemps : Genna arrive !

— Genna ! Je croyais qu'elle était retenue par cette horrible histoire d'enlèvements ?

— Oui, mais elle a dû venir dans l'État de New York pour interroger quelqu'un qui ne sera là que lundi. Et comme c'est près d'ici, elle a décidé de venir passer la journée de demain avec nous. Elle pense arriver tôt dans la matinée.

— Ça, c'est ce qu'on appelle une bonne surprise ! Si nous lui préparions quelque chose ?

— Quoi, par exemple ?

— Un de ses plats préférés.

— Je ne connais pas ses goûts.

— En tout cas, nous ferions bien de nous remuer. Sors-moi ce livre de cuisine, là, celui avec la couverture rouge façon cachemire – oui, celui-là. Emporte-le dans le salon. J'arrive avec le thé, et nous allons chercher quelque chose parmi les plats qu'elle préfère. Et pendant que nous y serons, tu me diras quels sont tes plats préférés. Comme ça, j'en ferai une liste…

— Alors, grande sœur, raconte-moi un peu ce que tu as fait ces dernières semaines.

Genna était allongée sur le ponton. Il était 10 heures en cette chaude matinée d'août. Le brouillard matinal s'était évaporé depuis longtemps. Dans le ciel, les nuages s'amoncelaient lentement vers le sud. Genna et Crystal, après un tour en bateau matinal, se faisaient dorer au soleil.

— Ce qu'on peut dire, c'est que ma vie ici n'est plus la même.

— Comment ça ?

— Je n'arrête pas une seconde ! Patsy ne se pose jamais. Elle passe sans transition d'une chose à une autre.

Genna se mit à rire.

— Il faut un petit moment pour s'y habituer.

— Un petit moment ? Tu plaisantes ? Je n'ai jamais rencontré quelqu'un comme elle. Elle a beau se lever à l'aube, elle est tout de suite d'attaque : « Si on allait piquer une tête avant le petit déjeuner ? », « Hé, tu as vu cette splendide matinée ? Si on allait acheter le journal en kayak ? »

Tout en parlant, Crystal imitait avec succès les mimiques de Patsy, haussements de sourcils compris.

— C'est Patsy tout craché !

— Tiens, regarde qui vient nous voir.

Crystal s'était assise et désignait l'autre bout du ponton, où Kermie s'avançait lentement, comme un lord anglais faisant sa promenade matinale.

Le chat se coucha sur le dos entre les deux jeunes femmes, quémandant des caresses.

— D'où sors-tu ? lui demanda Crystal.

Pour toute réponse, l'animal ferma les yeux en ronronnant.

— Ne fais pas semblant de ne pas comprendre ce que je dis. J'espère que tu n'es pas encore allé embêter les chardonnerets, mon vieux.

Kermie se rapprocha d'elle en ronronnant de plus belle.

— Espèce de filou, va.

Puis elle se tourna vers sa sœur.

— Tu sais, c'est la première fois que j'ai un animal. Papa refusait catégoriquement qu'il y en ait un à la maison.

— Je m'en souviens.

— Tu en as eu, toi ?

— Quand je suis venue vivre avec Patsy, elle avait un vieux chien nommé Pickle. Lorsqu'il est mort, nous sommes allées adopter un autre animal à la SPA : c'est là que nous avons trouvé Kermie.

— Vous saviez qu'il était diabétique ?

— Non. Il l'est devenu avec l'âge. Un vétérinaire nous a dit que c'était assez fréquent chez les mâles de cette race. Cela ne devient problématique que si on ne lui donne pas son insuline. Dans ces cas-là, il a tendance à faire des malaises : c'est très impressionnant. Je n'ai jamais vu Patsy aussi inquiète que lorsque Kermie perd connaissance. Nous avons toujours peur qu'il ne se réveille pas. C'est pourquoi nous faisons l'impossible pour qu'il ait son injection en temps voulu. Pas vrai, mon vieux ?

— Quel âge a-t-il ?

— Bientôt dix-sept ans. C'est vieux pour un chat. Patsy dit toujours qu'elle va adopter un chaton, mais chaque fois qu'elle se décide à le faire, elle finit par se dire qu'il vaut mieux attendre encore un peu. Elle a peur que cela ne contrarie Kermie. Moi, je pense qu'il s'en moquerait complètement.

— Ça a dû être merveilleux de grandir avec Patsy.

— C'est vrai.

— Merci de partager Patsy avec moi. Et aussi... tout ça, dit Crystal en désignant le paysage.

— Tu as bien le droit d'en profiter à ton tour. Toutes ces choses dont tu as été privée, tu vas avoir l'occasion de les vivre maintenant. Allons, raconte-moi ce que tu as fait.

— Nous sommes allées marcher, nous avons pêché, et bien sûr, nous avons fait du kayak. J'aime beaucoup ça, maintenant que j'ai pris le coup. Je n'avais jamais fait de bateau avant. Et je crois que je n'ai jamais autant mangé que depuis que je suis ici. Je pensais avoir pris cinq kilos la semaine dernière, mais non. J'ai même perdu un peu de poids, si j'en crois la balance de la salle de bains. Nous nous agitons tellement que la graisse n'a pas le temps de se fixer !

— Patsy adore manger, mais pas toute seule. C'est un vrai cordon-bleu. D'ailleurs, j'ai remarqué que toi aussi, tu étais douée pour la cuisine.

Genna regarda passer une jeune perche entre les nénuphars.

— Est-ce que tu dors bien ? demanda-t-elle.

— Oui... Pourquoi ?

— Juste pour savoir. Cependant, j'ai cru deviner un « mais ».

— Eh bien, la plupart du temps, je m'endors aussitôt couchée. L'épuisement, je suppose.

— Mais ?

— Mais parfois, je me réveille en pleine nuit... Je ne sais pas... Je dois être un peu nerveuse, dit Crystal en grattant Kermie sous le menton.

— Tu fais des cauchemars ?

— Oui, quelquefois, soupira Crystal.

— Quelquefois seulement ?

— D'accord, presque toutes les nuits. Mais ne le dis pas à Patsy. Je ne voudrais pas qu'elle s'imagine que je ne suis pas heureuse ici. Au contraire, je n'ai jamais été aussi heureuse. Je crois que si je fais des cauchemars, c'est parce que nous sommes tout près de… enfin, tu sais.

— Tout près du camp.

Crystal hocha la tête.

— Tu y es déjà retournée, depuis ? demanda-t-elle.

— Non.

— Tu as déjà eu envie d'y retourner ?

— Non.

— Pourquoi ?

— Tu te fiches de moi ? Pourquoi aurais-je envie d'y retourner ?

— Tu ne te demandes pas à quoi ça ressemble maintenant ?

— Je m'en moque complètement.

— Ça a peut-être changé. Tu crois que les chalets sont toujours là ?

— Je n'y ai jamais pensé.

— Comment as-tu fait pour ne pas y penser ?

Le silence s'installa peu à peu entre elles. Kermie se leva pour chasser une libellule.

Finalement, Crystal reprit la parole.

— Je veux y aller, Genna.

— Pas question.

— Je ne te demande pas la permission. Je ne te demande pas non plus de venir avec moi. Mais tu vois, tous les cauchemars que je fais depuis vingt ans commencent et finissent à cet endroit. Ces lieux ont trop de pouvoir sur moi. Peut-être qu'en y allant, je pourrais exorciser mes démons.

Genna secoua la tête.

— Je n'ai jamais réussi à trouver le courage de passer devant l'entrée. Je n'y arrive pas.

— J'irai demain, décréta Crystal. Tu es la bienvenue si tu veux m'accompagner. Cela me ferait plaisir que tu viennes. Mais dans le cas contraire, j'irai seule.

— Pourquoi tiens-tu à y aller ?

— Si tu affrontes tes peurs, tu leur ôtes l'emprise qu'elles ont sur toi et tu deviens plus forte qu'elles, plus forte qu'avant.

— Je ne peux pas, Crystal. Je n'y arriverai pas. Tu vois, finalement, c'est toi la plus courageuse de nous deux.

Mais le lendemain matin, lorsque Crystal se glissa aux aurores dans la cuisine, à pas de loup, elle trouva sa sœur déjà prête et le café qui l'attendait.

— Tu crois que nous devrions avertir Patsy ? demanda-t-elle.

Genna secoua la tête.

— Cela ne servirait qu'à l'inquiéter.

— Tu es sûre de vouloir y aller ?

— Absolument.

La décision n'avait pas été facile à prendre, mais elle ne reviendrait pas en arrière. Et puis, si Crystal avait le courage d'affronter cet endroit, elle l'avait aussi.

— Tu te rappelles par où il faut passer ?

— Tu veux rire ? Ça fait des années que j'évite soigneusement de passer devant. C'est tout droit quand on quitte la vieille route du comté.

Elles quittèrent la maison en silence, se glissant sans un bruit dehors, dans le brouillard matinal, puis dans la voiture.

— Genna, tu n'es pas obligée de m'accompagner. Tu peux me déposer quelque part et m'attendre dans la voiture.

— Ne dis pas n'importe quoi. Si tu peux le faire, je peux le faire.

— Genna, je ne crois pas que ce soit un motif suffisant.

— Fiche-moi la paix avec ça ! J'aurais dû le faire depuis longtemps. Tu as raison : plus on refuse d'affronter les choses, plus elles vous minent. L'heure est peut-être venue d'en finir avec tout ça.

Genna suivit la route étroite et sinueuse qui grimpait jusqu'en haut de la colline et tournait brusquement à droite avant de s'étirer, plate et droite. Elles parcoururent près de deux kilomètres en silence avant que Genna ne ralentisse en scrutant le paysage.

— La route qui mène au camp devrait être par là, quelque part sur la droite.

Elle ralentit encore un peu et se rangea un instant sur le bas-côté pour laisser passer un pick-up.

— Je ne vois aucune route.

— C'était une route en terre battue. Avec les années, elle a dû être recouverte par la végétation. Je sais qu'elle a été barrée pendant un certain temps par la police.

— Regarde ! s'écria Crystal en montrant une vieille pancarte presque entièrement cachée par un buisson.

Genna s'arrêta pour lire.

Bienvenue à La Voie du Berger. Entrez en paix et suivez mon chemin.

— Mon Dieu... souffla-t-elle.

— Le bon Dieu n'a rien à voir avec ce qui s'est passé ici.

— Je n'en reviens pas que la pancarte soit encore ici. J'aurais cru qu'ils l'avaient enlevée depuis longtemps.

— En tout cas, nous sommes sûres d'être au bon endroit.

— Tu veux toujours y aller ?

Comme Crystal acquiesçait, Genna accéléra et s'engagea sur le chemin.

— Quelqu'un est venu ici : regarde comme l'herbe est tassée en direction du camp.

— Sûrement des gosses. Je parie qu'un tas d'ados viennent ici pour jouer à se faire peur.

La route était cahoteuse et ponctuée d'ornières, étroite et en pente raide. Au premier virage en épingle à cheveux, Genna s'arrêta.

— Il est encore temps de faire demi-tour, Crystal.

— Nous y sommes, alors allons voir.

Elles descendirent la colline. Genna se penchait pardessus le volant pour tâcher d'éviter les ornières.

— Mon Dieu ! Qu'est-ce que c'est que ça ? s'écria Crystal.

Elle désignait d'un air dégoûté la branche basse d'un arbre.

Genna s'arrêta et regarda dans la direction qu'elle indiquait.

— J'espère que ce n'est pas un mauvais présage, fit-elle avec un petit rire nerveux.

— Mais qu'est-ce que c'est ? Je n'ai jamais rien vu d'aussi répugnant.

— Un vautour. Il y en a beaucoup par ici.

— C'est la meilleure ! On trouve enfin le courage de mettre les pieds ici après toutes ces années, et sur quoi on tombe en arrivant ? Cette horreur de vautour !

Crystal éclata de rire.

— Tu veux toujours continuer ? insista Genna.

— Évidemment. Ce n'est jamais qu'un vieil oiseau. Même s'il est laid comme les sept péchés capitaux.

« Ce doit être un rire nerveux, songea Genna en continuant à avancer. Comme lorsqu'on sifflote dans le noir pour oublier sa peur. »

Au pied de la colline se trouvait une clairière entourée d'une forêt dense, plus impénétrable qu'une forteresse. Des lianes reliaient les arbres les uns aux autres et une odeur de chèvrefeuille flottait dans l'air.

Genna arrêta la voiture mais laissa le moteur en marche, tandis qu'elle balayait le décor du regard en même temps que Crystal.

— Dans mon souvenir, c'était plus grand, dit cette dernière.

— C'est parce que nous étions plus petites.

— Regarde là-bas. C'est là qu'il y avait la piscine.

— Et là, le vestiaire. Tu te rappelles quand on venait y enfiler nos maillots de bain ?

Crystal hocha la tête. Les deux sœurs restèrent assises un moment dans leur abri de tôle et de verre, dans le silence du matin et le raffut de leurs souvenirs.

— On sort ? demanda enfin Crystal.

— Il vaudrait mieux, répondit Genna en coupant le moteur.

Le bruit des deux claquements de portières simultanés se répercuta dans la clairière. L'air était lourd, humide et chargé des parfums de l'été. Les criquets chantaient, les cigales stridulaient et quelques oiseaux filaient entre les arbres.

Et par-dessus tout cela, un grand calme, une impression de désolation.

— Tu veux aller voir la piscine ? demanda Genna d'une voix étouffée.

— Oui.

Elles se mirent en route côte à côte, les mains dans les poches. Genna tripotait la clé de la voiture, comme pour s'assurer qu'elles avaient une issue de secours en cas de besoin.

— Si on sifflait ? suggéra-t-elle. Histoire de couvrir le bruit que font nos genoux en s'entrechoquant.

— Les miens ne tremblent pas, mais j'avoue avoir des sueurs froides.

En arrivant près du vieux vestiaire, Genna saisit le bras de sa sœur.

— On dirait que tu avais vu juste à propos des vandales.

La porte du bâtiment avait été arrachée depuis longtemps. Elle gisait par terre, voilée et rouillée. Les morceaux d'une vieille cuvette de W-C en porcelaine jonchaient l'allée de ciment qui menait à la piscine entourée d'une clôture.

— Tu te rends compte ? Il y a encore de l'eau, fit Genna en se penchant par-dessus le grillage.

— Il ne doit pas y avoir que ça. Un vrai lagon noir. Beurk ! Dégoûtant. Je parie que c'est infesté de serpents et… Je ne veux même pas regarder.

— Bon, qu'est-ce qu'on va voir ensuite ?

— On pourrait aller de l'autre côté, vers le réfectoire.

— Ça doit être là-bas sur la gauche, si je me souviens bien.

— Je crois que oui.

Elles retournèrent sur leurs pas, sur le chemin de leurs souvenirs.

— Voici les anciennes cuisines, dit Genna en montrant une porte ouverte.

Dans le ciel, des nuages passèrent devant le soleil, jetant une ombre sur le paysage.

— On dirait qu'il va y avoir de l'orage, remarqua Crystal avant d'entrer.

— Tant mieux : ça nous donnera une excuse pour ne pas nous attarder ici.

Elles entrèrent et, foulant le linoléum décoloré et fissuré, passèrent devant les plans de travail en inox et l'évier double. Les placards étaient ouverts et vides depuis longtemps. Un vieux poêle occupait le centre de la pièce. Les tuyaux et les brûleurs avaient disparu. Elles jetèrent un coup d'œil dans la salle du réfectoire.

— Il fait noir là-dedans. Ça me fout les jetons, murmura Crystal.

— Cet endroit est sinistre, de toute façon. Le fait qu'il n'y ait pas de lumière et que le ciel soit en train de se couvrir ne fait qu'accentuer cette impression.

— Regarde, le piano est encore là. Je me demande s'il fonctionne toujours.

Genna traversa la pièce et appuya sur différentes touches.

— Rien. Le mécanisme a dû pourrir, à moins qu'il n'ait été mangé par les souris.

— Je déteste ces bestioles. Il doit y en avoir des milliers ici. J'ai la chair de poule rien que de penser qu'elles rôdent dans les parages.

— Regarde, dit Genna en désignant le fond de la salle.

Des piles de matelas probablement trouvés dans les chalets recouvraient le sol. Certains avaient été partiellement brûlés. Sur le mur, les noms de Courtney et de T.J. s'étalaient en énormes lettres rouges.

— Je me demande si les parents de Courtney et de T.J. savent que leurs enfants viennent s'éclater dans le réfectoire de l'ancienne colo, dit Crystal.

— Vu la montagne de canettes de bière derrière nous, je dirais qu'ils ne sont pas les seuls.

Genna alla examiner de plus près les récipients d'aluminium.

— J'ai l'impression que la fête est finie depuis belle lurette, vu la couche de poussière qu'il y a sur ces canettes. Soit les habitués du lieu sont partis voir ailleurs, soit ils ont passé l'âge.

— C'étaient peut-être des vacanciers qui ne sont jamais revenus.

— Peut-être. Franchement, je suis étonnée de ne pas trouver de traces d'intrusion plus récentes. J'aurais cru qu'un endroit comme celui-là attirerait tous les jeunes du coin. Bon, tu veux encore voir quelque chose ici ?

— Non.

Elles rebroussèrent chemin et se retrouvèrent dans l'ancien potager, à présent envahi par les mauvaises herbes.

— Où veux-tu aller maintenant ? demanda Genna.

— Par là, dit Crystal en désignant les chalets.

— Tu en es sûre ?

— Oui. Je suis venue pour exorciser le mal, Genna. Autant faire les choses à fond.

Sans un mot, elles se frayèrent un chemin côte à côte à travers les broussailles et débouchèrent dans une clairière.

Les chalets en bois, autrefois peints en blanc, formaient un demi-cercle. Au centre se dressait une sorte de podium en pierre d'où les moniteurs s'adressaient aux enfants matin, midi et soir. Autrefois dense et verte, l'herbe ne subsistait plus que sous forme de plaques éparses. Les frondaisons des arbres environnants s'étaient largement étendues au-dessus de la clairière.

— Plus sinistre, tu meurs, murmura Crystal.

Derrière elles, une porte poussée par le vent claqua bruyamment.

Genna poussa un juron et se retourna pour contempler les chalets.

Avec le temps, la forêt semblait s'être rapprochée des bâtiments au point de les étouffer. Des restes de peintures formaient des traînées blanches sur les façades, tandis que des lianes montaient en rangs serrés à l'assaut des marches défoncées, des porches effondrés et des toitures en bardeaux. Les carreaux des fenêtres étaient brisés ici et là, et des lambeaux de moustiquaire pendaient aux portes.

À droite de chaque porte s'étalait un numéro, peint à la hâte, de travers, en gros et en noir, et qui dégoulinait comme à regret.

— D'où sortent ces numéros, à ton avis ? demanda Crystal en désignant le numéro qui défigurait la façade la plus proche.

— C'est la police qui les a peints, pour aider à la description de la scène du crime, répondit Genna sans s'émouvoir.

— La scène du crime, répéta Crystal.

Elle semblait n'avoir jamais songé à ces lieux en ces termes auparavant.

— Les filles qui ont témoigné se servaient de ces numéros pour expliquer ce qui leur était arrivé à la police. Numéro cinq : le mien.

Elle se tourna brusquement et pointa le doigt en direction d'un chalet plus petit, légèrement à l'écart, qui portait le numéro douze.

— L'infirmerie. Les filles qui ont témoigné ont dit qu'après les avoir violées, frère Michael les emmenait là pour que sœur Anna s'occupe d'elles le lendemain.

— J'ai oublié combien de fois j'ai…

Crystal n'acheva pas sa phrase et se retourna vers la clairière en secouant la tête.

— Tu crois que sœur Anna était au courant ? demanda Genna en passant un bras autour des épaules de sa sœur.

— Bien sûr que oui. Elle nous donnait de l'aspirine pour calmer notre « mal de tête ». Et aussi quelque chose pour nous faire dormir. Mais elle savait forcément ce qui nous était arrivé. Elle nous apportait toujours un supplément de dessert. Comme si une part de gâteau supplémentaire pouvait nous guérir d'avoir été violées par son dingue de frère !

— C'était vraiment la sœur de Michael ?

— Je crois que oui, mais je n'en ai jamais eu la certitude. On ne l'a pas découvert lors du procès ?

— À ma connaissance, sœur Anna n'est pas venue témoigner.

— Comment est-ce possible ?

— Je crois qu'on n'a pas réussi à la retrouver. Je ne sais plus très bien. C'était il y a longtemps. D'ailleurs, on ne me faisait entrer dans la salle d'audience que lorsque mon tour de témoigner était arrivé.

Un vent violent agita bruyamment le feuillage des arbres et fit ployer les branches. Un grondement proche les fit sursauter, puis rire d'un air gêné.

— Je crois qu'il est temps de partir, dit Genna.

— Je voudrais juste voir la piste et peut-être le terrain de football.

— Alors, faisons vite. L'orage arrive à toute vitesse.

— Il me semble que le chemin était quelque part par là…

À l'orée de la forêt, la végétation semblait avoir été poussée et foulée, comme si quelqu'un était passé là récemment.

— Peut-être Courtney et T.J. sont-ils venus faire quelques sprints entre deux bières, suggéra Genna.

— Je ne serais pas étonnée de découvrir que des jeunes se servent du terrain de sport. Je me rappelle qu'il était remarquablement bien équipé.

— Moi, je n'en ai pas beaucoup profité. Sauf pour jouer au base-ball. Il fallait avoir dix ans pour faire partie de l'équipe de foot.

Un gigantesque coup de tonnerre retentit. Crystal fit aussitôt volte-face et saisit sa sœur par le bras.

— Réflexion faite, je crois que ça suffira pour aujourd'hui. Nous pourrons revenir voir le terrain de foot un autre jour.

— Si j'ai bien compris, tu es prête à rentrer ?

— Archiprête, dit Crystal en la tirant par le bras.

— Tu n'aimes pas le tonnerre, hein ?

— Pas quand il est aussi proche. Tu as vu ces éclairs ?

Des éclairs déchiraient le ciel de plus en plus noir, et le tonnerre grondait.

— Si on se dépêche, on arrivera peut-être à la voiture avant la pluie… Ah, raté : voici les premières gouttes. Je crois qu'il va falloir courir.

Elles traversèrent la clairière en courant et passèrent devant les chalets au moment où les premières grosses gouttes tombaient, comme des larmes longtemps contenues. Crystal se jeta sur son siège et claqua la portière. Au moment où elle atteignait la voiture, Genna s'arrêta et tendit l'oreille. Il lui semblait avoir entendu quelque chose. Autrefois, elle croyait ces bois hantés. Toutes les nuits, elle avait l'impression d'entendre des cris dans le noir.

Bizarre. Maintenant encore, en se tournant vers les bâtiments abandonnés, il lui semblait entendre ces cris apeurés, comme des murmures portés par le vent d'été.

Pitié… pitié…

Frissonnant sous la pluie glacée qui la trempait, elle se glissa à l'intérieur de la voiture et mit le moteur en marche. Elle avait soudain hâte de rentrer se réfugier chez Patsy.

Plus tard, cette nuit-là, elle rêva qu'elle entendait de nouveau les cris. Ils résonnaient si fort sous son crâne qu'elle se réveilla, se redressa dans son lit et alla se planter à la fenêtre, l'oreille aux aguets. C'était comme si le vent apportait avec lui, par-dessus le lac, des voix qui n'en étaient pas vraiment.

Pitié…

Pitié… aidez… nous…

19

Genna n'était plus qu'à quelques kilomètres du domicile de Doris Wright lorsque son téléphone sonna.

— Genna, tu m'entends ? Comment ça se passe ?

— John ? Je t'entends mal. Je te rappelle tout de suite.

Elle se rangea sur le bas-côté et le rappela aussitôt.

— Tu m'entends mieux ?

— Oui. Qu'y a-t-il ?

— Dale vient de m'appeler. Il a vu les parents de Lani Gilbert hier. Tu ne devineras jamais quel est son véritable prénom.

— Je t'écoute.

— Atalanta.

— Sans rire ?

— Sans rire. Il y a de quoi se poser des questions. La Lani dont tu parlais l'autre jour, où l'as-tu connue ?

— Au camp. Elle était à la colonie cet été-là.

— Genna, est-ce que par hasard elle faisait partie des filles qui ont été agressées par frère Michael ?

— Oui, oui, elle en faisait partie.

— A-t-elle témoigné contre lui ?

— Oui, fit Genna d'une voix éteinte.

— Essaie de te souvenir. Te rappelles-tu les noms des autres filles qui ont témoigné ?

Un silence accablant suivit cette question. Puis Genna démarra brusquement.

— Genna ?

— Je suis en route pour aller voir la belle-mère de Barbie Nelson. Je devrais y être dans moins de cinq minutes.

— Y avait-il une Barbie au camp ?

— Non, je ne crois pas. Mais il y avait une fille qui s'appelait Bobbie.

— Quel était son nom de famille ?

— Je ne sais pas. Nous ne nous connaissions que par nos prénoms. Les noms de famille n'avaient pas d'importance à l'époque.

— Maintenant, ils en ont.

— Je te rappelle.

Elle mit fin à l'appel. Ses mains tremblaient. Lani Gilbert était-elle la Lani qu'elle avait connue ?

Elle se gara dans l'allée de Doris Wright avec brusquerie et se dirigea vers la porte d'entrée en essayant en vain de se rappeler le visage de Bobbie. Si on lui montrait une photo de la fillette à cette époque, la reconnaîtrait-elle seulement ? Tout cela était si loin...

Doris Wright lui ouvrit avant même qu'elle n'ait appuyé sur la sonnette.

— Je suis ravie que vous ayez pu me recevoir aussi rapidement, dit Genna en la suivant dans le salon confortablement meublé.

— Je suis terriblement inquiète, mademoiselle Snow. J'espère que vous allez m'annoncer une bonne nouvelle.

— Je crains de n'avoir aucune nouvelle pour le moment. Madame Wright, je me demandais si vous aviez des photos de votre belle-fille.

— Certainement. Tenez, c'est elle, sur la cheminée.

Genna se leva pour examiner la photo. Celle-ci montrait une jeune femme rayonnante, le jour de son mariage. Elle donnait le bras à un homme plus âgé qui avait tout du père débordant de fierté.

— C'est votre époux ?

— Oui. Mais j'ai des photos plus récentes, si vous voulez. J'en ai qui datent de sa dernière visite, en juillet.

— À vrai dire, j'aurais aimé voir des photos d'elle enfant.

— Enfant ? Il me semble que sa mère les a toutes emportées quand elle a déménagé, mais je vais regarder tout de même.

Genna la suivit dans la salle à manger.

— C'est là que je range toutes les photos, dit Mme Wright en ouvrant le buffet. Je dis toujours que je vais les mettre dans des albums, mais je ne trouve jamais le temps de le faire. Voyons... Non, dans ce paquet, ce sont plutôt des photos de ma fille...

— Votre fille et la fille de votre mari sont-elles en bons termes ?

— Oh, oui. Il leur a fallu un certain temps, mais elles sont très amies maintenant... Tenez, voici une photo. Elle devait avoir à peu près huit ans...

Elle tendit le cliché à Genna.

— Mais je ne comprends pas pourquoi vous vous intéressez à ces vieilles photos. Bobbie a énormément changé en grandissant ; elle s'est beaucoup affinée...

— Bobbie, répéta Genna d'une voix blanche.

— Son père l'appelait toujours Bobbie. C'est seulement quand elle a déménagé avec sa mère qu'elle a commencé à se faire appeler Barbie.

Genna regarda attentivement la photo, et la tête lui tourna.

Barbie Nelson était la Bobbie du camp, celle dont elle n'avait jamais su le nom. Maintenant, elle le connaissait : c'était Wright. Bobbie Wright.

— Excusez-moi, madame Wright, dit-elle malgré le poids qui l'oppressait. Il faut que je passe un coup de fil.

Elle appela John et s'éloigna pour que Mme Wright n'entende pas sa conversation.

— Mancini à l'appareil.

— Bingo.

— Merde.

— Pardon ?

— J'espérais que nous nous étions trompés.

— Pourquoi ? C'est peut-être la piste qui nous manquait.

— Oui, mais je n'aime pas du tout ce que j'aperçois au bout de cette piste.

— Que veux-tu dire ?

— Je viens juste d'avoir Brian. Je lui ai demandé de se renseigner pour savoir à quelle date frère Michael pouvait obtenir une libération conditionnelle. Apparemment, cette date est déjà passée : frère Michael est sorti de prison depuis avril.

Genna resta un instant muette, sous le choc. Puis elle s'éclaircit la voix.

— Pourquoi ne l'avons-nous pas su ? C'est un criminel sexuel. N'aurions-nous pas dû être avertis ?

— Oui, quelqu'un aurait dû être prévenu. Apparemment, il y a eu un dysfonctionnement dans le système.

— Qu'a-t-il fait pendant tout ce temps ? Le premier enlèvement date seulement de quelques semaines.

— Il a observé et tiré les enseignements de ce qu'il voyait.

— Mon Dieu...

— Je ne te le fais pas dire. Brian est en train de nous faxer la liste des treize filles qui ont témoigné contre frère Michael. Tu paries combien que nous avons déjà un dossier sur la plupart d'entre elles ?

— Mais il n'y a eu que douze victimes.

— Oui, mais elles étaient treize à témoigner... Avec toi, cela fait treize.

Un ange passa, dans un silence lourd de non-dits.

— John, Michael avait un frère qui vivait près de Pittsburgh. Nous avons habité là-bas un certain temps. C'est lui, M. Homer, qui avait engagé mon père pour prêcher dans l'église de sa communauté. Il sait peut-être où se trouve Michael.

— Tu te rappelles le nom de cette ville ?

— Bien sûr : nous y avons habité plusieurs années. C'est Lindenwood, juste au-dessus de la frontière nord de la Virginie-Occidentale.

— L'aéroport le plus proche ?

— Pittsburgh.

— Appelle l'aéroport et prends un billet sur le premier vol disponible. Je fais pareil de mon côté et je te retrouve là-bas. Il est temps de rendre une petite visite à M. Homer.

Le soir même, à 19h10, Genna et John sonnaient chez Clarence Homer, qui habitait une vieille maison de style Tudor.

— Cette maison m'intimidait quand j'étais petite, chuchota Genna en attendant qu'on vienne leur ouvrir. Je n'avais jamais vu de maison aussi grande. Je croyais que c'était un château.

— Comment est-ce à l'intérieur ? demanda John en sonnant une deuxième fois.

— À l'époque, c'était très sombre, avec beaucoup de boiseries et de meubles tous très foncés.

Elle recula de quelques pas et remarqua les lourds rideaux qui recouvraient les fenêtres.

— J'ai l'impression que cela n'a guère changé.

John allait sonner pour la troisième fois quand ils entendirent quelqu'un ouvrir le verrou. La poignée en cuivre tourna, et la porte s'entrouvrit juste assez pour permettre à la personne qui était à l'intérieur de regarder dehors. Une femme d'âge mûr, vêtue d'une sorte de vieille blouse, passa la tête dans l'entrebâillement.

— Oui ? Que désirez-vous ?

Genna prit son sourire le plus engageant pour lui répondre, bien qu'elle tremblât intérieurement, sous l'effet des souvenirs qui affluaient soudain à sa mémoire.

— Nous cherchons M. Homer, M. Clarence Homer.

La femme dévisagea tour à tour les deux visiteurs d'un air méfiant.

— Il n'est pas bien. Il ne veut pas de visite, dit-elle en s'apprêtant à refermer la porte.

Mais Genna fit un pas en avant en montrant son badge.

— Nous sommes du FBI. Nous avons besoin de lui parler de son frère.

— Il n'est pas là.

— Ne venez-vous pas de nous dire qu'il était souffrant ? intervint John.

— M. Homer est souffrant, mais son frère n'est pas là.

— Est-il venu récemment ? demanda Genna.

— Il y a quelques mois de cela. Il n'est pas resté longtemps. Quand il a obtenu ce qu'il voulait, il est reparti. Ce pauvre M. Homer était dans tous ses états. Depuis, le pauvre homme ne ferme plus l'œil de la nuit.

— Qu'était-il venu chercher ?

— Je suppose que ça avait quelque chose à voir avec l'héritage de sa mère. Il est parti au bout d'une semaine et n'a pas téléphoné une seule fois depuis. Ce n'est pourtant pas faute de savoir que son pauvre frère est malade.

— Êtes-vous de la famille, mademoiselle…

— Evans. Je suis la gouvernante de monsieur.

— Depuis combien de temps vivez-vous ici ?

— Oh, ça date d'avant la mort de Mme Homer, la mère de monsieur. Ça doit faire environ…

— Lilly ! Lilly ! appela une voix de l'intérieur.

La gouvernante se retourna.

— Désolée, il faut que…

— Eh bien, il me semble que M. Homer va beaucoup mieux, déclara John en glissant un pied dans l'ouverture de la porte. Quelle chance nous avons ! Et maintenant, auriez-vous l'amabilité de dire à M. Homer que des personnes du FBI désirent lui parler ?

À contrecœur, Lilly Evans s'effaça et les laissa entrer.

— Attendez ici, je vais voir s'il est d'accord.

La gouvernante disparut dans une autre pièce.

— En tout cas, chuchota Genna, nous avons déjà la réponse à l'une de nos questions.

— Laquelle ?

— Nous savons où Michael s'est procuré l'argent nécessaire pour financer tous ses déplacements. Je crains fort qu'il n'ait pas trouvé d'emploi à sa sortie de prison. Cet héritage a dû bien l'arranger.

— Je me demande comment M. Homer va réagir quand il apprendra qu'il a financé les activités de son frère.

— Ce n'est peut-être pas la première fois.

— Que veux-tu dire ?

Elle n'eut pas le temps de répondre, car Mlle Evans était de retour.

— Suivez-moi. Mais gardez à l'esprit que M. Homer est malade. Il n'est pas censé recevoir de visite.

Elle ouvrit une porte à double battant. Celle-ci donnait dans une pièce qui avait dû être élégante autrefois, avec ses chérubins en stuc aux angles du plafond et sa grande fenêtre ornée de vitraux. Mais les chérubins tombaient en miettes, et les vitraux étaient fissurés.

Clarence Homer était un homme âgé et visiblement infirme, installé dans un fauteuil roulant face à la cheminée. Sur sa gauche, une carafe à moitié pleine et un verre d'eau étaient posés sur un guéridon. Il portait un pull blanc terni par les lavages, un pyjama en coton bleu et blanc, des chaussons assortis, et affichait un air distant.

— Monsieur Homer, je suis John Mancini, et voici l'agent Snow.

Ce dernier nom rappela-t-il quelque chose au vieil homme ? En tout cas, il n'en donna aucun signe. Il ne tendit pas la main à ses visiteurs, ne les invita pas à s'asseoir, et ce fut à peine s'il tourna le visage vers eux.

— Que voulez-vous ?

— Nous recherchons votre frère, Michael. Nous espérions que vous pourriez nous aider à le retrouver.

— Qu'a-t-il encore fait ? demanda aussitôt le vieil homme.

— Nous ignorons s'il a fait quelque chose, répondit Genna.

Elle voulait qu'il la regarde. Elle avait soudain envie – besoin, même – qu'il se souvienne d'elle.

— Dans ce cas, pourquoi venez-vous me demander où il est ? dit le vieil homme en s'adressant de nouveau à John.

Genna fit un pas en avant pour attirer l'attention sur elle.

— Nous savons qu'il a été remis en liberté en avril, mais nous ignorons où il est allé ensuite. Nous espérions...

— Je n'ai aucune idée de l'endroit où il est. En tout cas, il n'est pas ici.

— Mais il est venu, insista Genna.

— Oui, il est venu, à sa sortie de prison. Il n'avait nulle part où aller, répondit le vieillard en s'adressant à John.

— Combien de temps est-il resté ?

— Je ne m'en souviens pas. Quelques jours, tout au plus.

— Qu'a-t-il fait pendant son séjour ici ?

— Ce qu'il a fait ? Je n'en sais trop rien. Il passait le plus clair de son temps à l'étage.

— Qu'y a-t-il à l'étage ? demanda Genna.

— Les chambres, rétorqua M. Homer d'un ton méprisant, comme si c'était une question idiote.

— Michael a-t-il toujours sa chambre là-haut ?

— Je n'en sais rien. Cela fait six ans que je n'y suis pas monté, depuis mon attaque. Voyez cela avec Mlle Evans.

— Nous n'y manquerons pas, dit John. Monsieur Homer, Michael est-il venu ici dans un but particulier ?

— Je vous l'ai déjà dit : il n'avait nulle part où aller. Où vouliez-vous qu'il aille, si ce n'est dans sa maison, dans sa famille ?

Il était temps d'adopter une approche plus frontale.

— Lui avez-vous donné de l'argent ? demanda Genna.

— Bien sûr. Il n'avait pas travaillé depuis dix-huit ans. Il n'avait pas un sou.

— Puis-je vous demander quelle somme vous lui avez donnée ?

— Je lui ai donné ce qui lui revenait.

John prit le relais.

— De quelle somme s'agissait-il ?

— De la moitié de l'héritage de notre mère. Cet argent lui appartenait. Je n'avais pas le droit de le garder. Lorsqu'il est venu le réclamer après toutes ces années, il a bien fallu que je le lui donne.

— Quand votre mère est-elle décédée, monsieur Homer ?

— Il y a seize ans.

L'air soudain las, le vieil homme parut s'affaisser quelque peu dans son fauteuil.

— Elle ne s'est jamais remise de la condamnation de Michael.

— Combien représentait la moitié de cet héritage ?

— Une fois la part du notaire, des banquiers et du fisc prélevée, nous avons reçu à peu près sept cent mille dollars chacun.

Genna ouvrit de grands yeux. Michael avait largement de quoi continuer à se promener pendant des années.

— Savez-vous si Michael a déposé cet argent dans une banque locale ou s'il l'a investi ? dit-elle, songeant aux éventuelles traces administratives qui pourraient les mener jusqu'à Michael.

— D'après ce que je sais, il a tout gardé. Je pense qu'il s'est contenté de déposer les billets dans sa mallette.

— Vous voulez dire qu'il s'agissait d'espèces ?

— En effet.

— Vous avez remis à votre frère sept cent mille dollars en espèces ?

— Oui. C'était son argent et il le voulait en espèces.

Adieu, précieuse paperasse administrative...

— Vous a-t-il dit où il allait lorsqu'il est parti d'ici ? A-t-il parlé, par exemple, d'aller voir un ami ?

— Michael n'avait pas d'amis. Il n'en a jamais eu. La seule personne qui ait jamais trouvé grâce à ses yeux, c'était notre mère.

John se leva et remit sa carte à leur hôte.

— Merci de nous avoir accordé un peu de votre temps, monsieur Homer. Nous vous en sommes très reconnaissants. Je vous demanderai de bien vouloir me joindre à ce numéro si vous avez des nouvelles de votre frère, ou si vous vous rappelez une information qui pourrait nous être utile.

— Ou encore s'il passe vous voir, ajouta Genna.

— Pourquoi passerait-il ? Il a déjà eu tout ce qu'il voulait.

— Au fait, j'allais oublier, fit John, feignant de se rappeler soudain quelque chose. Serait-il possible de jeter un coup d'œil à la chambre de Michael ?

— Allez fouiner là-haut autant que vous voudrez, mais je doute qu'il y ait grand-chose. Tout ce qui avait de la valeur, il l'a emporté.

M. Homer fit rouler son fauteuil jusqu'à la porte de la pièce.

— Lilly ! Lilly !

Quand Lilly Evans apparut, Clarence Homer désigna ses visiteurs.

— Ils veulent jeter un coup d'œil là-haut.

— Suivez-moi.

Ils gravirent le grand escalier d'acajou jusqu'au premier étage.

— Laquelle de ces chambres est celle de Michael ?

— Celle-ci. Il n'y a pas grand-chose à voir.

C'était peu dire.

Les rideaux étant tirés, John dut allumer le plafonnier, qui n'éclaira que faiblement la pièce. Le mobilier était vétuste mais en bel érable. Le lit n'était garni que d'un matelas nu. Il n'y avait rien sur la commode, rien non plus dans les tiroirs. Dans la penderie, des cintres vides. Pas un livre, pas un tableau.

— Êtes-vous sûre que c'est la chambre de Michael ?

— Certaine.

— Où sont passés ses effets personnels ?

— Michael avait peu d'affaires.

— Des livres ?

— Il ne lisait pas beaucoup.

— Vous avez défait le lit après son départ ?

— Non. Il n'y avait rien à défaire.

— Vous voulez dire qu'il dormait à même le matelas ?

— Oh, non. Il ne dormait pas dans cette pièce. Il dormait en face.

Intriguée, Genna sortit dans le couloir.

— C'est la chambre de sa mère… expliqua Lilly Evans en ouvrant la porte de la pièce.

Genna suivit la gouvernante et n'en crut pas ses yeux. Autant la chambre de Michael était spartiate, autant la chambre de Mme Homer était surchargée. Les rideaux et le baldaquin étaient en damas doré. Des tableaux aux couleurs rutilantes recouvraient les murs, et des lampes aux abat-jour frangés étaient alignées comme des sentinelles sur la commode. Une odeur de gardénia et de renfermé flottait dans l'air.

— ... telle qu'elle était quand la pauvre femme a disparu, ajouta Mlle Evans. Sauf le désordre, bien sûr.

La gouvernante se dirigea vers une banquette où étaient entassés des vêtements et se mit à les trier.

— On aurait pu croire qu'il avait changé en grandissant...

— Qui ?

— Enfin, je suppose que ce n'est pas ce qu'il a fait de pire, continua à grommeler la gouvernante, comme si elle n'avait pas entendu.

Genna souleva l'un des vêtements. C'était une robe d'été des années cinquante, couleur lavande.

— Cette robe appartenait à Mme Homer ?

— Il n'a pas dû aimer la couleur, marmonna Lilly Evans avec un reniflement méprisant.

— La mère de Michael savait-elle qu'il portait ses vêtements ? demanda John.

— Si elle le savait ? Si vous voulez mon avis, elle l'encourageait. Elle l'habillait en fille quand il était petit, d'après ce qu'on m'a dit.

— Lorsqu'il est revenu au printemps dernier, a-t-il porté les vêtements de sa mère ?

— S'il l'a fait, c'est uniquement dans cette pièce. Je l'ai surtout vu en jean, mais j'imagine qu'avec sa barbe, une robe aurait fait un drôle d'effet.

— Michael porte la barbe ?

— Oui, il en avait une. Une petite barbe, mais une barbe tout de même. C'est curieux, d'ailleurs, lui qui a toujours été rasé de près. Sûrement une habitude qu'il a prise en... enfin, là-bas.

Les deux agents inspectèrent la pièce sans rien toucher, de crainte d'abîmer une empreinte susceptible d'être relevée plus tard. Tout dans cette chambre semblait avoir appartenu à Mme Homer.

— Genna ?

— Oui ?

Genna s'arracha à la contemplation d'une photo en noir et blanc posée sur la commode, portrait d'une femme qui lui rappelait vaguement quelque chose.

— Je disais que nous en avions assez vu, répéta John.

— Oh, oui, bien sûr.

Avant de quitter la pièce, elle posa tout de même la question à Mlle Evans.

— Cette photo de femme sur la commode, c'est bien celle de Mme Homer ?

— Oui.

De retour au rez-de-chaussée, les deux agents voulurent faire leurs adieux à M. Homer. Mais celui-ci s'était endormi. Tant mieux, se dit Genna. Il n'aurait peut-être pas été content d'apprendre que sa gouvernante leur avait révélé des secrets de famille.

— Merci beaucoup, mademoiselle Evans. Vous nous avez apporté une aide précieuse, dit courtoisement John en regagnant la porte.

— Je vous demanderai de bien vouloir nous contacter, l'agent Mancini ou moi-même, si vous avez des nouvelles de Michael, ajouta Genna.

— Il a encore fait des siennes, pas vrai ?

— Nous n'en sommes pas certains, mais nous aimerions beaucoup nous entretenir avec lui, répondit John.

La gouvernante ouvrit la porte en secouant la tête d'un air désolé.

— Au fait, mademoiselle Evans, Mme Homer avait-elle un troisième enfant, une fille ?

Lilly Evans dévisagea Genna d'un air incrédule.

— Michael et Clarence Homer avaient-ils une sœur ? insista Genna.

— Pas que je sache.

— Ils n'avaient pas une sœur prénommée Anna ? Vous en êtes sûre ?

— Sûre et certaine. Anna Homer n'était pas leur sœur : c'était leur mère.

— Je me demande quelle sera la prochaine bizarrerie que nous allons découvrir dans cette affaire, déclara John, une fois dans la voiture. Non seulement Michael est pédophile, mais il aime se travestir en mettant les vêtements de sa mère. Et par-dessus le marché, il dort dans le lit de cette dernière. Qui l'eût cru ?

Genna éclata soudain en sanglots, la tête entre les mains.

— Le salaud ! Il ne m'a même pas reconnue ! Même pas reconnue...

John se mit à lui masser le cou et la laissa pleurer.

— Tu espérais vraiment qu'il te reconnaîtrait, après toutes ces années ?

— Il n'a même pas cillé quand je lui ai dit mon nom. Son frère a démoli ma vie et celle de ma sœur, comme il a démoli celle de plusieurs autres filles, et lui, il ne se rappelle même pas mon nom !

John l'attira contre lui et la berça. Il pouvait presque sentir la colère monter en elle.

— Il a peut-être fait semblant de ne pas se rappeler. Il ne savait peut-être pas quoi te dire. Qu'aurais-tu voulu qu'il te dise ?

Genna, le corps secoué de sanglots, ne répondit pas.

— À moins qu'il ne soit trop vieux à présent pour se rappeler ce qui s'est passé il y a si longtemps.

John continua de lui chuchoter des paroles apaisantes, de lui caresser les cheveux, le dos, en la laissant pleurer tout son soûl.

Quand ses sanglots se calmèrent, Genna se redressa.

— Je te préviens : si tu racontes ceci à quiconque, si tu dis à quelqu'un que je me suis effondrée, je nierai tout en bloc.

— Compris.

— Allons-y, maintenant.

John lui tendit un mouchoir et attendit qu'elle ait fini de s'essuyer le visage.

— Qu'est-ce que tu attends pour démarrer ? demanda-t-elle, voyant que la voiture ne bougeait pas.

— Tu n'as pas envie d'y retourner et de lui parler en tête à tête ?

— Pour lui dire quoi ? « Au fait, monsieur Homer, étant donné que vous ne semblez pas vous en souvenir, j'ai pensé que je devrais peut-être vous rafraîchir la mémoire et vous rappeler que mon père était prêcheur dans votre église. Du moins jusqu'au jour où votre frère a tenté de me violer, après avoir violé plusieurs de mes petites camarades de colonie, y compris ma sœur. Je l'ai dénoncé, après quoi il a été traduit en justice, reconnu coupable d'un certain nombre de crimes et condamné à vingt ans de prison. Suite à ça, mon père a été viré de votre église. Je trouve tout de même curieux, monsieur Homer, que mon nom ne vous dise rien. »

Sa colère avait enflé au fil de son monologue, qu'elle termina les poings serrés et les yeux exorbités.

— C'est ce que tu voudrais que je lui dise, John ?

— Je pense que cela ferait l'affaire.

— Et à quoi cela m'avancerait-il ?

— Eh bien, je trouve qu'après tout ce temps, après tout ce qui s'est passé, tu as le droit de savoir si cet homme était conscient de ce qu'il faisait en confiant une centaine de fillettes à son frère. C'est bien cela que tu aimerais savoir, n'est-ce pas ?

— C'est à peu près ça, oui.

— C'est l'occasion ou jamais. Elle ne se représentera peut-être plus.

Genna se tourna vers la porte d'entrée, au-dessus de laquelle une lampe venait de s'allumer car la nuit tombait. Étant donné l'âge et l'état de santé de M. Homer, c'était peut-être effectivement sa dernière chance de lui poser les questions qui l'avaient obsédée des années durant.

— Tu m'attends ici ?

— Comment oses-tu me poser la question ?

Il lui caressa le visage, et elle comprit qu'il était prêt à attendre toute la nuit s'il le fallait.

— Merci, dit-elle simplement.

Elle l'embrassa au coin de la bouche, comme pour puiser des forces en lui.

— Vas-y avant que Mlle Lilly ne le mette au lit.

— Je ne devrais pas en avoir pour longtemps.

Elle descendit de voiture et resta un long moment immobile sur le trottoir, le temps de rassembler son courage. Enfin, elle claqua sa portière et se dirigea vers la maison d'un pas décidé.

Mlle Evans lui ouvrit dès le premier coup de sonnette.

— Avez-vous oublié quelque chose ?

— À vrai dire, oui, dit Genna en pénétrant dans la maison sans attendre qu'on l'y invite. J'ai oublié de poser une question à M. Homer. Je n'en ai pas pour longtemps.

Ses talons claquèrent sur le sol lorsqu'elle gagna le salon qui servait de refuge au vieillard.

— Je savais que vous reviendriez, dit ce dernier sans même se retourner. Je savais que vous aviez encore des choses à me demander.

— Saviez-vous, pour Michael ? Étiez-vous au courant de ses particularités ?

— Vous me demandez si je savais quel être abominable était mon frère ? Si je vous ai remises, vous, votre sœur et toutes les autres, en toute connaissance de cause, entre les mains de ce monstre ? Non. Je l'ignorais complètement.

— Vous n'avez jamais rien soupçonné ?

— Je savais qu'il était un peu… particulier. Je ne le nie pas. Je savais que malgré sa grande intelligence, il était incapable de travailler normalement. Il n'avait jamais eu d'amis, ni partagé les jeux des autres enfants. Même à l'âge adulte, il ne supportait personne, sauf Mère, bien sûr. Et parfois moi. Mais pas une seconde je n'ai soupçonné la vérité.

— La colonie de vacances, c'était une idée à vous ?

— Non, répondit le vieil homme, les yeux brillants de larmes. Elle venait de Michael. « Pourquoi ne pas organiser une colonie de vacances pour leur montrer le droit chemin ? » disait-il. C'était la première fois qu'il semblait s'intéresser vraiment à quelque chose. Je pensais qu'enfin, il avait trouvé sa voie…

— Quand avez-vous découvert la vérité ? Avant ce fameux été ?

— Non. Mon Dieu, non !

— Quand l'avez-vous découverte, alors ?

— Lorsqu'un journaliste de la télévision locale est venu sonner chez moi. Voilà comment j'ai appris la vérité. Grâce à un journaliste qui m'a fourré un micro sous le nez en me demandant ce que je ressentais après l'arrestation de mon frère pour viols multiples sur des mineures.

Sur la cheminée, la pendule égrenait à grand bruit les secondes qui s'écoulaient.

Enfin, M. Homer acheva :

— Je suis sincèrement désolé de ce qui vous est arrivé, à vous et aux autres. Je n'ai pas de mots pour décrire l'horreur que vous avez subie. Mais sachez que je prie pour vous toutes chaque jour que Dieu fait.

— Et pour Michael ?

— Dieu me pardonne, j'ai cessé de prier pour lui depuis bien longtemps.

Le vieil homme semblait se ratatiner à vue d'œil. Après un nouveau silence, il lui posa une question à son tour.

— Votre père prêche-t-il toujours ?

— Ma mère et lui sont morts il y a quelques mois.

— Je suis désolé. Le révérend Snow savait inspirer comme personne la crainte de l'Enfer à ses ouailles.

— Vous pouvez le dire.

— Et votre sœur ?

— Elle se remet tout doucement.

— Et vous ?

Elle répondit d'un haussement d'épaules.

— Vous et votre ami, vous travaillez vraiment pour le FBI, ou m'avez-vous montré de faux badges pour vous introduire chez moi ?

— Ces badges étaient aussi vrais que possible.

— Apparemment, vous vous en êtes bien sortie, malgré tout.

— Les apparences ne sont pas tout, monsieur Homer.

Elle allait sortir quand elle se ravisa.

— Au fait, pourquoi n'avez-vous pas montré que vous me reconnaissiez lorsque je suis venue tout à l'heure ?

— Que vouliez-vous que je vous dise ?

— Ce que vous venez de me dire : que vous ne connaissiez pas la vraie personnalité de votre frère, et que vous regrettiez.

— Étant donné les circonstances, ces paroles ne sont-elles pas bien dérisoires ?

Genna secoua la tête.

— Parfois, les mots sont bien inutiles, mademoiselle Snow. J'ai pensé que ce serait le cas.

Le silence s'installa dans la pièce. Genna le brisa une dernière fois.

— Les mots qui pourraient nous permettre de le retrouver seraient des mots bien utiles, monsieur Homer. Avez-vous une idée de l'endroit où il pourrait être ? Ne vous a-t-il pas dit où il comptait aller, ce qu'il avait l'intention de faire ?

Le vieil homme secoua la tête.

— Non. Mais un jour, je l'ai entendu téléphoner. Il parlait de prendre livraison d'une voiture, je crois.

— Une voiture ? Il aurait acheté une voiture ? Chez un concessionnaire ou à un particulier ?

— Je crois qu'il s'agissait d'un concessionnaire. J'ai vu Michael par la porte entrouverte. Il consultait un annuaire. Il m'a semblé que c'étaient les pages jaunes.

— Formidable, monsieur Homer. C'est le premier indice que nous ayons. Merci infiniment.

— C'est moi qui vous remercie, dit le vieil homme en lui faisant un signe d'adieu d'une main lasse. Votre visite m'a redonné du courage.

— Vous aussi, vous m'avez redonné du courage.

Pressée d'aller annoncer la nouvelle à John, elle s'apprêta à sortir. Mais elle se ravisa soudain et rebroussa chemin jusqu'au vieil homme tassé dans son fauteuil roulant. Lorsqu'elle lui tendit la main, il leva les yeux vers elle avant de l'accepter.

— Toute ma vie, mademoiselle, j'ai essayé de suivre le droit chemin, d'utiliser les richesses dont le Seigneur avait si généreusement comblé ma famille pour accomplir son œuvre. Si je pouvais changer une seule chose dans le passé, ce serait mon frère.

— Ce qu'il a fait ?

— Non. Je voudrais qu'il ne soit jamais né.

20

Si John avait douté qu'il fût sage de renvoyer Genna discuter avec Clarence Homer, tous ses doutes s'envolèrent lorsqu'il la vit sortir d'un pas décidé de l'antique demeure : elle avait apparemment retrouvé toute son énergie.

Il remercia le Ciel. Visiblement, cette démarche avait allégé, et non alourdi, le poids qui pesait sur les épaules de la jeune femme.

— Quelque chose me dit que votre petite causerie s'est bien passée.

— Mieux que bien, répondit-elle en grimpant à bord.

— Il t'avait reconnue ?

— Oui. Comme tu le pensais, il ne savait pas quoi me dire. Franchement, je crois qu'il était gêné que je lui rende visite, gêné de se retrouver en face de moi après tout ce qui s'est passé.

— Qu'a-t-il dit ?

— Simplement qu'il avait toujours su que son frère n'était pas comme tout le monde, mais qu'il ne l'avait jamais cru dangereux et qu'il ignorait totalement ce que faisait Michael au camp. Et aussi qu'il était désolé pour tout ce qui s'était passé.

— Tu le crois sincère ?

— Oui, absolument. Je ne vois pas quel intérêt il aurait à me mentir maintenant. Il semblait réellement angoissé. Mais le plus important, c'est qu'il s'est rappelé un détail qui pourrait bien être notre premier indice depuis le début de cette affaire : il pense que Michael aurait acheté une voiture avant de partir de chez lui. Il l'a entendu en parler au téléphone.

— Sait-il où son frère aurait pu acheter ce véhicule ?

— Non, dit Genna en consultant un papier jaune qu'elle venait de sortir de sa poche. Mais étant donné qu'il n'y a que... voyons... sept concessionnaires chez lesquels on puisse se rendre à pied d'ici, je dirais que nous risquons fort de découvrir où Michael a fait cet achat. J'ai fait un petit détour par le bureau de M. Homer. J'ai un peu allégé les pages jaunes de son annuaire, mais étant donné les circonstances, je pense qu'il ne m'en voudra pas. Donc, il y a un revendeur General Motors sur Melrose Avenue. Ma sœur et moi allions à l'école dans cette rue qui, si ma mémoire est bonne, doit se trouver tout près d'ici. Commençons par là.

— M. Homer sait-il que tu as arraché des pages de son annuaire ?

— Laissons aux techniciens de la police scientifique le soin de le lui apprendre. Je crois qu'il est temps de les appeler pour qu'ils passent la maison au peigne fin. Surtout la chambre de Mme Homer. Il faut relever les empreintes, recueillir les échantillons de cheveux...

— C'est déjà fait. J'ai passé quelques coups de fil pendant que tu étais à l'intérieur. J'ai aussi appelé Egan pour le mettre au courant. Il va envoyer un agent dans les familles des disparues pour leur communiquer les dernières nouvelles.

— Dans ce cas, il est temps de nous rendre chez les concessionnaires automobiles du coin pour voir si frère Michael a bien acheté un véhicule chez l'un d'entre eux.

Le troisième concessionnaire se trouva être le bon.

— Parfaitement, madame, une fourgonnette Dodge. Payée intégralement en espèces, déclara le vendeur, qui répondait au nom de Lou Barning.

Visiblement nerveux, il observait à la dérobée la poche dans laquelle Genna avait rangé son badge. Sans doute se demandait-il où elle cachait son arme.

— Pourriez-vous nous donner des précisions sur le véhicule ?

— Il s'agit d'une camionnette bleu foncé avec des vitres sur un côté ainsi qu'à l'arrière. Elle n'avait que trente mille kilomètres au compteur.

— Teintées, les vitres ?

— Oui, teintées.

— Pourriez-vous nous montrer les documents concernant cette transaction ?

— Ces documents sont enfermés dans le bureau en fin de journée. Mais je peux vous montrer ce que j'ai sur mon ordinateur, si vous voulez.

— Parfait. Mais peut-être quelqu'un pourrait-il venir nous ouvrir ce bureau afin que nous jetions un coup d'œil aux papiers, insista Genna.

— Je vais m'en occuper, dit le vendeur.

— Pourriez-vous nous décrire l'acheteur ? demanda John.

— Un bon mètre soixante-dix, mince, avec une barbe et une moustache.

— De quelle couleur ?

— Brun foncé, avec quelques poils gris. Mais il avait les cheveux très ras.

— Vous permettez que je passe un coup de fil ? demanda John pour la forme, la main déjà sur son portable.

Il appelait sûrement Calvin Sharpe. En un rien de temps, tous les agents de l'antenne locale la plus proche allaient investir Lindenwood.

— Pensez-vous que vous pourriez donner des indications à un dessinateur pour établir un portrait-robot ? demanda Genna.

— Oui, mais je crois que ce ne sera pas nécessaire.

Il lui montra du doigt le coin de la pièce.

— La caméra de surveillance : nous l'avons mise en place au printemps dernier, parce que nos locaux étaient régulièrement victimes de dégradations. Nous avons pincé le responsable, mais je ne crois pas que quelqu'un ait pensé à arrêter la caméra ensuite. Elle a dû continuer à tourner jusqu'à épuisement de la bande.

— Quand a-t-elle été installée ? demanda Genna, dont le cœur s'emballait.

— Le mardi 11 avril. Je m'en souviens parce que c'est le jour de mon anniversaire. Elle contenait un film de soixante-douze heures.

— Et c'est à ce moment-là qu'est venu Michael Homer?

— Le jeudi suivant à la première heure. Donc, le 13 avril.

— La bande est toujours dedans?

— Je ne l'ai jamais enlevée, et je ne crois pas que quelqu'un d'autre l'ait fait.

— Auriez-vous l'obligeance d'aller me la chercher? Mancini, laisse tomber le téléphone. M. Barning a une petite surprise à te montrer.

À 10 h 30, le film avait non seulement été visionné une douzaine de fois mais copié. Comme le vendeur le soupçonnait, on y voyait Michael Homer. L'angle de prise de vue ne permettait malheureusement pas de le voir de face. Néanmoins, on avait enfin une idée de ce à quoi ressemblait le suspect numéro un et, en envoyant la bande au labo, on espérait obtenir quelques plans fixes que les médias pourraient diffuser.

À minuit, Genna et John avaient communiqué les dernières découvertes aux premiers membres de l'équipe de police scientifique en provenance de l'antenne de Pittsburgh. Un peu après 1 heure, ils arrivaient au motel où deux chambres leur avaient été réservées.

— Une journée bien remplie, commenta John en coupant le contact.

— C'est le moins qu'on puisse dire, fit Genna en bâillant.

— Fatiguée?

— Un peu. Mais j'ai surtout faim. Tu te rappelles quand tu as avalé quelque chose pour la dernière fois?

— Tout à l'heure, dans l'avion.

— Moi aussi. La faim me rattrape.

— Il y a une brasserie ouverte vingt-quatre heures sur vingt-quatre en face. Ça te dit d'essayer?

— Tu me poses la question? Je serais prête à marcher sur des charbons ardents pour une tasse de café et un bon petit plat.

John ferma la voiture à clé en souriant : si Genna avait de l'appétit, c'était bon signe.

Ils traversèrent le parking main dans la main. Lorsqu'ils pénétrèrent dans la brasserie silencieuse, les deux seuls clients présents se retournèrent pour les dévisager. Une jeune femme à la mine fatiguée les conduisit jusqu'à une table qui donnait sur la rue et leur remit les menus.

Après avoir passé commande, Genna et John restèrent un moment perdus dans leurs pensées.

— Que veux-tu écouter ? demanda enfin John.

— Pardon ?

— Il y a un vieux juke-box. Qu'aimerais-tu écouter ?

— Voyons ce qu'il propose.

Penchés au-dessus de l'appareil, ils déchiffrèrent les titres des chansons, des tubes vieux de dix ans et plus.

— Dis donc, il y a là de véritables antiquités, dit John. Regarde : *Blue Moon*. Un tube datant de l'âge de pierre ! Et celui-ci : *You Belong to Me*. Sans parler de celui-là : *Why Do Fools Fall in Love*. Mon père avait certains de ces disques.

— Je crois que je n'ai jamais entendu aucun de ces titres.

— Tu plaisantes, j'espère ?

— Pas du tout.

John inséra des pièces dans l'appareil, et les premières notes d'une chanson s'élevèrent.

— Comment, tu n'as jamais entendu *Blue Moon* ? Un bon vieux tube de la grande époque.

— Je te rappelle que je suis née en 1973.

— Et moi en 1970. Je ne vois pas le rapport. Tu n'étais pas née dans les années quarante, et pourtant, je t'ai déjà entendue chanter *The Tennessee Waltz*.

— C'est seulement parce que c'est une des chansons préférées de Patsy et qu'elle la chante tout le temps.

Comme la serveuse leur apportait leurs cafés, ils regagnèrent leur table.

— Alors, que penses-tu de tout cela ? demanda John.

— J'en pense que nous allons pincer ce salaud.

Elle en semblait persuadée pour la première fois, et cette certitude se lisait dans son regard.

— Je crois que cette vidéo va nous aider énormément lorsqu'elle sera diffusée au journal télévisé demain matin, poursuivit-elle. Des pompistes, des serveuses, des employés de drugstore vont nous appeler, et nous le retrouverons avant qu'il ne s'en prenne à une nouvelle victime.

John hocha lentement la tête. Quand allait-elle comprendre qu'il ne restait désormais plus qu'une victime potentielle ?

— Il a peut-être changé d'apparence depuis le mois d'avril, dit-il. Il est possible qu'il se soit rasé la barbe, que ses cheveux aient poussé ou qu'il les ait teints.

— Je sais, mais...

— Mais ?

— Mais en visionnant la vidéo... quelque chose dans sa façon de marcher...

— Eh bien ?

— Je n'arrête pas de me dire que cela me rappelle quelque chose.

— Il est possible que des souvenirs inconscients soient restés dans ta mémoire depuis ce fameux été, même si tu n'avais que neuf ans à l'époque.

— Ce doit être ça. Une vieille réminiscence.

Genna se recula pour permettre à la serveuse de déposer devant elle les œufs brouillés et les toasts qu'elle avait commandés.

— Qu'est-ce que cela t'a fait de le revoir sur cette vidéo, après tout ce temps ?

John avait posé la question comme si de rien n'était, alors qu'elle l'obsédait depuis qu'ils avaient découvert la bande.

— Je crois que j'éprouve surtout de la colère. Je lui en veux toujours pour ce qu'il m'a fait. Mais je lui en veux encore plus pour ce qu'il a fait à ces femmes. Elles ont été ses victimes deux fois. Parfois, je me réveille en pleine nuit avec l'impression de les entendre appeler à l'aide, comme si elles attendaient que je les retrouve...

Mais je suis aussi très contente d'être à la place qui est la mienne, de faire partie de ceux qui arrêteront ce monstre et mettront fin, une fois pour toutes, à ses agissements.

— Tu en feras partie, bien entendu...

John lut soudain sur son visage quelque chose qui ne lui plut pas du tout.

— Genna, oublie ça tout de suite.

— John, tu sais bien que je suis sur sa liste. Tu sais que c'est moi qu'il cherche maintenant.

— Si tu crois que je vais te laisser partir toute seule...

— Tais-toi et réfléchis une minute. Tu sais qu'il n'abandonnera pas tant qu'il n'aura pas coché tous les noms qui figurent sur sa liste. Or, le dernier nom, c'est le mien.

— Je me demandais quand tu allais t'en rendre compte.

— Je l'ai compris depuis longtemps, répliqua Genna. Michael est bien trop malin pour se faire prendre facilement. Il nous l'a assez prouvé : il a enlevé douze femmes sans laisser un seul indice nous permettant de savoir où il les avait emmenées et ce qu'il en avait fait. Tu sais aussi bien que moi que la partie ne sera pas terminée tant qu'il ne m'aura pas retrouvée, sauf si nous le trouvons les premiers. Or, à moins qu'un nouvel indice ne nous permette de le localiser dans les jours qui viennent, nous ne le retrouverons pas. J'ai passé la plus grande partie de ma vie à essayer de surmonter les conséquences de ce qu'il m'a fait. Je ne passerai pas le reste de mes jours à l'attendre et à me demander où il est. Cette fois-ci, c'est moi qui vais mener la danse, pas lui.

— Genna, tu ne crois pas que c'est précisément ce à quoi il s'attend de ta part ? Tu penses vraiment qu'il va quand même s'en prendre à toi maintenant ?

— Ce que je pense, c'est qu'il se croit plus malin que nous. Il doit être persuadé qu'il trouvera un moyen de m'atteindre, malgré toute la protection dont je serai entourée.

— Genna, la meilleure chose que tu puisses faire maintenant, c'est d'aller te cacher, avec Patsy et Crystal...

— Mon Dieu, il faut que quelqu'un les prévienne!

Genna avait pâli brusquement. John lui prit la main et poursuivit :

— C'est déjà fait. J'ai appelé Patsy pendant que tu bavardais avec M. Homer et je lui ai conseillé de quitter le lac un certain temps.

— Quitter le lac ? Elle n'acceptera jamais.

— Au contraire, ma chère. Elle doit même être en train de faire ses bagages, à l'heure où je te parle.

— Pour aller où ?

— Elle a estimé avec moi que la maison de Brian pourrait être une bonne cachette.

— Non. Il n'est pas question de mêler la femme et les enfants de Brian à tout cela. Nous allons trouver un autre endroit pour elle et Crystal.

— Pour nous tous. Pas seulement elles, mais aussi toi et moi.

— Pourquoi toi ?

— Pour être sûr que tu ne t'en mêleras pas.

Genna se mit à écraser dans son assiette les restes de ses œufs brouillés. John devinait à son visage qu'elle s'apprêtait à marchander.

— En supposant que j'accepte, combien de temps devrai-je rester cachée ?

— Jusqu'à ce que le danger soit écarté.

— Et si on ne retrouve pas Michael ? Devrai-je me terrer tout le restant de ma vie ?

— Je ne pense pas que ce soit aussi long.

— Mais si nous n'arrivons pas à le retrouver, John, que ferons-nous ?

Elle se leva et vint s'asseoir près de lui sur la banquette.

— John, je sais que tu fais cela pour me protéger et je ne t'en aime que davantage. Dernièrement, je me suis rendu compte que je t'aimais pour une foule de raisons, mais nous parlerons de ça plus tard. Pour l'instant, essaie de répondre à cette question : que sera ma vie si, chaque matin, je me réveille en me demandant s'il ne me retrouvera pas aujourd'hui ? Si je dois vivre chaque jour dans la peur ?

John chercha en vain une réponse.

— Nous avons perdu tant de temps, toi et moi, reprit-elle. Nous méritons mieux qu'une vie de bêtes traquées. Arrêtons Michael et finissons-en. Attrapons ce salaud tout de suite, et nous pourrons profiter de la vie. Qu'en dis-tu ?

— Je me suis arrêté au passage où tu disais que tu m'aimais. Qui me dit que ce n'est pas une ruse pour arriver à tes fins ?

— Tu sais que je ne suis pas comme ça.

— C'est vrai, soupira-t-il.

— Alors ?

— Alors, réfléchissons bien, dit John en prenant l'addition que lui tendait la serveuse. Nous partons de l'hypothèse que le but de Michael est de se venger de celles qui l'ont conduit derrière les barreaux. Il les a toutes capturées, sauf une, toi. Si tu étais n'importe qui, te kidnapper serait un jeu d'enfant pour lui. Mais, sachant qui tu es et les ressources dont tu disposes – autrement dit, le FBI –, il va devoir se donner plus de mal que pour les autres. Il sait pertinemment que nous allons faire corps autour de toi. Donc, quelle tactique va-t-il adopter ? Va-t-il garder un profil bas pendant un moment, le temps que tu perdes l'habitude d'être toujours sur tes gardes ? Ou bien va-t-il deviner que tu vas essayer de lui tendre un piège dans lequel tu joueras toi-même le rôle de l'appât ? Si oui, relèvera-t-il le défi, juste pour te prouver qu'il est plus fort que toi ?

— Il va se dire que le FBI va se servir de moi pour le piéger. Il ne résistera pas à la tentation de prouver qu'il est plus malin que nous. Et surtout plus malin que moi, comme tu l'as dit.

— Donc, nous...

— Nous allons le faire mariner un peu, histoire de voir s'il s'emballe. Tu as sans doute raison : je devrais peut-être disparaître un moment. Quelques jours pourraient suffire à le mettre sur des charbons ardents. Et donc à le pousser à l'erreur.

— À moins que cela ne le rende que plus dangereux.

— Plus dangereux qu'il ne l'est déjà ? Tu crois que c'est possible ?

— Non, tu as raison. Bon, comment vois-tu la suite des opérations ?

— Je nous vois tous les deux au lit en train de rattraper le temps perdu.

John faillit s'étrangler avec son café.

— Je voulais parler de ce qu'il convenait de faire à propos de Michael, dit-il.

— Oh... Je vais disparaître de la circulation un certain temps – disons une semaine – avec Patsy et Crystal, comme tu le suggérais tout à l'heure.

Genna se leva et lui tendit la main. Il la prit et se leva à son tour, avant de sortir quelques billets pour payer l'addition.

— Ensuite, poursuivit-elle, lorsqu'il sera à point, nous trouverons un moyen de lui faire savoir où je suis. Tôt ou tard, il viendra me chercher.

— Et nous serons là. Bien entendu, il ne s'agit là que d'un résumé. Il reste encore à étudier les détails de l'opération. L'essentiel, pour l'instant, c'est que tu acceptes de disparaître un moment.

— Tu serais prêt à disparaître avec moi ?

— Je te suivrai où que tu ailles.

— D'accord. Marché conclu. Quel était l'air de cette chanson, déjà ?

— Quelle chanson ?

— Celle que tu as choisie sur le juke-box. *Moon* quelque chose.

— *Blue Moon*.

Il fredonna quelques mesures, puis ralentit le pas et la prit dans ses bras pour un slow sous les réverbères du parking du motel.

Comme il se penchait vers elle, Genna leva la tête, impatiente de sentir ses lèvres sur les siennes. Leurs langues s'unirent et John la serra plus fort contre lui, pris d'un désir qui croissait à chaque seconde.

— Tu as toujours l'enveloppe que je t'ai remise, celle qui contient les clés de nos chambres ?

— Oui.

— Tu te rappelles les numéros de nos chambres ?

— Oui. 236.

— Et l'autre ?

— Je crois que c'est aussi 236.

— Dans ce cas, dit-il en la soulevant dans ses bras, ce sera la 236.

— Repose-moi ! Et fais un détour par la voiture : j'ai besoin du sac que j'ai laissé sur la banquette arrière.

— J'irai te le chercher plus tard.

Il la déposa au pied de l'escalier extérieur qui desservait les chambres du motel.

— Tu as la clé ?

— Dans ma poche.

Ils gravirent l'escalier main dans la main, s'arrêtant sur le premier palier pour admirer le ciel étoilé où des lambeaux de nuages passaient en s'étirant devant la lune. Le parfum d'un genévrier montait jusqu'à eux depuis l'espace vert qui séparait le motel du parking.

— Quelle belle nuit, tu ne trouves pas ? demanda John en ouvrant la porte à l'aide de la clé magnétique.

— La plus belle qu'il m'ait été donné de voir dernièrement.

Elle referma la porte derrière eux et ouvrit les bras en une invitation muette.

Le désir prit rapidement possession d'elle. Elle avait envie de John, de sentir son corps, de le goûter et de savoir qu'il la désirait tout autant. Sans plus réfléchir, mue par le seul besoin de ne faire plus qu'un avec lui, par cette envie de lui qui la brûlait, elle se laissa envahir par l'ivresse des sens. Ils tombèrent et roulèrent ensemble sur le grand lit, liés l'un à l'autre dans l'étau de la passion. Genna retira son chemisier et s'attaqua aux boutons de la chemise de John, dans un besoin désespéré de sentir sa peau contre la sienne. La bouche brûlante de John se posait partout sur son corps à chaque seconde plus dénudé. Pendant que sa jupe remontait jusqu'à sa taille et que John déposait des baisers de sa gorge jusqu'à ses seins, elle réussit à lui enlever son pantalon. Puis elle enroula ses jambes autour de ses hanches et se cambra contre son sexe. Sans un mot, il la pénétra. Le saisissant par les cheveux, elle s'abandonna au rythme frénétique qui possédait leurs corps et cria son nom. Puis tout disparut dans un éblouissement et ils s'écroulèrent, submergés par un plaisir si intense qu'il frisait la douleur.

— Ça alors, dit Genna quand elle eut retrouvé sa voix.

— J'allais le dire. Mais je parie que c'est encore meilleur tout nus.

— Tu crois ?

— C'est du moins ce que j'ai entendu dire. Évidemment, pour certains d'entre nous, l'expérience remonte si loin qu'il faut bien s'en remettre aux on-dit.

— Ça fait longtemps, hein ?

— Trop longtemps. La dernière fois, c'était chez toi, juste avant que Woods ne devienne complètement dingue et me...

— Chut. J'en ai terminé avec le passé, tout le passé. J'en ai assez de maudire Woods pour ce qu'il t'a fait, assez de me réveiller au milieu de la nuit, assez de faire des cauchemars. Je veux en finir avec tout ça. Il y a si longtemps que je regarde en arrière que je ne sais plus regarder devant moi. Je veux aller de l'avant, songer à cet avenir dont nous parlions autrefois. Je veux croire encore à mes rêves.

— Ces rêves n'ont pas changé, Genna. Ils sont les mêmes qu'avant.

— J'aimerais connaître l'avenir, savoir ce qu'il nous réserve.

— En parlant d'avenir, j'ai une idée assez précise de ce qui nous attend cette nuit, dit-il en roulant sur elle.

— Alors, commence et je suivrai le mouvement. Pour le moment, cela me suffit amplement...

Genna venait juste de terminer de se doucher quand John frappa à la porte.

— Je t'ai rapporté le sac que tu avais laissé dans la voiture. Je le pose à côté de la porte de la salle de bains.

— Merci.

Elle s'enveloppa dans une serviette et gagna la chambre.

— John, tu crois que nous devrions appeler…

John était planté devant la télévision, où Calvin Sharpe était l'invité d'une célèbre émission matinale.

— Le FBI pense donc que cet homme est responsable de l'enlèvement des douze jeunes femmes qui ont disparu dans plusieurs États au cours des dernières semaines ? demandait l'animateur.

— Oui, c'est ce que nous pensons. Nous organisons une conférence de presse ce matin à 9 heures, mais nous avons tenu à diffuser ces images à une heure encore plus matinale, afin que les éventuels témoins qui auraient pu apercevoir notre homme les voient avant de partir au travail. Nous avons envoyé cet enregistrement vidéo à toutes les grandes émissions, sur toutes les chaînes, en demandant qu'il soit rediffusé jusqu'à ce que nous ayons trouvé le coupable.

— Regardons donc ces images.

Les images où l'on voyait Michael Homer furent diffusées trois fois de suite, dont une fois au ralenti, puis l'animateur reprit :

— Si une personne pense avoir vu cet homme, que doit-elle faire ?

— Appeler le numéro qui doit être en train de s'afficher en bas de l'écran. Est-ce qu'il s'affiche ? On m'a dit qu'il s'afficherait.

— Il s'affiche. Mais si quelqu'un n'a pas ce numéro sur lui, peut-il contacter l'antenne du FBI la plus proche ou la police locale ?

— Bien entendu. L'essentiel est que l'information nous parvienne le plus vite possible.

— J'ai appris que vous offriez une récompense de dix mille dollars. Cela a-t-il un rapport avec le fait que l'une des victimes potentielles serait un membre du FBI ? J'ai cru comprendre que l'agent Genna Snow – qui, ironie du sort, fait partie de l'équipe chargée d'enquêter sur ces enlèvements – était une des cibles du suspect ?

Sharpe hocha la tête et expliqua l'histoire qui unissait Genna et Michael Homer.

— J'aurais préféré qu'il attende un jour ou deux pour parler de tout ça, déclara John. Je me demande si c'est bien le moment de dévoiler toutes ces informations.

— Pourquoi ? Quelle différence cela fait-il ?

— J'aurais préféré avoir un jour de battement pour te mettre à l'abri.

— Il ne m'aura pas, John. Quoi qu'il arrive, il ne gagnera pas cette fois-ci.

Elle repartit dans la salle de bains. Assis au bord du lit, John tenta de se calmer. Il avait attendu un an durant ce miracle : retrouver Genna. Aussi la peur de la perdre une seconde fois, de la voir tomber entre les mains de Michael Homer, le pétrifiait-elle littéralement.

« Donc, se dit-il, il faut à tout prix le retrouver avant qu'il ne la retrouve. Genna a absolument raison sur ce point : il faut le retrouver d'abord, d'une façon ou d'une autre. Parce qu'il est absolument exclu, il est hors de question qu'il touche à elle. »

— À quoi réfléchis-tu ? demanda l'intéressée en ressortant de la salle de bains.

Elle s'était habillée, et ses cheveux encore mouillés bouclaient autour de son visage.

— Je me disais que je t'aimais comme un fou. Et aussi que je le tuerais de mes propres mains s'il le fallait.

— Espérons que nous n'en arriverons pas là. Cette image me déplaît. En revanche, j'aime bien ce que tu as dit avant. Que tu m'aimais comme un fou.

— C'est vrai. Et tu le sais. Je t'ai toujours aimée.

— Je le sais. Moi aussi, je t'aime. Je regrette qu'il m'ait fallu aussi longtemps pour y voir clair. Je crois que je t'aimais tellement que je ne voulais pas m'exposer à la douleur de te perdre une seconde fois.

— Je te promets que cela n'arrivera pas, dit-il en déposant un baiser au coin de sa bouche.

— Dans ce cas, il est temps de se mettre au travail. Par quoi commence-t-on ?

— D'abord, nous allons chercher Patsy et Crystal à Bricker's Lake. Ensuite, nous prendrons l'avion pour Atlantic City, où les beaux-frères d'Angela viendront nous chercher.

— Les frères de Carlo ? Pourquoi ?

— Michael peut peut-être déjouer le FBI, mais il ne pourra jamais déjouer la mafia de Philadelphie.

— C'est une blague, dis ? Tu n'as pas vraiment appelé les frères DelVecchio à la rescousse ?

— Non, je plaisantais. Évidemment. Maintenant, fais ta valise. Nous avons un avion à prendre.

— Nous allons vraiment à Atlantic City ?

— Je ne sais pas exactement. Sharpe nous attendra à l'aéroport d'Erié et nous le dira. Moins il y aura de personnes au courant de notre destination, mieux cela vaudra, a-t-il dit.

— Ton boss va venir nous voir ?

— À ce qu'il paraît, fit John en l'attendant à la porte.

— Alors, ne le faisons pas attendre.

Sa valise terminée, elle éteignit la lumière et sortit. Au moment où elle franchissait la porte, John la retint par le poignet.

— Nous allons le retrouver, Genna.

— Je sais.

Elle lui sourit et se hissa sur la pointe des pieds pour déposer un baiser sur ses lèvres.

— Allons-y. Douze familles éplorées attendent de savoir où sont retenues prisonnières celles qu'elles aiment. Tâchons de les retrouver.

21

Il contemplait, incrédule, l'écran de télévision sur lequel un homme barbu quittait les locaux du concessionnaire.

— L'enfoiré ! L'enfoiré !

Les images suivantes ne firent qu'amplifier sa panique. Sa peur redoubla encore lorsqu'il entendit Calvin Sharpe décrire la chasse à l'homme que la police était en train de mettre en place.

— Bon, se dit-il à haute voix, en s'obligeant à respirer profondément pour se calmer. Mère disait toujours qu'on ne pouvait pas réfléchir correctement quand on avait trop de choses qui se bousculaient dans la tête.

Et Dieu sait si les choses se bousculaient dans sa tête, en moment !

Il monta légèrement le volume et se força à se rasseoir pour suivre attentivement l'émission, de peur de rater une information importante qu'il pourrait utiliser à son avantage.

— ... organiser une véritable chasse à l'homme, disait Sharpe.

Là, il rit de bon cœur.

— Excellent ! Vraiment excellent !

Mais son rire fut de courte durée. On parlait maintenant de Genna.

— ... actuellement emmenée en lieu sûr, où elle restera jusqu'à l'arrestation de Michael Homer.

En lieu sûr ?

Il souleva le store et contempla la vue sur le chalet et le lac. Plantée devant chez elle, Patsy, une main en visière, regardait au loin, comme si elle cherchait des yeux quelque chose, ou quelqu'un.

Non, non. Ce serait trop évident. Ils n'allaient tout de même pas faire revenir Genna ici.

Et pourquoi pas ? Était-il possible qu'ils aient l'intention de jouer avec lui au chat et à la souris ?

Au même instant, le gros chat roux rejoignit Patsy en bondissant et se roula à ses pieds.

Il sourit. Il adorait que le Ciel lui envoie des signes.

— Alors comme ça, le FBI se prend pour le chat et me prend, moi, pour la souris...

En allant dire deux mots à Patsy, il risquait fort d'apprendre à quel moment le chat comptait passer à l'action.

Chaussant ses lunettes de soleil, il sortit et se dirigea vers Patsy, qui avait descendu l'allée jusqu'à sa boîte aux lettres.

— Bonjour !

Patsy leva les yeux et sourit en le reconnaissant, comme si elle était soulagée de le voir.

Si elle savait quelque chose, il ne tarderait pas à le savoir aussi.

Il soupira. Lui soutirer des informations allait être aussi enfantin que de chiper sa sucette à un mioche.

Alors, il pourrait enfin achever sa collection et savourer sa vengeance, ce plat qui se mange froid.

22

Patsy, nerveuse, faisait les cent pas dans sa cuisine. Où était passée Crystal ? Ces derniers temps, la jeune femme avait pris l'habitude d'aller marcher de bon matin. Avant le petit déjeuner, elle se rendait de l'autre côté du lac puis revenait, le tout d'un pas alerte. Seulement, d'habitude, elle était déjà rentrée à cette heure-ci, songea Patsy en se servant une nouvelle tasse de café.

Elle avait déjà assez de soucis comme ça, depuis qu'on avait découvert que Genna était la prochaine et ultime cible de Michael Homer, ce salopard – oui, parfaitement, ce salopard –, moyennant quoi elles allaient toutes les trois être obligées d'aller se cacher quelque part pendant un certain temps. Évidemment, cela n'était rien si cela permettait de sauver Genna. Le jeu en valait largement la chandelle.

Mais où était passée Crystal ?

Patsy alla consulter son répondeur, au cas où elle aurait un message. C'était une idée saugrenue, mais cela faisait passer le temps.

Dans cinq minutes, si Crystal n'était pas rentrée, elle irait voir en voiture de l'autre côté du lac.

Il devait pourtant y avoir une explication logique à ce retard. Peut-être Crystal s'était-elle arrêtée pour bavarder avec quelqu'un... Peut-être, sauf qu'elle ne connaissait personne ici.

— Justement, elle a peut-être fait la connaissance de quelqu'un.

L'impatience la faisait réfléchir à haute voix.

Elle consulta sa montre une fois de plus. Crystal avait maintenant une demi-heure de retard. Tout en s'efforçant de ne pas en tirer de conclusions hâtives, Patsy prit ses clés de voiture et sortit. En quelques minutes seulement, elle aurait fait le tour du lac. Si elle ne découvrait aucune trace de Crystal, elle appellerait Brian et lui demanderait conseil.

Elle roula doucement, comme tout le monde le long de cette route étroite et sinueuse. Crystal ignorait qu'elles allaient devoir partir. Elle était sortie avant que Patsy n'allume la télévision pour regarder le journal télévisé. C'était ensuite que Calvin Sharpe en personne avait appelé pour lui annoncer que le FBI allait investir Bricker's Lake et que Genna et John viendraient les chercher pour les emmener dans un endroit tenu secret.

Tout en conduisant, Patsy examinait les alentours.

Si les hommes du FBI étaient là, ils avaient l'art de ne pas se faire voir.

Elle s'arrêta au stop en se remémorant ce qui s'était passé la veille, lorsqu'elle était sortie appeler Crystal pour le dîner. Elle l'avait découverte plantée sur le ponton, fixant la route, comme pétrifiée.

Patsy s'était retournée pour voir ce qui avait pu effrayer ainsi la jeune femme. Kenny Harris passait devant chez elle et s'était arrêté pour saluer Nancy, arrivée dans l'après-midi. Rien d'insolite dans cette scène. Ensuite, lors du dîner, Crystal lui avait paru distraite, absente. Et lorsque Patsy l'avait interrogée, la jeune femme avait haussé les épaules en disant que son imagination devait lui jouer des tours.

Patsy passa devant *Sally's Lakeside*, le restaurant. Le parking était vide, à l'exception de la voiture de Sally et d'un camion de livraison. Un peu plus loin, à l'endroit où la route s'achevait, elle fit demi-tour et rentra chez elle.

Sérieusement inquiète à présent, elle descendit de sa voiture. Le claquement de sa portière la fit sursauter. En levant les yeux, elle aperçut Kenny qui s'avançait vers elle.

« Les mauvaises nouvelles vont vite », se dit-elle. À en juger par son air soucieux, Kenny devait avoir regardé le journal télévisé et venait lui en parler.

Et voilà aussi Nancy, la pauvre. Je préférerais qu'elle ne s'en fasse pas pour Genna ou pour moi : elle a bien assez de soucis comme cela. Qui eût cru qu'elle suivait une chimio ?

De tout l'été, Nancy ne lui avait jamais parlé de son cancer, songea Patsy, admirant la force de caractère de cette femme. Et Patsy n'en aurait jamais rien su si elle n'avait pas tout découvert par hasard la veille. De retour de courses avec Crystal, elle avait aperçu avec joie la voiture de Nancy – sa voisine s'était faite rare, ces derniers jours. Pendant que Crystal déchargeait les courses, Patsy était allée frapper à la porte de sa voisine. Mais elle avait eu beau l'appeler, de plus en plus fort, Nancy n'avait pas répondu. Découvrant que la porte de derrière n'était pas fermée à clé, Patsy avait fini par entrer.

— Nancy ?

Toujours pas de réponse. Patsy, qui commençait à craindre qu'il ne soit arrivé malheur à son amie, était entrée dans le salon. Là, elle avait découvert le sac à main de Nancy sur la table basse, ainsi qu'un paquet de cigarettes.

— Elle ne va jamais nulle part sans son sac et ne se sépare jamais de ces maudites cigarettes... Nancy ? Vous êtes là ?

En passant la tête par la porte entrouverte de la chambre, elle avait été soulagée d'entendre l'eau couler dans la salle de bains.

— Ah, Dieu merci !

Elle s'était sentie un peu ridicule de s'être inquiétée pour rien. Le plus sage était de rebrousser chemin avant que Nancy ne sorte de la douche. Cette dernière risquait d'avoir une frayeur en la découvrant là et la prendrait sûrement pour une idiote de s'être mise dans un tel état.

Mais en se retournant pour sortir, c'était elle qui avait eu une frayeur.

Là, sur le lit, gisait la blonde chevelure de Nancy.

Une voix derrière elle l'avait fait sursauter.

— Patsy ?

— Nancy, pour l'amour du Ciel ! J'étais morte d'inquiétude. J'ai frappé à la porte, j'ai appelé, et comme vous ne répondiez pas…

Sur le seuil de la salle de bains, enveloppée dans un peignoir, le crâne luisant, Nancy la dévisageait, le visage impassible.

— Vous savez, maintenant.

— Oui. Oh, Nancy, je suis tellement désolée. Vous auriez dû m'en parler.

— Vous en parler ?

— Ma sœur Connie a été victime de cette terrible maladie il y a presque dix ans. Je connais les ravages de la chimio sur le corps. Surtout, s'il y a quoi que ce soit que je puisse faire pour vous, dites-le-moi. Promettez-moi que vous n'hésiterez pas.

Nancy avait hoché lentement la tête.

— C'est très généreux de votre part, Patsy. Je n'y manquerai pas. Mais si cela ne vous ennuie pas…

— Oui, bien sûr, je comprends très bien que vous préfériez que je vous laisse seule. Mais lorsque vous aurez terminé, venez donc prendre un thé glacé et une tranche de gâteau à la maison.

— Merci, c'est très tentant, mais je suis un peu fatiguée ce soir…

— Bien sûr, il y a de quoi. Avez-vous eu des séances de chimio cette semaine ?

Nancy avait de nouveau hoché la tête et l'avait raccompagnée vers la sortie.

— Dans ce cas, vous avez besoin de repos, avait approuvé Patsy. Depuis quelques semaines, tout est calme par ici. Vous devriez pouvoir vous reposer. J'avais hâte de vous voir, mais je comprends, évidemment. Et maintenant, ménagez-vous et n'hésitez pas à frapper à ma porte à n'importe quel moment…

Cela s'était passé avant que John n'appelle. Depuis ce coup de fil, les événements s'étaient précipités, à en croire les nouvelles du matin.

Elle avait déjà fait ses bagages et était prête à aller où l'emmèneraient John et Genna.

Mais où était passée Crystal ?

Tandis que Kenny et Nancy s'approchaient en bavardant du temps qu'il faisait, Patsy consulta sa montre. Que devait-elle leur révéler de ce départ précipité ? Devait-elle seulement leur en parler ? Courraient-ils un quelconque danger si elle ne les mettait pas au courant ? Cela dit, le premier problème à régler, c'était Crystal. Il était temps de prévenir Brian, puis, s'il le jugeait utile, la police.

— Dans combien de temps arrivons-nous ? demanda John pour la énième fois.

Il était beaucoup plus à l'aise lorsqu'il conduisait lui-même. Mais comme Genna connaissait par cœur la route entre l'aéroport d'Erié et le lac, il avait paru logique qu'elle prenne le volant.

— Encore vingt minutes environ, répondit-elle, amusée par son attitude – John préférait toujours contrôler lui-même les choses.

— À ton avis, que va dire Patsy quand nous lui annoncerons que nous allons passer quelques jours dans le Maine ?

— Elle sera d'accord. Je suis ravie que Sharpe ait accepté que nous allions passer la semaine chez les Sanger, comme je le lui ai suggéré. Je n'ai pas eu le temps d'y aller l'an dernier, et j'ai hâte de revoir Ethan et Leah.

Genna sourit. Elle se réjouissait de rendre visite à ces jeunes mariés dont elle avait été si proche l'été précédent. Leah avait fait appel au FBI pour qu'on l'aide à retrouver sa sœur disparue, et c'était à Genna qu'on avait confié l'affaire. Même si, malheureusement, on n'avait retrouvé que la dépouille de sa sœur, Leah avait trouvé l'homme de sa vie au cours de l'enquête. Le genre d'histoire d'amour qu'on lit dans les romans. Genna était ravie d'y avoir apporté sa modeste contribution.

— Nous avons de la chance qu'ils nous aient proposé de nous trouver des chambres dans leur hôtel, dit John.

Car non seulement ils doivent afficher complet en cette saison, mais ce ne sera pas un séjour sans risque.

— Je leur ai expliqué la situation en détail, mais ils ont tous deux convenu que White Bear Springs était le dernier endroit où l'on penserait à nous chercher. D'ailleurs, je n'ai pas l'intention d'y rester longtemps. Je suis bien contente de mettre Patsy et Crystal à l'abri, en tout cas.

Genna s'arrêta à un stop, et John vit à son visage qu'elle hésitait.

— Où sommes-nous ?

— À l'embranchement entre Freedom Road et Tolliver Road.

— Ce qui veut dire ?

— Le camp est là, en face, à trois kilomètres environ. Depuis que j'ai le permis, je bifurque toujours lorsque j'arrive ici. Je préfère faire un détour de plusieurs kilomètres plutôt que de passer devant. Mais je viens de me dire que ce n'était plus la peine.

Lorsqu'elle eut cédé le passage à un pick-up, elle accéléra et partit droit devant.

— Crystal et moi sommes allées au camp ce week-end. Je ne te l'avais pas dit ?

— Non. Tu ne me l'avais pas dit. Et pourquoi avez-vous fait cela ?

— Parce que Crystal en avait envie. Son thérapeute lui a dit que lorsqu'on affronte ses peurs, elles perdent leur emprise sur vous. Voilà pourquoi elle a voulu aller là-bas. Elle pensait pouvoir exorciser ses démons, s'en débarrasser une fois pour toutes.

— Cela a-t-il marché ?

— Je ne crois pas. Pas pour moi, en tout cas. Je dirais même que mes cauchemars ont empiré depuis.

— Je ne savais pas que tu faisais toujours des cauchemars.

— Ils n'ont jamais cessé. Seulement, maintenant, ils sont un peu différents.

— Comment ?

— C'est difficile à expliquer, mais j'ai l'impression que ce sont les cauchemars de quelqu'un d'autre.

Tandis que John essayait de comprendre comment on pouvait faire le cauchemar d'un autre, Genna ralentit et se rangea sur le bas-côté.

— C'est par là, dit-elle. Au bout de ce chemin de terre. Il n'est plus très visible, à cause de la végétation qui a tout envahi, mais il est bien là. Il part tout droit, puis il y a un virage sec et le chemin descend la colline. Nous ne sommes pas restées longtemps parce que nous avons été surprises par l'orage, ce qui n'était pas plus mal. J'avais hâte de déguerpir. Tout était comme avant et, en même temps, tout avait changé.

Remarquant que ses mains tremblaient, John les prit dans les siennes pour l'apaiser.

— Les chalets sont toujours pareils, sauf qu'ils ont été envahis par la végétation. Et puis, il y a des numéros peints dessus. Au procès, il fallait les désigner par leurs numéros pour parler de ce qui s'était passé. La piscine est toujours pleine, mais l'eau est noire. Et j'ai encore entendu les voix, mais ce n'étaient pas les mêmes qu'autrefois. Je les entends encore dans mon sommeil.

En fermant les yeux très fort, elle les entendit une fois de plus, comme elle les entendait chaque nuit depuis qu'elle était venue ici avec Crystal.

Pitié... aidez-nous...

Elle frissonna, et John l'entoura de ses bras. Puis il regarda longuement au-dehors, vers le ciel. En suivant son regard, elle aperçut une douzaine de volatiles qui tournaient lentement au-dessus du terrain situé derrière les arbres.

— Ce sont des vautours, murmura-t-elle.

— C'est ce qui m'avait semblé. Je n'en ai jamais vu autant à la fois.

Genna regarda longuement au loin, en essayant de chasser les pensées qui l'assaillaient.

Pitié... aidez-nous...

Brusquement, elle ouvrit sa portière et s'élança sur la route.

— Mon Dieu ! Ô mon Dieu, John, mon Dieu !

Elle se tenait le ventre, pliée en deux. Vif comme l'éclair, John la rejoignit.

— Genna...

Elle éclata en sanglots entrecoupés de cris de rage.

— Mon Dieu ! Elles sont là ! Elles sont là !

— Qui donc ?

Elle se laissa tomber par terre ; il l'imita, tentant de comprendre où elle voulait en venir.

— Qui est là ?

— Dans le camp. Il les a ramenées ici. Ces femmes... Michael les a ramenées...

Le corps agité de violents tremblements, Genna hoquetait en sanglotant.

— Dire que j'y étais ! Je les ai laissées là ! Vite, vite !

John la releva et la ramena malgré elle à la voiture, où il la retint, le temps de passer deux coups de fil.

— John, je t'en prie. Il faut absolument y aller...

— J'ai appelé des renforts, Genna. Écoute-moi. Je sais que ton instinct te dicte d'y aller tout de suite, mais il va falloir patienter, d'accord ? Si Michael est là-bas, il t'attend de pied ferme. Nous ne pouvons pas prendre ce risque. Il n'en est pas question.

— Mais...

— Non, non. C'est l'affaire de quelques instants, je te le promets. Ensuite, nous irons au camp, et s'il y a quelqu'un là-bas, nous lui porterons secours. Mais il n'est pas question que tu retournes là-bas sans l'escorte d'un bataillon. Nous ignorons si ces femmes sont en vie ou non...

— Elles sont vivantes ! Je les ai entendues ! Elles m'ont appelée, je les ai entendues et je n'ai pas compris... Je les ai abandonnées là. J'ai cru que c'était le vent... Je les ai abandonnées...

Il se mit à la bercer contre lui, en observant trois véhicules de police qui approchaient.

— Chut. Si elles sont là, nous les retrouverons.

Un policier à la carrure imposante s'arrêta à leur hauteur.

— Agent Mancini ?

— Oui.

— Nous allons descendre voir. Nous vous dirons ce que nous avons découvert.

— J'y vais, John. Je vais avec eux.

— Non, je viens avec toi, répliqua John.

Puis il ajouta à l'adresse du policier:

— Nous allons vous suivre. Allons-y.

La petite procession s'engagea sur l'étroite route de terre, la voiture de location de John et Genna fermant la marche. Genna se penchait en avant sur son siège avec de grands yeux hallucinés. Dès que les véhicules firent halte, elle bondit hors de la voiture en direction des chalets, suivie de John et des policiers.

Au centre de la clairière, elle s'arrêta, la tête penchée, et tendit l'oreille. Puis elle s'avança et s'arrêta devant le premier chalet.

— Là-dedans, dit-elle aux policiers. Faites vite. Nous pouvons peut-être les sauver.

Le policier le plus proche passa devant elle, l'air sceptique, et gravit les marches du chalet. Il pénétra à l'intérieur et ressortit aussitôt, en portant les mains à sa bouche.

Il vomit son dernier repas par-dessus la balustrade de la terrasse, qui vacilla sous son poids.

— Apportez de l'eau. Et faites venir une ambulance le plus vite possible. Je crois qu'elle est encore en vie...

Des douze jeunes femmes enlevées par Michael Homer, la moitié avait succombé à ces semaines d'horreur qu'elles avaient passées bâillonnées et attachées à de vieux lits métalliques. Sur les six qui avaient réussi à survivre aux tortures et aux violences sans nom, aux insectes, à la déshydratation, aux rats et au manque de nourriture, deux étaient dans un état critique au moment où les secours étaient arrivés et une troisième catatonique.

Cependant, les trois autres étaient parvenues à rester en vie sans sombrer dans la démence, et l'on espérait qu'au moins l'une d'elles pourrait fournir des informations susceptibles de mener jusqu'à Michael. Du moins, lorsqu'elles auraient retrouvé l'usage de la parole, leurs cordes vocales ayant été durement éprouvées par des semaines de déshydratation.

En fin d'après-midi, Genna, totalement épuisée, rejoignit la voiture, hantée par l'idée qu'une ou plusieurs des jeunes femmes auraient peut-être pu échapper à la mort si elle avait suivi les voix portées par le vent. La culpabilité l'accablait.

Quelque part, au milieu des policiers et du personnel médical qui avaient envahi le camp, John veillait les dépouilles des jeunes femmes qui étaient mortes enchaînées à leur lit, avant d'être traînées dehors pour servir de pâture aux vautours. Genna avait tenté en vain de les veiller avec lui, de faire preuve de professionnalisme, comme toujours. Au cours de sa carrière au FBI, elle avait vu des corps mutilés au-delà du descriptible, jusqu'à en être méconnaissables. Mais ces corps-ci étaient ceux de femmes qui avaient partagé un épisode de son enfance, un épisode particulièrement important, et qui, tout enfants qu'elles étaient, avaient eu le courage de témoigner en public. C'étaient autant de pertes qui la touchaient personnellement.

Anéantie par la tristesse, malade de douleur, rongée par la culpabilité, elle avait tenu compagnie aux survivantes en attendant l'ambulance. Elle leur avait parlé, louant leur habileté à se montrer plus malignes que leur geôlier et à surmonter toute cette horreur. Elle s'était excusée, aussi, de ne pas avoir compris leurs appels au secours. Enfin, elle leur avait fait la promesse qu'avec leur aide, le responsable de ce cauchemar serait châtié.

Le soleil commençait à baisser derrière les arbres quand des faisceaux lumineux apparurent en haut de la colline.

— Génial : les médias nous ont repérés, marmonna Genna.

Lorsqu'elle eut retrouvé l'officier de police chargé de la scène du crime, elle les lui montra et lui suggéra d'interdire toute la zone. Il accepta, bien que cela impliquât de faire appel à l'armée.

Un secouriste lui tendit ensuite une bouteille d'eau qu'elle déboucha avec une rage à peine contenue. Que pouvait-on ressentir quand, après avoir vécu des violences pendant l'enfance, on était de nouveau victime du même tortionnaire à l'âge adulte ? Pourvu que les victimes survivantes soient assez intelligentes pour les aider à démasquer leur bourreau ! Genna, elle, ne connaîtrait pas le repos tant qu'on ne l'aurait pas retrouvé.

Le transport du premier sac renfermant une dépouille déclencha une certaine effervescence.

— Voilà qui devrait mettre les journalistes dans tous leurs états, murmura-t-elle.

Qu'allaient raconter les journaux télévisés du soir ?

Soudain, elle songea qu'elle n'avait pas averti Patsy qu'elle aurait du retard. À l'heure qu'il était, Patsy devait être dans tous ses états, elle aussi.

Elle sortit son téléphone portable et découvrit que le voyant de la messagerie clignotait. Patsy avait laissé un message.

— Écoute, disait-elle. Je ne voudrais pas que tu t'inquiètes, car tout s'est arrangé finalement. Mais ta sœur m'a flanqué une belle frousse. Elle a pris peur. Je ne sais pas à cause de quoi, je te le jure, mais je finirai bien par le découvrir. Ce matin, elle est repartie en car dans le Kentucky voir la psychiatre qui la suivait là-bas. Elle m'a laissé un mot pour s'excuser d'avoir pris dans mon porte-monnaie l'argent nécessaire à ce voyage. Bref, j'ai appelé la gare routière et j'ai appris que son car arriverait à Slippery Rock vers 17 h 30. Comme tu t'en doutes, j'y serai. Alors, ne t'inquiète pas si tu ne trouves personne en arrivant. Nous serons de retour dans la nuit et nous découvrirons ce qui a fait fuir ta sœur. En attendant, j'ai un grand service à te demander. Je n'ai pas pu trouver Kermie avant de partir, mais il ne devrait pas tarder à rappliquer, et comme il n'a pas eu son insuline depuis ce matin... Enfin, tu sais ce qui peut arriver s'il n'a pas sa dose toutes les douze heures. Ça me ferait de la peine de perdre ce vieux grincheux. Donc, j'espère que tu vas réussir à lui mettre la main dessus et à lui faire son injection. Il sera sûrement tard quand John et toi arriverez, mais si vous pouviez l'attraper et lui faire sa piqûre, je vous en serais éternellement reconnaissante...

Genna n'avait aucun mal à imaginer Patsy, morte d'inquiétude, sur la terrasse, guettant des yeux Kermie tout en laissant ce message. Elle tenait énormément à ce vieux matou.

Dans une heure environ, la nuit tomberait, et l'on n'y verrait plus assez clair pour retrouver un chat ou quoi que ce soit d'autre. Genna gravit la colline à la recherche de John. Elle l'aperçut, en grande conversation avec un membre de la police scientifique. Visiblement, il était loin d'en avoir fini. Elle avait donc largement le temps de se rendre au lac, de retrouver Kermie, de lui donner à manger et de lui administrer son insuline. Elle serait probablement de retour avant même que John n'ait terminé cette conversation.

Les clés de la voiture cliquetèrent au fond de sa poche. Elle en avait assez vu pour aujourd'hui, et même pour le restant de ses jours. Une petite pause lui ferait le plus grand bien.

Un jeune policier était posté au bout de la route. Elle lui remit une carte de visite sur laquelle elle griffonna le numéro de Patsy.

— Si l'agent Mancini me cherche, dites-lui que j'ai dû aller au lac et que je reviens dans moins d'une heure. Mais en principe, je devrais être de retour avant même qu'il ne s'aperçoive de mon absence.

Genna hésita un instant. Était-il bien sage d'aller seule jusqu'au lac ? Non, bien sûr. Elle ressortit de la voiture et chercha un policier qui ne demanderait pas mieux que d'échapper un moment à cette horreur. Elle n'eut aucun mal à en trouver un.

— Comment vous appelez-vous ?

— Don Emerson.

— Eh bien, Don Emerson, je vous remercie de me tenir compagnie. Je ne vais pas loin, mais je crois que ce ne serait pas prudent que j'y aille seule.

Et elle s'éloigna du camp, sans autre but que de retrouver Kermie et de se soustraire, rien qu'un instant, à cette terrible réalité : le mal était toujours à l'œuvre et plus vivant que jamais en ces lieux.

Tout en bavardant de tout et de rien avec le policier, elle arriva devant le chalet de Patsy.

— Voulez-vous que je vous accompagne ? demanda son compagnon.

— Si vous voulez. Mais je n'en ai que pour quelques minutes. Sauf si je n'arrive pas à retrouver le chat. Dans ce cas, des recherches seront nécessaires.

Le policier sourit et descendit de voiture.

— Je vais faire le guet ici.

— Parfait. Je ne serai pas longue, dit-elle en cherchant les clés de la maison dans son trousseau.

Pendant que le policier montait la garde, elle s'éloigna dans l'allée, ne pensant plus qu'à une seule chose : qu'il ne soit pas trop tard pour sauver ce vieux chat roux qui comptait tant pour Patsy, pour elle et, depuis peu, pour Crystal.

23

Il aurait dû être fatigué, depuis le temps qu'il était debout, et aussi avoir faim, car il n'avait rien avalé depuis son arrivée à Erié. Mais John Mancini n'était jamais aussi performant que lorsque le chaos menaçait ceux qui l'entouraient, ce qui était largement le cas, comme l'avaient prouvé les événements de la journée. Il était resté à l'endroit où l'on avait retrouvé les corps jusqu'à ce que le dernier soit enlevé et s'apprêtait à suivre la dernière ambulance jusqu'à l'hôpital, où il espérait qu'au moins l'une des victimes pourrait fournir des éléments suffisants pour les mettre sur une piste.

Arrivé à l'endroit où s'étaient garés les différents véhicules, il chercha Genna des yeux, mais ne la vit nulle part. Il voulut regagner leur voiture de location, pensant la trouver en train de dormir sur le siège du passager, encore qu'elle ne fût pas femme à se laisser distraire de l'action par une vulgaire fatigue. Mais à sa grande surprise, la voiture n'était plus là. Genna avait tout bonnement levé le camp.

— Elle a dit qu'elle n'en avait pas pour longtemps, mais que vous pouviez l'appeler au lac, lui expliqua un jeune policier. Elle avait l'air de penser que vous comprendriez. Un policier l'a accompagnée. Au fait, elle vous a laissé ce numéro de téléphone, au cas où vous l'auriez oublié.

— Je l'ai, dit John en fouillant dans ses poches.

Il composa le numéro de Patsy et laissa sonner longuement. Peut-être Genna avait-elle terminé ce qu'elle avait à faire là-bas et était-elle sur le chemin du retour.

Il essaya son portable, sans plus de succès, et se mit à faire les cent pas. Y avait-il lieu de s'inquiéter ou non? Il rappela le chalet, toujours en vain.

— Hé, John! lança un autre agent du FBI. Je viens d'apprendre qu'une des femmes qu'on a emmenées à l'hôpital tenait à nous parler tout de suite. Sharpe veut que tu y ailles pour qu'elle te donne sa description de Homer. Le dessinateur est déjà arrivé. L'inspecteur Shivers, de la police de Wick's Grove, doit t'accompagner.

— J'y vais.

Mais avant de partir, il rappela le jeune policier qui lui avait remis la carte.

— Combien de temps pensez-vous rester ici?

— On ne nous a rien dit. Mais nous en avons sûrement pour toute la nuit.

— Pourriez-vous guetter le retour de l'agent Snow? Dites-lui que j'ai dû me rendre à l'hôpital pour m'entretenir avec l'une des victimes et demandez-lui de m'appeler. J'aurai probablement réussi à la joindre d'ici là, mais j'aimerais tout de même que vous la guettiez.

— Je n'y manquerai pas, monsieur. Et méfiez-vous en regagnant la route: il paraît qu'il y a toutes sortes de types des médias là-haut. Toutes les chaînes ont rappliqué, y compris CNN, évidemment.

— Merci.

John démarra et remonta les vitres de la voiture banalisée qu'il avait empruntée: il n'avait pas l'intention de s'arrêter pour bavarder avec des journalistes.

Il rappela encore deux fois sans succès le numéro de Patsy. Une peur sournoise commençait à le tenailler. C'était décidé: si personne ne décrochait à sa prochaine tentative, il demanderait à un agent du FBI d'aller voir sur place.

Or, cette fois-ci, quelqu'un décrocha. Quelqu'un dont il ne reconnut pas la voix.

— Ici John Mancini. Qui est à l'appareil?

— C'est Nancy, l'amie de Patsy. J'habite juste à côté.

— Oui, bien sûr. Genna et Patsy m'ont parlé de vous.

— J'étais sur ma terrasse et j'ai entendu le téléphone sonner, sonner... Alors, je me suis dit que je ferais peut-être bien d'aller répondre la prochaine fois que ça sonnerait, car visiblement, quelqu'un tenait absolument à joindre Patsy. Elle n'est pas là, comme vous vous en doutez.

— Je l'ignorais. Savez-vous où sont passées Crystal et Genna ?

— En fait, Patsy est partie à la recherche de Crystal.

Nancy lui relata le brusque départ de cette dernière.

— Quant à Genna, elle est allée sur le ponton pour bâcher le bateau de Patsy, car il menace de pleuvoir. Voulez-vous que j'aille la chercher ?

— Non, fit John, soulagé. Mais je vous serais reconnaissant d'aller lui dire que je suis en route pour l'hôpital et que j'aimerais qu'elle me rappelle.

— Mon Dieu, j'espère que vous n'avez rien de grave ?

— Je vais très bien. Dites-lui que j'ai rendez-vous avec le dessinateur à l'hôpital, elle comprendra. Et demandez-lui de nous rejoindre là-bas le plus vite possible.

— Je lui transmettrai le message. Mais je dois vous dire qu'elle a l'air épuisée et que je lui ai proposé de venir manger un morceau à la maison. Cet après-midi, j'ai préparé une magnifique salade de crevettes que je pensais partager avec Patsy, mais comme elle est partie... Genna m'a dit que c'était un de ses plats préférés. Alors, ne vous inquiétez pas si elle est un peu en retard. Elle grignote quelque chose avec moi, et ensuite, elle vous rejoint.

— Et le policier qui l'accompagnait ?

— Il l'aide à installer la bâche. Ils ont pratiquement terminé.

— Merci de prendre soin d'elle, Nancy.

— Oh, je vous en prie, John, c'est avec plaisir. Vous savez, j'ai hâte de faire votre connaissance.

— Moi aussi. Écoutez, Nancy, puis-je vous demander un service ?

— Mais bien sûr.

— Si vous pouviez aller voir l'agent de sécurité qui loge de l'autre côté de la route...

— Kenny Harris.

— Oui, Kenny. Demandez-lui de venir s'installer chez Patsy. Et dites-lui que je lui envoie tout de suite des renforts.

Nancy parut inquiète, et sa voix baissa subitement de plusieurs tons.

— Mon Dieu ! Ça m'a l'air grave. Il s'est passé quelque chose ?

— Vous le verrez ce soir au journal télévisé, répondit John avec un soupir, avant de lui résumer brièvement l'affaire.

— Et vous croyez qu'il est ici, cet ignoble personnage ? À Bricker's Lake ?

— Franchement, j'ignore totalement où il se trouve, même s'il me semble logique de penser qu'il s'est éloigné d'ici. En tout cas, si vous pouviez veiller sur Genna tant qu'elle est là, je vous en serais reconnaissant.

— Ne vous inquiétez pas, John : je l'ai à l'œil. Je ne la quitte pas des yeux.

— Pas une seconde, même !

Michael Homer contempla la femme qui gisait à ses pieds, bâillonnée et ligotée. Puis il éclata de rire.

— Tu ne trouves pas ça drôle, Genna ? Voilà le renard en personne chargé de veiller sur le poulailler !

Il se baissa pour examiner son visage. Elle n'avait toujours pas rouvert les yeux.

Inquiet, il lui tâta le pouls. N'y était-il pas allé trop fort ? Il voulait appuyer juste ce qu'il fallait sur la trachée pour qu'elle s'évanouisse, mais on avait tôt fait de s'emballer, dans le feu de l'action. Heureusement, son pouls battait toujours. Elle n'était pas encore revenue à elle, voilà tout. Quant au policier qui l'accompagnait, il ne reprendrait pas connaissance avant très, très longtemps. Michael avait fait en sorte de le neutraliser.

Il alla chercher un linge qu'il mouilla, au cas où il aurait besoin de la ranimer une fois sur le lieu consacré. Il faudrait absolument qu'elle ait repris connaissance lorsqu'ils arriveraient là-bas. Pourrait-il la purifier si elle n'était pas consciente ? Comment l'emplir de l'esprit saint si elle ne se rendait pas compte de ce qu'il lui faisait ?

Tout en réfléchissant à ce point de doctrine, il la transporta sur son dos hors de la maison. Puis il s'avança sur le ponton en sifflotant, sans crainte d'être vu. Les voisins de droite étaient partis depuis un mois. Quant à Kenny, il ne risquait plus de venir rôder dans les parages.

Oui, la vie était vraiment belle lorsque tout marchait comme on le désirait.

Michael n'était pas un passionné de navigation, mais grâce à Patsy, il en avait appris les rudiments. Il l'avait observée maintes fois et espérait en savoir suffisamment pour gagner l'autre rive. À vrai dire, il n'aimait pas tellement l'eau. N'avait-il pas vu un jour Patsy se débattre avec un brochet aux allures menaçantes, en plein milieu du lac ? La seule idée de nager là-dedans et de se retrouver aux côtés de ces bestioles le faisait frissonner.

Ce soir, cependant, le lac était son allié, un outil qui allait lui permettre d'accomplir la dernière de ses tâches. Et lorsqu'il se serait occupé de Genna, il serait libre.

Mère ne lui avait-elle pas toujours recommandé de ne rien laisser en suspens, de toujours terminer ce qu'il avait commencé ?

Cela lui avait pris dix-neuf ans, mais mieux valait tard que jamais.

— Je ne voulais pas qu'elles meurent, dit-il à haute voix. Je regrette. Je ne voulais pas qu'elles meurent.

Genna émit un bruit qui attira son attention.

— Non, je ne te détacherai pas, et non, je n'ôterai pas ton bâillon. On s'est crue plus maligne que tout le monde, hein, mademoiselle Genna Snow du FBI ?

Il se pencha au-dessus d'elle. Ses yeux étaient toujours fermés. Bon sang ! Il avait oublié le linge mouillé dans la cuisine. Pouvait-il se permettre d'aller le chercher en vitesse ? Non, car John avait parlé d'envoyer immédiatement des renforts. Tant pis pour le linge mouillé. Si elle n'était toujours pas revenue à elle une fois sur l'autre rive, il utiliserait l'eau du lac pour la ranimer.

Après avoir vérifié que le sac qu'il avait placé dans le bateau tout à l'heure s'y trouvait toujours, il sortit de sa poche la clé de l'embarcation – il l'avait prise au clou où Patsy l'accrochait toujours, près de la porte de derrière. Une fois le moteur en route, il s'éloigna lentement, retenant son souffle et craignant de heurter l'un des piliers du ponton. Cela semblait si facile lorsqu'il regardait Patsy le faire !

« Et voilà, ce n'est pas si difficile », se félicita-t-il quand il eut rejoint le lac proprement dit. Il tourna à droite et, accélérant légèrement, mit le cap sur la rive opposée. Il tenait à savourer chaque minute en compagnie de Genna, même si elle était mentalement absente. Pour le moment, elle ne bougeait toujours pas. Il n'était tout de même pas allé aussi loin pour rater ce dernier événement, si important à ses yeux, se dit-il en cherchant des yeux les points de repère du parcours qu'il avait soigneusement élaboré au cours des derniers mois.

Là, à gauche, la maison avec les drapeaux. Les drapeaux avaient été baissés pour la nuit, mais on apercevait la lampe au sommet du mât. Quelques chalets plus loin, le long ponton avec un hibou factice perché sur le premier pilier. Michael bifurqua légèrement vers le rivage, sachant qu'il n'allait pas tarder à apercevoir l'espace sombre formé par l'ancienne plage du camp. Là, le plus dur l'attendait : l'endroit n'était pas éclairé, et il ne pourrait pas utiliser de lampe électrique, de peur d'être repéré. En outre, il ne connaissait pas la profondeur de l'eau et ignorait s'il pourrait s'approcher en bateau jusqu'au rivage. Il s'en remettait donc à la chance.

Il ralentit au maximum et coupa le moteur lorsque le fond du bateau racla le sable. Il prit une profonde inspiration, puis se laissa glisser dans l'eau peu profonde, où de longues feuilles vinrent frôler ses jambes.

— Beurk, fit-il, écœuré.

Il ramena le bateau jusqu'au rivage en prenant soin de ne pas abîmer le fond, car il en aurait besoin pour s'enfuir.

Il ne savait pas encore ce qu'il ferait de Genna lorsqu'il aurait fini de la purifier. Pas question de la mettre dans un chalet, comme les autres. Peut-être l'abandonnerait-il dans les bois, pieds et poings liés. Dans un endroit aussi reculé, on ne risquait pas de la retrouver avant plusieurs jours.

— Bien fait pour elle si on ne la retrouve pas du tout.

Cela dit, il n'y croyait pas vraiment. Tout le camp allait être considéré comme une scène de crime. Par conséquent, les forces de l'ordre, si elles avaient deux sous de jugeote, allaient fouiller tout le périmètre, à la recherche de... de tout ce qu'elles pourraient y trouver. En l'occurrence, elles trouveraient Genna Snow, dûment consacrée et purifiée.

Il chercha des yeux dans l'obscurité un endroit où amarrer le bateau. N'ayant trouvé qu'un vieil arbre couché, il en fit deux fois le tour avec la corde en espérant que cela suffirait. Une légère brise s'était levée. Cependant, avec un peu de chance – et il fallait bien reconnaître que la chance était de son côté depuis un certain temps –, le vent ne serait pas assez fort pour entraîner le bateau loin de la rive avant qu'il ait terminé.

Il grimpa de nouveau à bord pour aller récupérer Genna. Puis, la jeune femme inconsciente dans les bras, il traversa la petite plage et chercha des yeux les lanières de tissu blanc qu'il avait accrochées aux arbres. Grâce à ces repères, il déboucha enfin dans la clairière spécialement préparée pour l'accomplissement de sa mission. Quand il y eut déposé Genna, il retourna au bateau pour prendre le sac contenant les accessoires nécessaires.

En revenant vers la clairière, il retira les lanières de tissu, au cas où...

Genna gisait à terre, une oreille contre le sol, qui vibrait du pas lourd de Michael Homer. Elle tourna la tête lentement, gênée par ses liens, en essayant de rassembler ses esprits. Tandis qu'elle faisait la morte au fond du bateau, elle avait vite compris qu'ils se dirigeaient vers la plage de La Voie du Berger. En comptant les secondes qu'avait durées le trajet de la plage jusqu'à cette clairière, elle avait pu déterminer en gros à quel endroit ils se trouvaient. Ils étaient toujours à l'intérieur du camp, mais dans le coin le plus éloigné des chalets, secteur qui grouillait de policiers. Or, toutes les jeunes femmes disparues ayant été retrouvées, la police n'avait aucune raison de venir fouiller par ici, surtout en pleine nuit.

Tout en respirant profondément pour se calmer, elle essaya d'imaginer un plan pour s'enfuir, bien consciente, cependant, que la chose s'annonçait difficile, étant donné qu'elle était ligotée. Il fallait absolument qu'elle réussisse à défaire l'un de ses liens pour pouvoir s'échapper.

De nouveau, elle perçut ses pas. Mais, songeant qu'elle lui avait déjà échappé une première fois, dans ces mêmes bois, elle reprit courage.

Pour la violer, n'allait-il pas être obligé de lui délier les chevilles ?

Or, ne s'était-elle pas servie de ses jambes, de ses pieds, pour le prendre au dépourvu, la première fois ? S'en souviendrait-il ?

Elle tourna légèrement la tête pour le voir approcher dans la clairière. Mais elle eut un choc lorsqu'il arriva près d'elle.

Tel un spectre maléfique, Michael Homer avait revêtu la chasuble blanche d'autrefois. De son sac, il sortit des bougies qu'il disposa en arc de cercle autour d'elle. Puis il les alluma une à une en psalmodiant.

Lorsqu'elles furent toutes allumées, il s'agenouilla à califourchon sur elle et se mit à prier.

Tout en suivant la voiture de la police de Wick's Grove sur les petites routes de campagne, John essayait de comprendre ce qui taraudait son cerveau fatigué. Certes, la journée avait été longue, et il n'était pas près d'aller se coucher. Mais il savait que l'épuisement n'était pas la seule cause de sa nervosité.

Son estomac gargouilla, lui rappelant une fois de plus qu'il s'était écoulé trop de temps depuis la dernière fois qu'il l'avait rempli. Peut-être, au cours des prochaines heures, trouverait-il cinq minutes pour aller avaler autre chose qu'un café trop noir et un en-cas sortis des distributeurs automatiques de l'hôpital. Cela dit, même ce menu de fortune le tentait, au point où il en était.

Évidemment, cela ne valait pas une salade de crevettes maison. Il aurait dû demander à Nancy de lui en faire porter une portion par Genna.

Il lui fallut plusieurs secondes, mais lorsqu'il comprit, il pila tout net. Il resta là, dans sa voiture, au milieu du paysage nocturne. Comment cela avait-il pu lui échapper ?

J'ai préparé une magnifique salade de crevettes... Genna m'a dit que c'était un de ses plats préférés...

Genna était allergique aux fruits de mer.

Abasourdi, il avait presque l'impression d'étouffer.

La voiture qu'il suivait n'avait pas remarqué qu'il s'était arrêté et continuait sa route, comme si son chauffeur, à l'instar de John, n'avait pas toute sa tête ce soir-là. John fit demi-tour et rebroussa chemin pied au plancher, tout en composant un numéro sur son portable. Pourvu qu'il réussisse à joindre quelqu'un ! Et pourvu qu'il ne soit pas déjà trop tard !

Il lui fallut dix minutes pour regagner le chalet de Patsy. Il pila devant la maison et quitta la voiture en oubliant de couper le moteur.

Il découvrit le jeune policier par terre dans l'allée, une cordelette autour du cou. Il ne fut pas surpris de ne plus entendre battre son pouls.

Il fonça vers la maison en appelant Genna, tout en sachant qu'elle n'y était pas.

Où la chercher ?

Il courut chez la voisine, enfonça la porte et fouilla toutes les pièces. Sur un guéridon, il découvrit un sac à main contenant un permis de conduire au nom de Michael Holmes. Sur une forme en polystyrène était placée une perruque blonde à frange. Une coupe qui n'était pas sans rappeler la photo d'Anna Homer qu'avait contemplée Genna chez Clarence Homer.

— Merde ! hurla John en quittant la maison.

Appuyé à la balustrade du porche, il balaya du regard la pelouse qui descendait vers le lac comme une coulée verte.

Où avait-il pu l'emmener ?

Un chat miaula dans la nuit.

Kermie.

John s'aventura sur la pelouse, cherchant l'animal des yeux. Sur le ponton, au clair de lune, à contre-jour, la silhouette du chat se dessinait. On eût dit une créature de Halloween, avec son dos rond et sa queue dressée, toute droite. Il miaula de nouveau à l'approche de John, et ce dernier découvrit alors que le bateau de Patsy avait disparu.

— Le fils de p…

Un canoë était appuyé contre un vieux pin. Cela ne valait pas le bateau à moteur de Patsy, mais il faudrait faire avec. Pourvu qu'il puisse atteindre l'autre rive sans que cette embarcation se retourne !

— Kermie, je te promets que demain matin, tu auras ce qu'il y a de meilleur dans ta gamelle.

Après avoir mis le canoë à l'eau, John glissa son Glock sous le siège et posa la pagaie sur ses genoux pendant qu'il téléphonait.

Il savait où Michael avait emmené Genna. Il espérait seulement que ce coup de fil aiderait la police, ou ne fût-ce qu'un seul policier, à arriver à temps sur les lieux.

Il se mit à pagayer méthodiquement, régulièrement, en priant pour que le vent ne tourne pas à son désavantage. Pagayer avec Genna était beaucoup plus facile. Son ventre se serra lorsqu'il songea qu'elle était à la merci de l'individu qui l'avait privée de son enfance. Il se rappela une chose qu'elle lui avait dite dans l'après-midi, pendant qu'on hissait les survivantes sur des brancards : comme il était terrible que ces femmes aient été doublement victimes du même mal, une fois dans l'enfance, et une seconde fois à l'âge adulte.

Serrant les dents, John pagaya de plus belle, sans perdre la régularité de mouvement qu'il avait si laborieusement atteinte. Michael avait peut-être détruit une part de l'enfant qu'avait été Genna, mais il ne détruirait pas la femme.

Les nuages s'écartèrent de la lune, dont les rayons dessinèrent comme un sentier lumineux sur le lac. John scrutait le paysage, dans l'espoir d'y repérer un endroit familier. Soudain, sur la gauche, il aperçut une plage. Il se mit à pagayer plus prudemment et s'en approcha en silence, le canoë glissant sur l'eau. Un vent glacé s'était levé qui le poussait vers le rivage. Il reconnut le bateau de Patsy, qui se soulevait au rythme des ondulations du lac.

Il rejoignit l'embarcation et tendit l'oreille un moment. Mais il n'entendit que le clapotis de l'eau sur les flancs du bateau, et le grincement de la corde à laquelle il devait être amarré. En faisant le moins de bruit possible, il sauta dans l'eau tiède, tira le canoë sur la plage et récupéra son arme.

Soudain, un hurlement de douleur traversa la forêt.

Il tira deux fois en l'air, pour attirer l'attention des policiers présents à quelques centaines de mètres de là, et gagna l'orée du bois. Sans lampe électrique, sans repère, il ne pouvait compter que sur son instinct. Il tendit l'oreille, comptant sur un second cri pour le guider, mais rien ne vint. Il finit par trouver un chemin au milieu des broussailles et le suivit en espérant que ce soit le bon.

Il avait parcouru environ deux cent cinquante mètres dans la forêt quand il aperçut une faible lueur sur sa gauche. Il ralentit, marchant à pas de loup, se cachant d'arbre en arbre jusqu'à ce qu'il soit suffisamment près pour distinguer les bougies dans la petite clairière. Il s'approcha en rampant et finit par entendre un murmure, comme une âpre prière. Une silhouette enveloppée de blanc était assise sur quelque chose.

John sut tout de suite qu'il s'agissait de Genna.

Sachant qu'il ne pouvait tirer sans risquer de la blesser, il bondit dans la clairière et assena un coup de crosse sur le capuchon blanc.

La silhouette poussa un cri et tomba en avant. Puis, se redressant brusquement, elle le repoussa.

Se servant de ses deux mains jointes comme d'un club de golf, Michael Homer l'atteignit à la tête. En atterrissant par terre, John réussit à tirer une fois avant que Michael ne disparaisse dans les bois.

— Suis-le ! cria Genna dès qu'il lui eut retiré son bâillon.

— Pas question que je te laisse ici, pour qu'il arrive par-derrière et te tranche la gorge. De toute façon, je crois que je lui ai tiré dans la jambe. Il n'ira pas loin.

Il la serra longuement dans ses bras.

— Tu n'as rien ?

— Tout va bien maintenant. Merci.

— Je t'en prie.

Fou de gratitude, il la berça contre lui en lui embrassant les tempes. Genna eut un mouvement de recul.

— Il t'a frappée ? s'inquiéta aussitôt John.

— Seulement au visage. Je crois qu'il n'a pas apprécié le coup de genou que je lui ai flanqué dans l'entrejambe.

— Tu lui as…

— Ça avait marché, la première fois. Ça valait le coup d'essayer encore. Malheureusement, je n'ai pas eu le temps de me relever, avec mes mains liées dans le dos… J'entends quelqu'un.

— Vu le bruit, il y a plus d'une personne. Ce doit être les renforts que j'ai appelés.

— Mancini ! cria une voix.

— Par ici !

— Comment avez-vous fait pour le laisser s'échapper ?

— J'avais le choix entre deux possibilités. Soit je me lançais à sa poursuite dans les bois, où j'avais de fortes chances de me perdre pendant qu'il reviendrait sur ses pas pour régler son compte à sa victime, soit je me contentais de le blesser suffisamment pour le ralentir pendant que je détachais l'agent Snow. J'ai choisi la deuxième option.

— Vous avez fait le bon choix. Savez-vous par où il est parti ?

— Là, par la gauche. Mais il a pu aller n'importe où. Il est évident qu'il a passé beaucoup de temps dans le secteur ces derniers mois et qu'il connaît ces bois bien mieux que nous. Cela lui donne un avantage sur nous, d'autant qu'il fait nuit. Mais si vous pouvez aller chercher des lampes, nous aurons peut-être la chance de repérer des traces de sang.

— En tout cas, nous avons déjà trouvé ça, déclara un jeune officier de police de Wick's Grove.

Il tenait à la main la tunique de Michael.

— Et d'après le trou qu'il y a derrière, je dirais que vous l'avez touché.

Le trou était taché de sang.

— Parfait, dit John. Maintenant, essayons de découvrir où il se cache pour panser ses blessures.

24

Il était près de 3 heures du matin quand John et Genna regagnèrent la maison du lac, escortés par deux policiers, deux agents du FBI et Brian, le neveu de Patsy.

— Quelqu'un a-t-il une idée de l'endroit où se trouve ma tante ? demanda ce dernier lorsqu'ils se garèrent dans l'allée déserte.

— Aux dernières nouvelles, quelque part entre Slippery Rock et ici, répondit Genna.

— Je suppose qu'elle y est allée avec sa propre voiture ?

— Sûrement.

— J'ai bien envie de lancer une alerte générale.

— Tu penses qu'elle court un danger ?

— Je ne sais plus quoi penser. Nous n'avons aucun moyen de savoir où se trouve actuellement Michael, ni où il a l'intention d'aller. Nous ignorons également ce que Patsy a pu lui dire – alors qu'elle croyait parler à Nancy – concernant l'itinéraire qu'elle avait l'intention de suivre.

— À mon avis, Crystal et elle se sont arrêtées en route pour passer la nuit dans un motel, où elles dorment en ce moment même comme des bienheureuses, ignorant tout de l'agitation qui règne ici... Mais tu as raison : il n'est pas impossible que Patsy ait appelé Nancy – enfin, Michael – pour lui dire de ne pas s'inquiéter de ne pas la voir rentrer et qu'elle lui ait donné le nom de la ville où elle passait la nuit.

— Entièrement d'accord. Cela ne m'étonnerait pas de sa part. D'ailleurs, elle a peut-être laissé un message à ton intention sur le répondeur, pensant que tu l'écouterais en arrivant. Et si Michael l'a écouté... Pire : il se trouvait peut-être dans la maison au moment où Patsy a appelé et aura inventé Dieu sait quel prétexte pour justifier sa présence. Bref, il y a de fortes chances qu'il sache où les trouver.

— Dans ce cas, il vaudrait mieux tâcher de les retrouver sans les affoler.

— Entièrement d'accord.

Brian alla s'entretenir à voix basse avec les deux policiers. Genna resta au beau milieu du jardin, à remercier silencieusement le Ciel. La lune était encore haute au-dessus du lac paisible, et les étoiles étincelaient comme des joyaux dans le ciel noir. Néanmoins, la beauté de cette nuit ne pouvait effacer la terrible épreuve qu'elle venait de subir, et John la soupçonnait de faire appel à toute sa fierté professionnelle pour ne pas craquer.

— Si nous allions à l'intérieur pour mettre un peu de glace sur ton visage ? Demain matin, tu auras un bel œil au beurre noir. Et puis, nous trouverons peut-être quelque chose à grignoter – je ne sais pas toi, mais moi, je meurs de faim –, et tu pourras te reposer un peu.

— Ça m'étonnerait que je trouve le sommeil. Il est là, quelque part, très en colère, et il n'aura de cesse de mener à bien la mission qu'il s'est donnée.

— Alors, allons au moins soigner ton œil.

Il la prit par la main et la conduisit jusqu'à la maison, dont la porte était grande ouverte.

— Scène de crime, leur rappela l'un des inspecteurs.

— Nous voudrions juste aller chercher un peu de glace dans la cuisine.

— Vous allez contaminer les lieux, répliqua le policier en leur barrant le passage.

— Au cas où vous ne l'auriez pas remarqué, le visage de l'agent Snow enfle à vue d'œil. Je pense que vous pouvez tout de même nous laisser aller dans la cuisine : c'est la première pièce en entrant.

— Je vais vous chercher de la glace moi-même, dit le policier en disparaissant à l'intérieur.

— Hé ! Vous ne pourriez pas nous faire un sandwich, pendant que vous y êtes ?

Mais Genna le tira par le bras.

— Il y a une brasserie ouverte toute la nuit juste après Wick's Grove. Nous pouvons y être dans vingt minutes.

— Je devrais pouvoir tenir jusque-là.

Le policier ressortit, muni d'un torchon rempli de glaçons que Genna appliqua aussitôt sous son œil.

— Genna, tu es sûre que tu n'as pas besoin de voir un médecin ? demanda John pour la énième fois.

— Non. En dehors de ce bleu, je n'ai absolument rien. Tout ce qu'il me faut maintenant, c'est un repas et un peu de repos. Or, si je faisais un détour par les urgences, je repousserais d'autant le moment de prendre l'un et l'autre. Je te remercie de t'inquiéter pour moi, mais je crois que cette poche de glace et un peu d'aspirine suffiront à soigner mon visage.

L'un des agents de Pittsburgh les rejoignit.

— Je vais vous accompagner à la brasserie, si vous n'y voyez pas d'inconvénient. J'ai quelques questions à poser à l'agent Snow.

— Et moi, j'ai quelques questions à poser à l'agent Mancini, déclara Genna. Par exemple, j'aimerais bien savoir comment tu as su que j'avais des ennuis.

Il lui parla de la salade de crevettes de Nancy.

— Michael a choisi justement la seule chose que tu ne manges jamais.

— Les fruits de mer, murmura Brian. Je me rappelle que tu ne pouvais pas en manger. Quelle coïncidence incroyable !

— Mais comment as-tu su où me chercher ?

— Quand je suis arrivé ici, j'ai découvert le corps du policier dans l'allée. Ne trouvant personne chez Patsy, je suis allé voir chez Nancy – c'est-à-dire chez Michael –, mais il n'y avait personne là-bas non plus. Pourtant, sa voiture et la tienne étaient là. C'est alors que j'ai entendu Kermie miauler à fendre l'âme sur le ponton. En allant voir ce qu'il avait, j'ai remarqué que le bateau n'était plus là. Étant donné que je me souvenais que le camp s'étendait jusqu'au lac, je n'ai pas eu de mal à deviner où Michael t'avait emmenée.

— Kermie, mon sauveur ! C'est à cause de cette vieille boule de poils que tout est arrivé. Quand je suis entrée dans la maison, Kermie était couché devant la porte, haletant. Je ne pensais qu'à une chose : lui donner à manger pour pouvoir lui faire son injection avant qu'il n'ait une convulsion. J'ai ouvert une boîte de pâtée et lui en ai donné à lécher sur mes doigts, car il était déjà très faible. J'ai dû oublier de refermer la porte tant j'avais hâte de m'occuper de lui. Ensuite, je lui ai fait son injection et je suis restée assise par terre près de lui quelques minutes. Comme il semblait aller mieux, je l'ai laissé tout seul et je suis retournée à la cuisine pour jeter la boîte de pâtée. Ensuite, je ne me souviens plus de rien. Quand j'ai repris connaissance, Nancy parlait au téléphone et j'ai soudain compris qui elle était.

— Comment a-t-il fait ? demanda Brian. Comment a-t-il pu vous berner toutes pendant tout l'été ?

— Comment l'aurais-je reconnu ? Au camp, je n'ai jamais vu son visage. Au procès, je ne l'ai regardé que quelques instants, quand le juge m'a demandé de le faire, pour l'identifier formellement. Le reste du temps, je n'osais pas poser les yeux sur lui. Et puis, il était différent à l'époque. Il avait les cheveux beaucoup plus longs, plus noirs, il était plus jeune, et je te rappelle que j'étais moi-même très jeune. Comment aurais-je pu le reconnaître tant d'années plus tard, surtout habillé en femme ? D'ailleurs, je dois dire qu'il était très convaincant en femme.

— Sans doute parce qu'il avait beaucoup d'entraînement, marmonna John.

— C'est vrai. Je crois que c'était lui, Anna. En tant que Michael, il violait des fillettes ; en tant qu'Anna, il les soignait. La photo de Mme Homer m'a mis la puce à l'oreille, mais sans que je comprenne exactement pourquoi, car Nancy était blonde, et sœur Anna brune.

— Nancy ressemblait à Mme Homer ?

— Mme Homer ressemblait à sœur Anna. Lorsque la gouvernante de Clarence Homer nous a dit que Mme Homer se prénommait Anna, je me suis demandé si c'était elle qui s'occupait des victimes de son fils, au camp. Mais si tel avait été le cas, on l'aurait retrouvée, et elle aurait été obligée de témoigner au procès. Elle aurait été condamnée pour complicité.

— Or, poursuivit Brian, sœur Anna a complètement disparu après l'arrestation de Michael. La police n'a jamais retrouvé sa trace, et Michael a toujours refusé de donner le moindre renseignement sur elle. Je me rappelle que cela rendait fou le procureur de ne pouvoir retrouver ce témoin et complice présumé. Mais Anna n'avait pas disparu, car elle n'avait jamais existé. Elle était juste l'une des multiples personnalités de Michael.

— C'est incroyable que personne ne l'ait compris à l'époque, s'étonna John.

— Michael jouait la comédie à la perfection, tu sais. Si tu avais rencontré Nancy, pas un instant tu ne l'aurais soupçonnée d'être un homme. Je me rappelle même l'avoir trouvée plus féminine que Patsy. Et au camp, jamais je n'ai fait le rapprochement entre sœur Anna et frère Michael.

— Je me demande s'il s'est servi de Nancy pour enlever certaines de ses victimes, fit John, songeur. Cela expliquerait qu'il ait pu les approcher sans éveiller leur crainte.

— Nancy ressemblait à madame tout le monde. Elle n'attirait pas l'attention et n'avait certainement rien d'effrayant, approuva Genna.

— J'espère que les victimes vont pouvoir nous fournir de solides renseignements, du moins celles qui sont lucides, dit John en consultant sa montre.

Qu'avaient-elles déjà pu dire aux policiers qui les avaient conduites à l'hôpital ? Il avait soudain hâte d'être sur place.

— Genna, allons dîner. Ensuite, nous aurons peut-être repris suffisamment de forces pour aller jusqu'à l'hôpital et voir ce que ces dames ont à nous dire.

— Donne-moi juste le temps de retrouver mon sauveur à quatre pattes. Je ne veux pas qu'il passe la nuit dehors.

Genna allait contourner la maison quand elle se retourna pour regarder de l'autre côté de la route.

Kenny Harris était assis sous le porche de son chalet.

— Bonsoir, Kenny.

Il lui répondit d'un geste. La cigarette qu'il tenait à la main décrivit un petit arc de cercle rouge dans l'obscurité du porche.

— Il faudrait peut-être que quelqu'un aille mettre Kenny au courant des derniers événements, dit-elle.

— J'y vais, proposa Brian. Je suis agréablement surpris de voir qu'il est encore debout et en train de surveiller le secteur à cette heure-ci.

Genna allait repartir à la recherche de Kermie quand elle s'arrêta net.

— John… Kenny ne fume pas… Il est asthmatique…

— Merde !

John s'élança à la poursuite de Brian, qui avait déjà disparu dans la nuit. Genna alla chercher son arme dans la voiture et suivit le reste de la troupe jusqu'au chalet. La cigarette avait disparu, mais son odeur flottait encore sous le porche.

— Déployez-vous ! hurla l'un des agents.

— Qu'y a-t-il derrière ce chalet ? demanda son collègue.

— Des bois. S'il s'enfuit par là, nous sommes refaits.

Un coup de feu retentit au loin, et une porte claqua.

— John ? Brian ?

— Ici ! fit Brian en apparaissant au coin de la maison.

— Où est John ?

— Il a dû passer par l'autre côté. Je ne l'ai pas vu.

Genna contourna furtivement le chalet. Là, elle s'arrêta pour écouter. Elle entendit le chant des cigales et le cri d'un hibou. Mais elle n'entendit que trop tard celui qui s'approchait derrière elle à pas de loup.

— Donne-moi ton arme.

Déjà, une main se posait sur son poignet…

— Tiens !

Elle fit brusquement volte-face et lui tira deux coups à bout portant dans la poitrine.

Un seul aurait largement suffi.

25

Genna se réveilla juste avant l'aube, le cœur battant. Cela faisait déjà près d'une semaine qu'elle avait tiré sur Michael Homer, mettant fin à une existence vouée au mal et à la violence, mais le souvenir de cette nuit continuait à la hanter. C'était la première fois qu'elle tirait à bout pourtant sur quelqu'un et, bien qu'elle n'éprouvât aucun regret, elle ne cessait de se demander pourquoi elle avait éprouvé tant de plaisir à appuyer sur la détente, à être celle qui l'éliminerait. C'est ce qu'elle avait fini par avouer à John, la veille.

— Ça ne m'étonne pas que tu aies eu plaisir à le faire, avait répondu ce dernier. Ne perds pas de vue qu'au cours de sa vie, Michael Homer a gâché ou pris un grand nombre de vies. Et combien sont-elles, celles qui, comme ta sœur, n'ont jamais osé témoigner contre lui ? Je crois que nous ne connaîtrons jamais le nombre exact de ses victimes. Je ne vois donc vraiment pas où est le problème.

— Le problème, c'est que… je ne sais pas… je me dis que j'aurais dû avoir plus de mal à tirer.

— Donne-moi une seule bonne raison pour laquelle tu aurais dû lui tirer dessus à regret.

— On ne devrait jamais avoir du plaisir à tuer un être humain.

— Selon moi, justement, ce n'était pas vraiment un être humain. Et j'aurais été plus qu'heureux de l'abattre moi-même. J'ai même failli y arriver : lorsque je suis entré dans le chalet des Miller par-derrière, si Michael ne s'était pas enfui par une autre issue, le coup que j'ai tiré l'aurait atteint. Je suis vraiment désolé de ne pas l'avoir abattu, encore que cette mort soit encore trop douce pour lui. C'est une fin beaucoup plus agréable que celle qu'il a fait subir à ses victimes. Crois-moi, sa disparition est loin d'être une perte.

Genna n'avait rien trouvé à redire.

Les témoignages des survivantes étaient une triste litanie : faim et négligence, peur et tortures... Enchaînées des jours entiers à leur lit, les plus chanceuses, au prix de mille contorsions, avaient pu boire l'eau de pluie qui coulait à l'intérieur de leur chalet lors des averses, grâce à des fuites dans le toit. Cette eau avait été leur salut, les rations fournies par Michael étant largement insuffisantes.

Le plus surprenant, c'était qu'aucune d'entre elles n'avait été violée.

— Je crois qu'il ne pouvait pas, avait dit Genna pendant le dîner. Il n'y arrivait pas, même s'il continuait à essayer. Il avait dû s'imaginer que revivre les actes qu'il avait déjà commis autrefois sur les mêmes victimes lui procurerait des sensations incroyables. Il avait même recréé la mise en scène dans la clairière, avec la tunique blanche et les bougies. Mais ses proies avaient grandi, et il ne pouvait pas les faire redevenir comme avant. Cela a dû nourrir sa colère et sa frustration. C'étaient bien celles qui avaient témoigné contre lui, celles qui devaient être punies, mais elles avaient changé physiquement, même si elles étaient restées des petites filles dans son esprit à lui. Cela a dû le perturber et l'énerver. Il aurait voulu qu'elles soient les mêmes qu'avant, pour éprouver le même plaisir, mais je crois qu'il était incapable d'avoir des relations sexuelles avec une femme adulte. Elles auront au moins échappé à cela.

— Pourtant, il a continué les enlèvements, même après s'en être rendu compte.

— Il ne pouvait pas s'arrêter. Il fallait qu'il nous ait toutes, toutes celles qui avaient témoigné contre lui, dans l'ordre exact où il nous avait violées autrefois. Et franchement, je crois qu'il ne voulait pas admettre son impuissance. Il devait se dire que c'était la faute de ses victimes, mais que cela marcherait peut-être avec la prochaine.

— Je me demande ce qu'il avait l'intention de faire de toi.

— Il m'aurait probablement enfermée dans l'un des chalets, comme les autres.

— Mais pour combien de temps ?

— Jusqu'à ce que mort s'ensuive. Six d'entre elles étaient déjà mortes. Pour les autres, ce n'était qu'une question de temps. Cela dit, certaines se sont montrées plus fortes que d'autres et avaient donc plus de chances de survivre. Prends celles du chalet numéro sept, par exemple. Je suis persuadée que Lani Gilbert a réussi à empêcher ses compagnes de craquer grâce à ce jeu auquel elle les obligeait à jouer plusieurs heures par jour, pour ne plus penser au reste.

— Très astucieux de sa part, ce jeu qui consistait à fredonner quelques mesures d'une chanson chacune son tour, jusqu'à ce que la chanson soit terminée.

— Sharon Potter affirme que c'est cela qui l'a empêchée de sombrer dans la folie, même lorsque ses cordes vocales ne vibraient presque plus, vers la fin. C'était leur seule distraction, en dehors des visites quotidiennes de Michael, lorsqu'il venait leur apporter à manger et les emmener aux toilettes.

— Je n'ai toujours pas bien compris pourquoi il ne s'est pas contenté de les laisser mourir.

— C'eût été un meurtre, et je crois qu'il n'avait l'intention de tuer personne. Sauf Kenny Harris et le policier, apparemment. Il les a tués par nécessité. Mais tuer les fillettes eût été un horrible péché.

— Et les violer, ce n'était pas un péché, peut-être ?

— La Bible ne dit pas : « Tu ne violeras point. » En revanche, elle dit bien : « Tu ne tueras point. » Michael devait se voir comme un instrument de Dieu ou quelque chose dans le genre. Pendant qu'il me ligotait, il n'a pas cessé un instant de réciter des versets des Écritures à voix basse en disant qu'il fallait sanctifier les petites.

— C'est probablement ainsi qu'il justifiait sa pédophilie.

— Il y a de fortes chances, et il faudra bien nous contenter de cette hypothèse, puisqu'il n'est plus là pour nous le dire. Je crois que c'est en partie pour cette raison que cela me gêne de l'avoir tué : je crois que j'aurais aimé qu'il m'explique, qu'il me dise ce qui l'avait rendu ainsi. Comment deux frères élevés de la même manière ont-ils pu devenir l'un un bienfaiteur de sa communauté et l'autre un monstre ?

— Le premier ne portait pas les vêtements de sa mère et ne dormait pas dans son lit.

— Soit. Tu sais, John, je crois que lorsqu'il devenait Anna, Michael...

— Explorait son côté féminin ?

— Il n'y a pas de quoi rire. Non, je crois qu'il devenait sa propre mère. Il devenait protecteur, maternel.

— Tu crois qu'il pensait vraiment être elle ?

— Peut-être. Qui sait ? En tout cas, lorsqu'il a eu besoin de changer de personnalité pour m'approcher, il n'a eu aucune difficulté à se faire passer pour une femme. Il l'avait déjà fait pendant des années. Inutile de te dire que Patsy est furieuse de s'être laissé berner. Pourtant, je ne vois pas comment elle aurait pu le reconnaître : elle n'est venue qu'une seule fois au procès, avec moi.

— Mais Crystal n'a pas été dupe, elle.

— Elle a vu en Nancy quelque chose qui lui semblait familier, mais elle n'a pas tout de suite fait le rapprochement avec Michael. Pour être tout à fait franche, Nancy m'a rappelé confusément quelque chose à moi aussi, la première fois que je l'ai vue. Mais c'était une impression si vague que j'ai aussitôt cessé d'y penser. Je n'avais aucune raison d'imaginer que Nancy n'était pas la personne qu'elle prétendait être. Crystal, en revanche, en voyant Nancy descendre l'allée, a soudain revu Michael traversant le camp, et dans l'état de fragilité où elle était, cette réminiscence a suffi à la faire rentrer dare-dare dans le Kentucky.

— C'est donc pour cela qu'elle s'est enfuie ?

— Exactement. Heureusement que Patsy a fini par la rattraper.

Le jour s'était levé. Assise dans le lit, Genna essayait de comprendre ce que cette dernière semaine avait changé dans sa vie.

Sans même ouvrir les yeux, John tendit la main vers elle et caressa ce qu'il rencontra, en l'occurrence, sa jambe.

— Tu as froid ?

— Non. Je n'arrive plus à dormir.

— Je connais un remède contre ça, dit-il en l'attirant dans ses bras.

John dormait en pointillé, jamais complètement endormi, jamais complètement éveillé, obsédé par l'idée qu'il avait failli la perdre définitivement, cette fois-ci. Rien que pour cela, il espérait que Michael Homer serait voué aux flammes éternelles. Il avait aussi compris que plus jamais il ne voulait se réveiller sans Genna à ses côtés. Cela étant impossible pour des raisons pratiques, il lui fallait trouver des pis-aller.

— Tu viens avec moi en week-end ? lui proposa-t-il au petit déjeuner. Sharpe nous a accordé quelques jours de congé.

— J'avais prévu d'aller au lac aider Patsy à fermer la maison pour l'hiver.

— Si vous pouvez remettre ça à la semaine suivante, je viendrai vous donner un coup de main.

— Vraiment ?

Genna sourit. Patsy serait ravie.

— Oui. Je suis le roi des fermetures de maison pour l'hiver ! Pour en revenir à ce week-end, ma mère a organisé une petite fête pour célébrer le triomphe du bien sur le mal et aussi le fait que tu as échappé au méchant.

— Elle a dit ça ?

— En fait, c'est l'anniversaire de ma tante Concetta, et elle m'a dit que si je tenais à la vie, j'avais intérêt à me présenter au restaurant de l'oncle Vinnie samedi à 19 heures, avec le reste de la famille. Et que si je n'étais pas un idiot, je t'amènerais avec moi.

— Eh bien, nous pouvons dire, je crois, que tu n'es pas totalement idiot.

— Nous pouvons le dire.

En souriant, il la prit par la main et l'entraîna au bout du couloir, dans la chambre où les attendait un lit douillet aux draps froissés.

Le *Grotto* était un de ces petits restaurants italiens coincés entre deux maisons identiques, dans les quartiers populaires et conviviaux du sud de Philadelphie. Dans la petite rue juste en face, des voitures immatriculées dans six États différents étaient alignées pare-chocs contre pare-chocs. John avait dû se garer derrière la maison de sa mère et rejoindre le restaurant à pied, ce qui l'arrangeait plutôt, puisque cela lui laissait un peu de temps pour réfléchir une fois encore à ce qu'il s'apprêtait à faire et à la manière dont il allait procéder.

Main dans la main, Genna et lui traversèrent tranquillement les rues où il avait grandi. Elles avaient quelque chose de rassurant, ces maisons familières, avec leurs jardinières pleines de pétunias aux fenêtres et leurs pots en ciment où des géraniums finissaient de se dégarnir en cette fin d'été. Une voiture tourna au coin de la rue en klaxonnant, dans un grand crissement de pneus. John soupira. Comme c'était bon de retrouver les lieux de son enfance !

Pour les soixante ans de sa femme, l'oncle Vinnie avait repeint la porte de son restaurant en bleu ciel, ainsi que sa femme le poussait à le faire depuis des années, Dieu seul savait pourquoi. En outre, il avait fermé l'établissement pour la soirée afin d'accueillir la famille. Lorsque John et Genna arrivèrent, la fête battait son plein, et depuis un certain temps déjà, à en juger par le nombre de cousins déjà éméchés.

Comme John s'y attendait, sa mère le repéra dès qu'il eut passé la porte.

— Johnny ! Genna ! Hé, tout le monde : mon John est là, avec Genna !

On porta un toast à leur intention du côté du bar. Même les frères DelVecchio levèrent leur verre en leur honneur.

— Vous deux, vous êtes des héros, déclara Rita Mancini en les embrassant. Coincer ce pervers... Genna, tu as eu un de ces courages ! *Madre mía*, quand j'ai appris ce qui se passait là-bas ! J'aurais été morte de peur si tante Magda n'avait pas préalablement jeté un sort à ce Michael.

— Je comprends mieux maintenant pourquoi je m'en suis sortie, approuva solennellement Genna.

— Vous avez entendu, tante Magda ? Genna pense que c'est à vous qu'elle doit de s'en être sortie saine et sauve. Grâce au mauvais œil. Quand je vous disais que mon Johnny avait trouvé une vraie perle !

— En effet, et j'espère qu'elle sera d'accord pour que je la garde, répondit John.

Il entraîna Genna vers un siège vide. Elle s'assit en essayant de ne pas rougir et, lorsqu'elle leva les yeux, le regard de John lui parut soudain profondément sérieux.

Mais qu'est-ce qu'il...

John mit un genou à terre tout en scrutant son regard, comme pour y chercher la réponse à la question qu'il n'avait pas encore posée. Autour d'eux, les conversations se turent peu à peu. Cousins, oncles, tantes, tous serrés les uns contre les autres, se tordaient le cou pour assister à la scène, ignorant ce que John mijotait mais bien décidés à ne pas en perdre une miette. Tous pressentaient qu'une page de la légende familiale était sur le point de s'écrire.

— Genna, au cours de ces dernières années, nous avons traversé de nombreuses épreuves ensemble. Nous avons vécu ensemble les plus sombres et les plus belles heures de notre vie. Ces dernières semaines, il est devenu évident pour moi que nous étions trop souvent séparés. Je ne veux plus passer un seul jour sans toi.

Ici, il marqua une pause avant d'ajouter :

— C'est pourquoi j'ai besoin de savoir si tu éprouves les mêmes sentiments que moi.

Genna avait oublié tout ce qui les entourait. Elle ne voyait plus que John.

— Oui, souffla-t-elle. J'éprouve les mêmes sentiments.

John prit un écrin dans sa poche et en sortit un anneau d'or orné d'un solitaire qu'il passa au doigt de Genna.

— Genna, veux-tu m'épouser, pour le meilleur et pour le pire ?

Genna, qui ne pouvait plus parler, hocha la tête.

Rompant le silence, Rita Mancini s'effondra dans un fauteuil, la main sur le cœur, en s'écriant :

— Mon Dieu, il lui a offert une bague ! Tess ! Tu as entendu ça ? Nate, prends-en de la graine ! Quel poète, mon Johnny ! Vinnie, du champagne ! Mon Johnny va se marier !

Le juke-box se mit à jouer, et quelqu'un fourra un verre de champagne dans la main de Genna.

— J'aurais eu du mal à dire non, dit-elle en attirant le visage de John contre le sien pour l'embrasser.

— C'est vrai. J'espère que tu ne m'en veux pas : je tenais à mettre toutes les chances de mon côté. Mais tu peux encore changer d'avis. Si tu veux, j'arrête le juke-box pour que tu puisses faire une annonce dans ce sens.

Genna secoua la tête.

— Devant tout ce monde ? Hélas, je crois que tu m'as coincée.

— Ça m'en a tout l'air.

— Pour le meilleur et pour le pire.

— Ces derniers mois, nous avons eu un peu des deux.

— J'ai préféré le meilleur.

— Moi aussi. Ne bouge pas, je reviens tout de suite.

John plongea la main dans sa poche pour y chercher de la monnaie et partit en direction du juke-box.

Quand il revint, il l'enlaça et l'entraîna dans un slow.

— Alors comme ça, tante Magda a jeté le mauvais œil à Michael ? dit Genna.

— C'est ce qu'elle raconte.

— Tu crois qu'elle accepterait de travailler pour le FBI ?

— Si Sharpe accepte de la payer en bracelets à dix-huit carats, ils devraient arriver à se mettre d'accord.

— Comment s'appelle cette chanson ? demanda Genna, qui tendait l'oreille pour en saisir les paroles.

— *You Belong to Me*. Un vieux tube de chez nous. Il raconte que tu m'appartiens...

— Dites donc, qu'est-ce qui se passe ici ? demanda Genna.

John, Patsy et Crystal étaient en plein conciliabule sur la pelouse, derrière le chalet.

— Qu'est-ce que vous mijotez, tous les trois ?

— Nous faisons des plans, répondit John.

— Quel genre de plans ?

— Des plans d'avenir.

— Et comment le vois-tu, l'avenir ?

John vint la chercher sur la terrasse. Quand ils eurent rejoint Patsy et Crystal, il la fit pivoter face à la maison.

— Je le vois avec un étage comprenant deux chambres et une salle de bains.

— Je pense que ce serait joli avec un petit balcon donnant sur l'arrière, au cas où les habitants des lieux auraient envie d'admirer le lever du soleil ou de regarder la lune, ajouta Patsy.

— Ouais. Pas mal. Mais qui occuperait ces chambres ?

— On ne sait jamais, répondit John. Patsy m'a aussi dit qu'elle rêvait depuis toujours de construire une véranda fermée à l'arrière de la maison. Pour y jouer les jours de pluie, ou pour manger les soirs où les insectes se déchaînent.

— Jouer ? Mais enfin, Patsy, tu ne joues jamais à rien !

— Elle a aussi dit qu'elle aimerait agrandir un peu la cuisine, poursuivit John.

— Évidemment, pendant qu'elle y sera, elle en profitera pour agrandir un peu les chambres aussi, intervint Crystal. Et pourquoi pas, pour ajouter une pièce ou deux au rez-de-chaussée.

— Mais qu'est-ce que vous me chantez là, tous les trois ? Qui va venir vivre ici, selon vous ?

— Patsy pense que Crystal a besoin d'avoir sa propre chambre. Il y a aussi toi et moi, mais nous pouvons partager la même chambre. Il faut aussi une chambre d'amis, pour ma mère, lorsqu'elle viendra nous voir...

— Ta mère ? Je me demande ce qui pourrait la pousser à venir jusqu'ici, dans ce trou perdu.

— Je me suis dit que, quand nous aurions des enfants, nous aimerions qu'ils viennent ici pour les vacances, et que ma mère aurait envie de venir passer du temps avec eux. Voilà pourquoi nous avons pensé qu'il faudrait ajouter quelques pièces.

— Je vois... Et à ton avis, comment maman Mancini va trouver cet endroit ?

— Elle va adorer. Il lui faudra juste un moment pour s'habituer au calme.

— C'est drôle, mais je n'arrive pas à imaginer ta mère en train de pêcher à la mouche.

— Au début, elle sera peut-être un peu réticente, mais tu sais comme Patsy sait y faire, lorsqu'elle a une idée en tête...

— À propos, il est temps d'y aller, intervint l'intéressée. Les heures passent, le poisson frétille.

— J'allais oublier que j'avais préparé un pique-nique, s'écria Crystal en courant vers la maison.

— Il est déjà dans le bateau, ma chérie. Mancini, le temps file.

— Vous avez raison, Patsy. Nous reparlerons de ces agrandissements plus tard, Genna. Il paraît que les perches n'attendent que moi. Tu viens ?

— Non, je voudrais finir d'envoyer par e-mail le reste de mes interrogatoires des victimes de Michael. J'aimerais m'en débarrasser une fois pour toutes. Après ce week-end, je ne veux plus avoir à y penser.

— Ça, ça ne va guère être possible. Nous sommes loin d'en avoir définitivement terminé avec cette affaire.

— Je sais, mais quand j'aurai terminé mes rapports, je pourrai en oublier les détails. Enfin, jusqu'à la prochaine affaire...

John se mordit la lèvre. Le moment était mal choisi pour lui faire part du coup de fil qu'il avait reçu la veille. Sharpe lui avait annoncé la disparition de trois jeunes garçons dans une petite ville du Texas. Le Bureau avait l'intention d'envoyer sur place les quatre mousquetaires qui s'étaient couverts de gloire dans l'affaire Homer, à savoir : Adam, Dale, Genna et lui-même.

Il serait toujours temps de lui en parler le lendemain. Aujourd'hui, elle semblait enfin plus détendue que ces dernières semaines. En outre, le cadre ne se prêtait guère à ce genre de conversation. La clématite embaumait l'air, et les érables qui bordaient le lac se teintaient des premières touches d'or de l'automne.

— Dernier appel avant le départ ! lança Patsy avant de mettre le moteur du bateau en route.

John embrassa rapidement Genna et rejoignit le bateau en criant :

— Patsy m'a dit qu'il y avait une soirée jambon rôti à Stillwell tout à l'heure. Alors, ça m'étonnerait que nous rentrions tard de la pêche.

Genna rit de bon cœur et regarda s'éloigner son citadin de fiancé. Il traversa la pelouse à grandes enjambées et monta avec aisance à bord du bateau.

Ils seraient de retour dans une heure ou deux, ce qui lui laissait largement le temps de terminer son dernier rapport. Elle voulait le sauvegarder sur un CD-Rom et l'imprimer lundi, au bureau. En regagnant la maison, elle s'arrêta un instant pour humer les roses jaunes de Patsy, savourant un des derniers instants de l'été, pleine de gratitude pour les moments qu'il lui était donné de vivre.

« Je suis bien à Bricker's Lake, songea-t-elle. Crystal a l'air de s'y plaire aussi. Et même John. »

Elle continua de marcher vers la maison tout en essayant de visualiser les modifications dont avait parlé John. Flanqué d'une pièce supplémentaire, le chalet arriverait au moins au niveau du massif d'hortensias. Et si l'on y ajoutait une véranda... De toute façon, il y avait largement la place entre l'arrière du chalet et le lac.

Un étage serait du plus bel effet, avec son balcon donnant sur le lac.

Genna s'arrêta et se retourna. Patsy était en train de passer le gouvernail à Crystal – avec force recommandations, sans aucun doute. Les yeux soudain emplis de larmes, Genna songea que ce frêle esquif contenait tout ce qu'elle avait de plus cher, que ce ponton sur le lac résumait son présent, son passé et son avenir.

Brusquement, elle se dit que son rapport pouvait attendre et se mit à courir vers le lac.

— Hé ! Attendez-moi !

SUSPENSE

Le 1er juin :

***La recherche de Laura* - Kay Hooper (n° 4998)**
Le jour où Laura, dessinatrice, fait l'acquisition d'un miroir à la vente aux enchères organisée chez les Kilbourne, elle ne sait pas que son destin va basculer. Le soir même, Peter Kilbourne tente de le lui racheter et se fait assassiner. Aussitôt après, la vieille Amélia, chef de famille incontesté, lui demande de réaliser son portrait…

***Sans laisser de traces* - Mariah Stewart (n° 8050)**
Gena et John, agents du FBI et anciens amants, enquêtent sur des disparitions de femmes. Ce que Gena ignore, c'est qu'elle va devoir replonger dans son passé pour résoudre l'affaire qui leur a été confiée, car tout est lié à la secte dont ses parents faisaient partie, et en particulier à son mystérieux prêtre…

Nouveau ! 1 rendez-vous mensuel aux alentours du 1er de chaque mois.

MONDES MYSTÉRIEUX

Le 1er juin :

***La communauté du Sud - 5 : La morsure de la panthère* - Charlaine Harris (n° 8200)**
En Louisiane, Sookie a maintenant une vie agréable. Une seule ombre au tableau : son frère Jason s'est fait mordre par une panthère et va se transformer à la nouvelle lune. En plus, un tireur anonyme abat les créatures étranges. Malgré le danger, Sookie décide de mener l'enquête…

Nouveau ! 1 rendez-vous mensuel aux alentours du 1er de chaque mois.

Passion intense

Quand l'amour vous plonge dans un monde de sensualité

Le 16 juin :

***Plus fort que le désir* - Cheryl Holt (n° 8055)**
Angleterre, 1813. Pour des raisons financières, Olivia va épouser le vieux lord Salisbury. Dans la bibliothèque, Olivia déniche un livre érotique et découvre ainsi un univers dont elle ignore tout. Sa rencontre avec le séduisant Phillip, fils illégitime du lord, est l'occasion de mettre en pratique ses nouvelles connaissances…

Nouveau ! 1 rendez-vous mensuel aux alentours du 15 de chaque mois.

Comédie

Le 16 juin :

***Chaque homme a son revers* - Vicki Lewis Thompson (n° 8053)**
La grand-mère d'Ally meurt en lui léguant son argent. La jeune femme peut enfin s'installer en Alaska pour devenir la photographe de paysages qu'elle a toujours rêvé d'être. Seulement, en plus de la fortune, Ally a aussi hérité du bras droit de sa grand-mère : Mitchell, un vrai ringard !

***Gloire et déboires* - Jane Heller (n° 8054)**
Stacey Reiser ne voulait qu'une chose : que sa mère abusive lui fiche la paix ! Elle a 34 ans tout de même ! Mais sa mère devient une icône publicitaire adulée qui n'a plus une minute pour sa fille… Alors, qui surveille ses fréquentations, ses finances, et même… ses amours ? Stacey bien sûr !

Nouveau ! 2 titres tous les deux mois aux alentours du 15.

Barbara Cartland

Le 1er juin :

Le secret de mon bien-aimé - n° 1274 Collect'or
Le cœur de l'amour - n° 8047

Le 16 juin :

Rivalités amoureuses - n° 3967

8050

Composition Chesteroc Ltd
Achevé d'imprimer en France (Manchecourt)
par Maury Eurolivres
le 2 mai 2006.
Dépôt légal mai 2006. ISBN 2-290-35034-6

Éditions J'ai lu
87, quai Panhard-et-Levassor, 75013 Paris
Diffusion France et étranger : Flammarion